斗破苍穹
⑩ 天焚炼气塔

天蚕土豆 著

图书在版编目（CIP）数据

斗破苍穹. 10 / 天蚕土豆著. -- 杭州：浙江文艺出版社，2025. 3. -- ISBN 978-7-5339-7830-3

Ⅰ. I247.5

中国国家版本馆CIP数据核字第2024VF3910号

策划统筹	许龙桃　周海鸣
责任编辑	周海鸣
营销编辑	宋佳音
封面设计	嫁衣工舍
版式设计	吕翡翠
责任印制	吴春娟

斗破苍穹10

天蚕土豆　著

出版发行	浙江文艺出版社
地　　址	杭州市环城北路177号
邮　　编	310003
电　　话	0571-85176953（总编办）
	0571-85152727（市场部）
制　　版	浙江新华图文制作有限公司
印　　刷	浙江新华数码印务有限公司
开　　本	710毫米×1000毫米　1/16
字　　数	193千字
印　　张	13.75
插　　页	2
版　　次	2025年3月第1版
印　　次	2025年3月第1次印刷
书　　号	ISBN 978-7-5339-7830-3
定　　价	49.00元

版权所有　侵权必究

目录

001 第一章
陨落心炎

010 第二章
白帮的实力

019 第三章
暗中交锋

028 第四章
塔中修炼

040 第五章
七星大斗师

048 第六章
磐门的变化

057 第七章
陀舍古帝

065 第八章
古怪的家伙

077 第九章
闭关

085 第十章
柳家柳菲

094	第十一章 再次突破
102	第十二章 霸枪柳擎
110	第十三章 大批炼制
119	第十四章 药帮韩闲
128	第十五章 比试炼丹
152	第十六章 招纳
156	第十七章 三千雷动
175	第十八章 地心淬体乳
191	第十九章 美杜莎女王再现
209	第二十章 九星大斗师

第一章
陨落心炎

出了天焚炼气塔,萧炎站在门口,转头望着这座仅仅露出地面一截塔尖的神秘黑塔,长吐了一口气。不知为何,他总觉得这座黑塔不太简单。

"没想到啊……竟然凝聚出有情绪、智慧的火灵,啧啧,难怪这内院设置得如此严密,甚至连斗尊强者在全力之下才能够施展的空间囚牢都布置了出来。"药老惊异的声音,忽然在萧炎心中响起。

听了药老的话,萧炎微微一怔,面不改色地环顾四周,然后向着身旁看上去依旧有些昏沉沉的吴昊挥了挥手,转身向来时的道路行去。

"老师说的火灵是什么东西?"不急不缓地行走在林荫道上,萧炎这才在心中追问道。

"由纯粹的火焰诞生的另类生命。先前你所看见的那条无形火蟒,应该便是从陨落心炎之中诞生的灵智,甚至可以说,那条火蟒,便是这座天焚炼气塔中陨落心炎的本体!"药老缓缓地道。

"什么?那条火蟒就是陨落心炎?"脚步陡然一顿,萧炎的脸色忍不住有些

变化,他在心中惊骇地失声道。

"嗯,我的感应不会有错。这些天地间的奇异火焰,经过日积月累,会长成各种各样的奇异形态。比如你上次在地底熔岩遇见的青莲地心火,那种类似莲花的形状,便是地心火焰经过千百年压缩,方才形成。"药老沉声道,"当然,先前我们所遇见的青莲地心火虽然具有植物形态,但是毕竟没有生出情绪与灵智;然而刚才的那条火蟒,我却真实地感觉到它的情绪。这种拥有自身智慧的火焰体,我们便称之为'火灵'。其灵智,已经能够和一些可以幻化成人类模样的超阶魔兽相媲美了。"

"那……那这种火灵,若是得到了,我们应该怎样去炼化?先前我也感受到那东西恐怖的气息,恐怕就算是一名斗皇强者,也不会是其对手,我们怎么可能吞噬它呢?"药老的话语,让萧炎感到有些惊异。他没想到连火焰都能够生出自我意识,如今这火焰有了自我意识,再加上先前它所表现的恐怖气息,它是肯定不会甘愿被别人吞噬炼化的。想到这,萧炎顿时便萎靡了下来。

"的确很困难,不过也没法子啊。当然,若是你愿意放弃陨落心炎,找其他异火,那就无所谓了。"药老淡淡地笑道。

"开什么玩笑,异火哪有这么好找?"闻言,萧炎立刻在心中咋呼了起来。耗费几年时间,他才借着机缘得到青莲地心火,如今好不容易才找到陨落心炎,让他放弃,如何舍得?

"那只能静观其变了。其实,先不提得到陨落心炎后该怎么办,光是我们怎么将它弄到手,便是困难重重。"药老也有点头疼,"这内院之中,强者如云。先前在塔内,我能够模糊地感应到,在下几层之中,都有微弱但又极为强横的气息。以我现在的灵魂状态,根本不可能在他们手中占多少便宜。"

闻言,萧炎眉头紧锁,十指紧紧地扣在一起。

"而且我现在能够肯定,内院之所以能够让学员加快修炼速度,全是陨落心炎的缘故。他们将成灵的陨落心炎封锁在天焚炼气塔内,接近它后,学员可以淬炼经脉，提炼斗气。他们……这是在……养陨落心炎！"药老缓缓地吐了一口冷气，淡淡地道。

扣在一起的手指猛地颤了颤，萧炎不着痕迹地抹了一下额头上的冷汗，为内院疯狂且大胆的举动感到震撼不已。这些家伙，实在是太恐怖了，居然有胆量圈养这种天地间最具毁灭力量的东西。

"果然是艺高人胆大啊，这内院，真恐怖。"萧炎咽了一口唾沫，在心中喃喃道。

"哼，胆大？我看他们这是在引火烧身。"药老冷哼了一声。

"怎么了？我看好像没什么事啊。"萧炎惊诧地道。

"现在他们仗着有空间牢笼封锁，的确没什么事；可这只是权宜之计，光凭那空间牢笼，根本不可能一直将陨落心炎封在塔里。"药老嘿嘿笑道，"火焰可疏不可堵，这陨落心炎可是天地间诞生的奇异之火，具有真正的毁灭力量。内院这般封堵，就犹如在火山口上建立壁垒，能够堵住火山吗？现在陨落心炎表面上被压制，其实在积蓄力量，等到爆发之时，这天焚炼气塔，将会在顷刻间毁灭！不过陨落心炎虽然恐怖，内院的那些老家伙也不是吃素的，在它爆发时，一冲一堵，双方都会有所损伤，那时候或许便是我们的机会。"

"老师的意思是……等陨落心炎自己爆发？"萧炎一怔，错愕地道。

"嗯，也只能如此，我们势单力薄，明着来没有任何机会。"药老点了点头道。

"那得等到什么时候？"萧炎翻了翻白眼，苦笑道。

"从刚才陨落心炎的反扑来看，多则两年，少则一年，或许会有一次大变故。"药老沉吟了许久，方才压低声音，在萧炎心中低声道。

萧炎心思急转，半晌，他小心翼翼地看了看四周，除了吴昊正不停地敲着眩晕的脑袋，没有其他动静。药老所说的话，可是关系到这内院存亡的大事，千万不可泄露出去。

"接下来的日子,你要抓紧时间在塔中修炼,最好能在半年内提升到斗灵级别,加上青莲地心火,以及焰分噬浪尺,想必能在斗灵级别中纵横无忌。到时候你再使用紫火与青火融合的佛怒火莲,上次在森林外面的苏长老,也没有胆子单手硬接招。

"至于以骨灵冷火和青莲地心火相融合的大型佛怒火莲,你还是少用为妙,那东西的威力固然恐怖,可反噬之力太强,很可能得不偿失。

"还有,那地阶身法斗技三千雷动,也该着手修炼了。只要把那东西修炼成功,你面对一般的斗灵强者,就能够立于不败之地,哪怕遇上斗王强者,即使打不过,你也有逃跑的本事。现在我们要做的是为陨落心炎的爆发积聚力量。"

药老一开口就像连珠炮,一大串话让萧炎苦笑不已,半响,他方才完全消化。"似乎还需要地灵丹的各种材料吧?"萧炎略一沉吟,发现了一处遗漏,当下笑着道,"这东西可是必备之物,不然日后就算得到了陨落心炎,也不敢碰它。"

"呃……的确,不过那些材料都是极为稀罕之物,你得多加留意。"药老一怔,旋即点了点头道。

苦笑着点了点头,萧炎抬起头,望着那蔚蓝天空,长长地吐了一口气,说道:"这麻烦事,也太多了吧。"

"为什么唉声叹气?因为磐门的事?"忽然有声音在身后响起,萧炎回头一看,原来是吴昊,此时的他,似乎已经恢复清醒。

"哈哈,没什么。"轻笑了一声,萧炎道,"走吧,先回去看看。"语罢,他加快了脚步,向来时的道路飞速掠去,吴昊紧跟其后。

经过四五十分钟的赶路,萧炎两人方才接近新生的住处,缓缓走进去,那空荡荡的道路,让两人不由得一怔。

忽然有人从住宿区内气喘吁吁地跑出。来人瞧见萧炎两人,焦急的脸上顿时涌上喜悦,连滚带爬地冲了过来,嘴中大喊道:"萧炎学长,出事了!"

"怎么了？"萧炎急忙上前问道。

"有人想拉新生走，结果没人答应，那些家伙就捣乱，现在正要与薰儿和琥嘉学姐动手！"

"来者是谁？认识吗？"萧炎沉着脸，急忙向里面走去，同时随口问了一句。

听了萧炎的问话，那名新生迟疑了起来。萧炎脚步一顿，沉声道："说！"

"那领头的……是白山。"那新生苦笑着道。

"这个吃里爬外的浑蛋！"闻言，萧炎与吴昊的脸色瞬间便阴沉了下来。

新生住宿区的一处空地上，黑压压的一大群人围拢在此。人群中，双方人马正虎视眈眈地对峙着，一方人数偏多，另一方则只有十来人，然而场中情势，似乎人数少的反而占据着上风。

"薰儿，琥嘉，不要固执了，我说过，你们这磐门在内院是绝对立不起来的。新生是内院众多势力每年必需的新鲜血液，萧炎将所有新生都握在手中，他们不可能坐视不管。"人数较少的一方，领头的是一名身着白衫的青年，英俊的模样极容易吸引异性的好感，然而他对面的薰儿与琥嘉，并未表现出半分好感，鄙夷与不屑倒是流露无遗。

"这是我们的事，用不着你这个背弃同伴的人来操心。"琥嘉冷笑道。

"你若是没有其他的事，便请离开吧，我们新生区不欢迎你。"薰儿瞥了白山一眼，淡淡地道。

白山见两人这番态度，嘴角忍不住抽搐了几下，原本布满笑容的脸瞬间便阴冷了许多。

"白山，何必再说废话？直接动手，把他们的傲气打垮就行了，到时自然会有人选择跟我们走。"白山身旁一个身材健硕的青年忍不住开口说道，他的眼睛时不时地在薰儿与琥嘉两人那曲线曼妙的娇躯上扫动。

"哈哈，付敖大哥说得是，不过她们可是柔弱女子，刚来就动手，难免会被人说成没有气度，是不？"白山倒不敢无视这个青年，此人可是帮中除了他堂哥

之外屈指可数的三个斗灵强者之一。

"嘿嘿，说得也是。"听白山这般说，付敖目光再度转向薰儿，笑眯眯地道，"薰儿学妹，那萧炎虽然有本事带着你们在火能猎捕赛中获得胜利，可惜在内院中，他啥也不是。说不定过一两天，他吃足了苦头，自己就会主动解散你们这个磐门。"

"不劳你多费心，只要萧炎哥哥未曾开口，这磐门，就不会惧怕任何势力。你想硬来，那便试试！"薰儿看了他一眼，冷冷地道。

见薰儿一张清雅精致的脸布满寒霜，付敖脸上的笑意更浓了，啧啧道："好个倔强的女子，不过还真是对我口味。这样吧，看在你的面子上，你们今天只要交出五名新生，日后我白帮就再也不来找你们的麻烦，如何？"

"付大哥，五——"闻言，一旁的白山脸色微变，急忙开口阻拦，他带人来此处，可不仅仅想要五个新生而已。

手一挥，付敖打断了白山的话，笑眯眯地望着薰儿，道："当然，在这五人之中，必须有薰儿学妹。"

付敖的话音一落，白山的脸色不由得微微一沉，这个家伙竟然也在打薰儿的主意，白山眼中掠过一抹稍纵即逝的寒意。

因为一直紧紧地盯着薰儿，所以付敖未曾看见白山的这副脸色。

"磐门不会把任何一个人交给任何一个别的势力！"付敖话语中的那份调戏之意，薰儿自然也听出来了，她盯着付敖，许久之后，脸上的寒霜忽然完全消失，声音平淡地道。

望着再度变得冷漠的薰儿，付敖一皱眉头，他可不喜欢女人露出这般神情。他逐渐收敛笑意，冷笑道："既然如此，那只能用强了，将你们这磐门的强者全部打败，我看你们还有何威信来留住他们！"

"那你来试试？"琥嘉俏脸冰寒，翠绿色的斗气自体内暴涌而出，一股强横气势弥漫开来。

随着琥嘉爆发气势，其身后的几十名新生齐齐一声怒吼，一道道颜色各不相同的斗气同时涌出，霎时间，地面上的树叶随着被斗气搅动的气流飞舞。

"哟？这届新生果然如传闻所说，嚣张得有些没边儿了。"付敖讥讽地一笑，重重前踏一步，只听得一道低沉的轰鸣声响，蔚蓝色的斗气瞬间覆盖全身，犹如黏稠的海水，在周身翻滚涌动，一股比在场任何人都要强横几倍的雄浑气势立马弥漫此处。他居然凭一己之力，生生地将众多新生的气势扛了下来。

"今日便要你们瞧瞧，新生与老生间的差距！"付敖一挺腰杆，冷笑道，"白山，带人动手，让这些新生明白，在这内院，光有硬骨头，是生存不下去的！"

白山微微点头，眼神复杂地看了对面的薰儿一眼，一挥手，沉声道："上！"

听到白山的喝声，其身后十名老生一声轻喝，旋即身形闪电般地向着众人暴射而去。

"我拦住白山，薰儿，你带人截住其他人。"琥嘉纤手一抖，一条修长的绿色长鞭凭空出现，鞭子微微一震，便在空中甩出一道噼啪声，隐隐间还带有一股异样香味。

"嗯。"薰儿微微点头，眸子冰冷地望着暴射而来的人影，如玉般的小手上，耀眼的金色光芒乍现。

哧！就在战斗即将开始时，一道黑影猛然划破天际，带着撕裂空气的尖锐声响，扎在双方之间。顿时，一声炸响带着扑腾而起的灰尘，将双方隔开。

微皱着眉头望着那个灰尘飞扬处，付敖一挥袍袖，一股略带湿气的劲风突然出现，将那灰尘尽数打落。

随着灰尘落地，一把插在坚硬石板上的巨大黑色尺子出现在付敖等人的视线之中。众人目光在黑尺上停留了一瞬，便转移到黑尺之后站立的两人身上。

"萧炎、吴昊，我以为你们听到风声跑路了呢，没想到还敢回来！"望着那两道人影，白山脸色微变，冷声道。

萧炎眼神冰冷地瞥了他一眼，然后盯在了付敖身上。他能感应到，这个家

伙，才是此处最强之人。

瞧见萧炎与吴昊出现，磐门的新生欢呼了起来。经过这段时间所发生的事情，他们心中早就把萧炎当成主心骨，只要有萧炎在，他们就拥有与任何人战斗的勇气。

"你们两个家伙，终于回来了。"望着面前的那两道瘦削背影，琥嘉悄悄松了一口气。

"萧炎哥哥，他们——"薰儿的目光停留在萧炎的背影上，轻声道。

萧炎挥了挥手，打断薰儿的话语，淡淡地笑道："嗯，我知道了，接下来交给我吧。"

薰儿温柔地点点头，凝视着那道瘦削的背影。她喜欢他对任何事都充满自信的样子，就像小时候那般。

"你就是萧炎?"望着萧炎，再看了一眼薰儿与先前截然不同的温柔态度，付敖忍不住皱起眉头，冷笑道。

"他就是萧炎，如今这些新生的头儿。"一旁的白山插嘴道。

"白山，真没想到，你这人的脸皮，竟然厚到了这般程度，以前我还真是眼拙了。"萧炎瞥着白山笑道，笑声中有掩饰不住的讥讽意味。

被萧炎这般嘲笑，白山脸上不由得浮现一抹铁青。他阴森地望了萧炎一眼，寒声道："你就嚣张吧，我早就说了，到了内院，我有的是办法整治你。"

"除了依附别的势力，你还能做什么？"萧炎淡淡地笑道。

"你——"

"好了，不要吵了。"付敖一挥手，打断两人的对话，抬头望着萧炎，平淡地道，"我也不与你耍嘴皮子，交给我白帮十五名新生，我们马上离开。"

"若是不交呢?"萧炎手掌搭在面前的尺柄上，冷笑道。

"那便打得你在新生面前脸面尽失！"付敖咧嘴一笑，白森森的牙齿透着一抹冷意。

萧炎微微点头，扭了扭脖子，刚欲上前，一旁的吴昊却忽然伸手拦住他，道："让我来吧。"

"这家伙是斗灵强者，你现在应付起来还有些吃力。"萧炎微笑着摇了摇头，推开吴昊的手臂，然后缓缓踏出了一步，目光停在付敖身上，轻笑道："单对单，你赢了，按你说的办；若是你输了，你白帮三个月内，不许再找我磐门麻烦。如何？敢接吗？"

闻言，付敖顿时眯起了眼睛。

"付大哥，别答应他，那家伙有一些底牌，若是用出来的话足以和斗灵强者抗衡，上次连罗侯都败在了他手中。"白山急忙道，"我们所有人一起上，他们新生人虽多，可绝对抵挡不住！"

"不用，那罗侯不过刚刚进入斗灵级别，打败他算不得什么。"付敖挥了挥手，紧紧地盯着萧炎，旋即转向其后的薰儿，咧嘴笑道："我赢了，交给我白帮十五人，其中有她；我输了，白帮半年不找你们麻烦。如何？"

萧炎逐渐收敛笑容，片刻后脸上露出阴沉与狰狞的神色。龙有逆鳞，触之者怒。萧炎的逆鳞，无疑便是这个从小到大一直将所有心思都放在自己身上的女孩。

"萧炎哥哥，比！"轻柔的声音忽然在萧炎身后响起，旋即一只柔若无骨的纤手，轻轻握住了萧炎攥紧的拳头。

深呼吸了一口气，萧炎转头望着那笑容清雅的青衣少女。许久后，他微微俯身，在少女微红的耳根旁，用只有他俩听得到的声音，缓缓地道："妮子，半年后，我会扫除白帮！"

"嗯。"少女嫣然一笑，令人心动不已。对他，她从未有过怀疑，自小如此。

第二章
白帮的实力

轻轻拍了拍薰儿的脑袋,萧炎缓缓转过头来,脸上的阴沉迅速消失,淡淡地望着对面的付敖,轻声道:"开始吧!"

"嘿,有胆量。"瞧萧炎果真敢应战,付敖有些诧异,"好,今日便让我来瞧瞧,这在内院中传得沸沸扬扬的新生领头人,究竟是否有传闻中所说的那般强横。"

眼见场中即将展开大战,围观的学员赶忙后退了几步。关于萧炎的传闻,他们也听了不少,如今能够亲眼见到萧炎的真正实力,他们自然是极为乐意的。

"不知道那萧炎究竟能否与付敖抗衡,若是不能的话,这脸可就丢大了啊。"

"嘿嘿,据说付敖在一个月前便已经晋级三星斗灵,这萧炎虽然能打败罗侯,但是与付敖对战,还是很艰险啊。"

"若是一个不慎输给了付敖,不仅丢脸,而且还会把自己的女人也给丢了,那损失就大了。"

萧炎没有理会周围的窃窃私语,缓缓地向前踏了一步,双手迅速结出一些奇异的手印，体内气旋之中，一缕缕青色火焰暴涌而出，顺着一条有些诡异的路线急速运转起来。青色火焰在完成这一条诡异路线的运转后，沸腾了起来，一股股狂暴的能量从中散发而出，最后侵入萧炎身体的各个部位！

"天火三玄变：青莲变！"轰！手印陡然一僵，雄浑的青色火焰自萧炎体内狂涌而出，将之包裹成一个青色火人。火焰升腾了片刻，便迅速缩回萧炎体内。此时众人察觉到，萧炎的气息正在节节攀高，甚至即将达到斗灵强者的地步！

"原来是在强行提升实力，怪不得能够打败罗侯。不过这种法子终究下乘，持久不得，而且还会给身体造成巨大伤害。萧炎，这就是你的底牌？"望着萧炎骤然变强的气息，付敖先是一怔，旋即恍然大悟地冷笑道。

萧炎不予理会，手握一旁的玄重尺柄，偏头向着吴昊淡淡地道："看住白山他们。"

"放心，那个杂碎交给我。"吴昊点了点头，略微迟疑，低声道，"你小心点，这个付敖，比罗侯还要强。"

"嗯。"萧炎微微点头，看向对面一脸冷笑的付敖，缓缓提起脚掌，然后轰然落下，顿时，一道能量在脚底炸响，萧炎的身体化为一道黑影，向着付敖暴冲而去。

"哼，今日便让你瞧瞧，什么才是真正的斗灵强者！旁门左道，可算不得正途！"眼瞳之中，黑影急速放大，付敖一声冷哼，手掌一握，蓝光闪烁，一把半丈长的蓝色三叉戟凭空出现。

手中紧握戟柄，付敖对着前方的黑影直接猛刺过去，叉尖处闪烁着幽幽蓝光，所过处，连周边也隐现蓝色光芒。

叮！黑影猛然停滞，将手中的巨大黑尺抢了过来，与那三叉戟重重撞击在一起，当下金铁交击，声响震耳，火花四溅。

"力气不小。"身体微震，后退了半步，付敖冲着后退了一步有余的萧炎惊诧地笑了一声，旋即再度迎面而上。手中的三叉戟在蔚蓝色斗气的烘托下，犹

如海中恶鲨，翻滚腾挪，劲气森冷而又隐隐带着一股凶气。

萧炎紧绷着脸，望着接连不断的三叉戟攻势，手臂微震，没有丝毫退缩，挥尺再度迎上付敖。

场地中，蓝色斗气与青色火焰各自占据半边天空，两者接触之处，不断有淡淡的白色雾气升腾而起。雾气中，速度极快的两道人影，让围观的人难以用肉眼捕捉，他们只能听见玄重尺与三叉戟交相碰撞的声响，看见一些爆裂的火花。

雄浑斗气在场中对碰，爆发出巨响，那一波波不断扩散出的能量涟漪，令围观的人群不断后退。

"萧炎赢得了那家伙吗？"死死地盯着淡淡白雾中的人影，琥嘉忍不住紧握着玉手，低声向一旁的薰儿与吴昊问道。

"不知道，现在还看不出什么。"吴昊摇了摇头，沉声道。

轰！吴昊话音刚刚落下，一道震得人耳膜发疼的炸响忽然自白雾中传出，旋即两道人影从白雾中各自倒射而出，双脚均在地面上滑了十几米的距离后，方才止住。

"嘿嘿，好，果然有点儿本事，难怪如此嚣张。"将三叉戟重重地立在地面上，付敖喘了几口粗气，冷笑道。

萧炎将玄重尺插进地板缝隙之中，呼吸同样有些急促。在使用了天火三玄变强行提升实力后，他虽然已经能够正面与付敖相抗衡，甚至在力量方面还能压过付敖一头，但是这些都有时间限制，一旦失去青莲变提升实力的效果，他将无法对抗付敖。

萧炎的弱点，付敖看得很清楚。他阴笑了一声，三叉戟忽然一阵震动，随即其上的蓝色斗气大盛。随着三叉戟上的斗气越来越浓郁，付敖的脸居然也变成了诡异的蔚蓝色。

感受到付敖三叉戟上急速凝聚的斗气能量，萧炎的脸色微微一变，他能察觉到付敖这一击的强横程度。

"一招解决吧!"手中三叉戟猛地一转,叉尖直指萧炎,付敖咧嘴一笑,脚掌一蹬地面,身体化为一道蓝色影子暴射而出。三叉戟上,蓝色斗气急速翻滚,到了最后,竟然形成一只完全由斗气化成的能量鲨鱼。蓝色能量鲨鱼大张巨嘴,锋利的牙齿在蓝色斗气的衬托下反射着森寒光泽,若是被它咬中,定会遭受致命伤害。

斗气凝物是斗灵强者的标志,就犹如斗师的斗气纱衣、大斗师的斗气铠甲,都属于各级别强者的专利。这种斗气凝物有巨大的杀伤力,若配合着斗技使用,将会起到摧枯拉朽的效果。

足有丈许长的斗气鲨鱼向着萧炎暴冲而来,透过略有些透明的斗气鲨鱼,还能看见隐藏在其肚中的那柄锋利无比的三叉戟。紧紧盯着斗气鲨鱼,迎面扑来的腥风令萧炎的脸越加凝重。他微微一震手臂,青色火焰顺着经脉涌出,最后将整个漆黑尺子都裹在其中。萧炎双掌紧握尺柄,缓缓举过脑袋,体内斗气在此刻运转到了极致!

"破!"眼瞳猛然一缩,震耳欲聋的喝声自萧炎的喉咙间暴发而出。那被浓郁青色火焰包裹的玄重尺,犹如劈裂山峦一般,狠狠劈下!

随着玄重尺的劈下,其周围的空间都变得有些扭曲了,炽热的温度将周围地面上的水渍尽数蒸发!在众人的注视下,被青色火焰包裹的玄重尺,与那斗气鲨鱼,重重地撞在一起。

轰!两者接触,沉闷的爆炸声响起,漫天水雾从接触点嗞嗞地暴涌而出,夹杂着些许青色火苗,呈涟漪状向着四面八方扩散开去。水雾之中,付敖脸色略微有些难看地望着被玄重尺架住的三叉戟,其上所升腾的青色火焰,不仅未被由斗气凝聚而成的鲨鱼扑灭,反而在接触的一刹那,瞬间便将斗气鲨鱼蒸发成漫天水雾。这般突发状况,付敖倒是未曾料到。双掌死死地握着三叉戟柄,付敖的手臂抖动着,从玄重尺上传过来的力量强横得令他心悸。

萧炎的脸也是一片潮红，那是力量施展到极限的表现。紧盯着相隔不过两尺的付敖，萧炎的嘴角忽然扬起一抹弧度。喉咙微微滚动，奇异的声音在萧炎口中不断酝酿着，他的嘴巴也鼓胀了起来。片刻后，他一仰脑袋，紧闭的嘴巴猛地张开。

吼！随着萧炎嘴巴的张开，犹如雷霆般的狮吼声波，浩浩荡荡地暴涌而出，围观者都感到耳膜震痛，急忙死命地捂住耳朵。那与萧炎间隔不过两尺的付敖，更是受到了重创！

声波尚未传出时，付敖虽然感觉不对劲，但是并未立刻退缩，因此，萧炎的这记狮虎碎金吟，被他完整地接下。

付敖双臂急速颤抖着，在萧炎这如晴天霹雳的一吼之下，他的双耳处渗出一丝血迹，脑袋也乱成了一团。

在付敖被狮虎碎金吟震得失神的一刹那，萧炎双手猛地松开玄重尺，身体一旋，如鬼魅般出现在付敖左侧。他阴沉着脸，紧握的拳头夹杂着撕裂空气的尖锐风声，在周围一道道惊骇的目光中，狠狠地砸在了付敖的脸上。

咚！拳肉相碰，低沉的声音令围观者心头猛地一跳，随即他们便见到付敖犹如断线的风筝，身体在半空中连打了几个滚后，才重重地砸落在几十米外的地面之上，不知死活。

在付敖身体砸落在地的一刹那，周围一片死寂！众人望着纹丝不动的付敖，目光中有着难以掩饰的惊骇。

这可是三星斗灵强者啊，以付敖的实力，就算是放眼整个内院，那也是能够进入前七十的，而如今，他却败在一个刚刚进入内院不过五天的新生手下，并且，还败得如此凄惨。人们想起十来分钟前还得意扬扬的付敖，现在却如死狗一般躺在不远处，都感到匪夷所思。

剧烈的咳嗽声忽然响起，把安静的气氛打破了。萧炎以手中玄重尺抵着地面，单膝跪在地上，清秀的脸些微泛着苍白，细密的冷汗不断从额头上渗出。

从他那急促的呼吸来看，明显这一战胜得颇为不易。

"萧炎哥哥，没事吧？"一道倩影闪到萧炎身旁，纤手抱着他的腰，望向那张苍白的脸，青衣少女心疼地道。

"没事，只是强行提升实力的后遗症而已。"萧炎艰难地撑起身子，咬着牙摇了摇头。天火三玄变固然能让自己在短时间内提升实力，可那狂暴的能量对身体内部所造成的创伤也不小。若非萧炎本身是炼药师，还有药老这位经验丰富的炼药宗师从旁辅助，他是不敢轻易动用这招的。施展它之后，他感受到一股钻心般的绞痛。

手臂搭在薰儿纤弱的香肩上，萧炎冷漠地瞥了一眼远处的付敖。这个家伙原本不会输得这般凄惨，只不过他小看了异火对水属性斗气的克制程度。先前的那记斗气凝物的强悍攻击，若萧炎的斗气不是火属性，恐怕也不敢如此硬拼。

不论战斗是否存在侥幸，萧炎已经获得了这场比试的胜利，这便已经足够！

从纳戒中取出一枚修复内伤的丹药，塞进嘴中，萧炎这才转头看向白山那一群人。感受到萧炎那如刀刃般凌厉的目光，白帮的一群人都忍不住退后了两步，满脸警惕地望着萧炎。

"付敖输了，把人带走吧。记住我们之间的承诺，在场可有不少人做证。若是想要反悔，你白帮也算是声誉扫地了。"萧炎并未采取什么过激行动，仅仅是冷声道。

"这个自视甚高的蠢货，以为三星斗灵就无人能敌了，现在不仅输了，还给萧炎他们留下了半年的喘息时间。半年后，想要再收拾他们磐门，恐怕就得堂哥亲自带人来了！"白山咬牙切齿地望着不远处如死狗般躺在地上的付敖，在心中骂道。

"走！"被萧炎阴冷目光注视着，白山感到浑身都不舒畅，片刻后，他终于一挥手，极为不甘地喝道。

说罢，他便率先掉头快步走去。其后那几名白帮成员赶忙跟上，在路过付

敖身边时，分出两人将其抬走了。

望着白山一行狼狈地消失在视线尽头，一直紧绷着神经的磐门成员，终于彻底松了一口气。不过这次，他们并未欢呼出声，互相对视了一眼，都从对方眼中瞧出一抹迫切，那是对实力增长的渴望！

他们虽然进入内院不过几天时间，但是真真切切地感受到实力在内院中的重要性。以前他们在外院，都还算作佼佼者，可如今在这内院，实力却是寻常。为了能够不再受到类似今日的侮辱，他们必须尽快提升实力。他们也清楚，在这内院中，不可能凡事都依靠萧炎几人，作为磐门的一员，他们也需要尽全力付出！

"诸位，好戏收场，大家请回吧。"萧炎向围观的那些老生笑着拱了拱手道。

听到萧炎的逐客令，那些围观者也是颇为客气地向萧炎一拱手，然后三三两两地向着外面走去，同时还不断窃窃私语，想来是在谈论刚才的战斗吧。

"哈哈，萧炎哥哥，恐怕要不了多久，你打败付敖的事情，就会传遍整个内院了。"扶着萧炎，薰儿娇笑道。

"这样也好，至少能够震慑一下对我们磐门有坏心思的其他势力。"萧炎叹了一口气，抬头望着那些一脸热切地看着自己的磐门成员，缓缓地道，"各位，想必现在也明白在这内院实力有多重要了吧？"

"嗯！"几十名新生齐齐点头！

"没有实力，就只能被人堵在门口欺负！今天的事情，你们还想有第二次吗？"萧炎沉声道。

"不想！"所有新生涨红了脸，心头热血翻滚，齐声吼道。

"从明天开始，磐门成员进入天焚炼气塔中修炼。付敖失败后，短时间内，应该不会再有其他势力来找我们麻烦，所以，这段时间，我们必须尽快提升实力！"萧炎声音低沉地道，"而且，今天打败了付敖，无疑是给了白帮一个狠狠的耳刮子，他们绝对不会善罢甘休。但因为先前赌约，半年内，他们应该不会对我们出手，可一旦半年时间过去，那白帮，定然会倾巢而来！

"为了能够在半年后抵御白帮，提升实力之事，迫在眉睫！"听到萧炎的喝声，磐门成员皆红着脸重重点头！

"好了，今日大家便各自散去吧，明日在此处集合，集体进入天焚炼气塔！"萧炎挥了挥手，便转身向小楼阁行去。在即将进入大门时，他忽然停下脚步，转身对着身旁的薰儿轻声道："对了，把阿泰叫过来，我有些事要问他。"

"嗯。"薰儿微微点头，转身离开。

"你对那白帮知道多少？"大厅中，萧炎、薰儿、吴昊、琥嘉四人各坐一席，阿泰坐在偏左的位置，萧炎明显是向他发问。

"白帮的首领名叫白程，是白山的堂哥，实力很强，约莫在六星斗灵级别，据说还是强榜高手。"阿泰略微思索了一下，缓缓地道。

"六星斗灵？强榜高手？排多少名？"萧炎眉头微皱，手指轻轻地敲打着桌面。他与付敖这名三星斗灵相战，施展了天火三玄变，借助着青莲地心火之力，才侥幸将其击败。若是遇见六星斗灵，那可是整整一个阶别间的差距，胜算……除非使用焰分噬浪尺或者大型佛怒火莲，不然，胜算基本为零。

"三十四。"阿泰老实地回道。他对内院的了解，有些出乎萧炎的意料。

"六星斗灵方才排名三十四，这个内院的强榜，果然有很高的含金量啊。"薰儿捧着温热的茶杯，嘴角噙笑。

"嗯，的确很有挑战性。"吴昊笑着点了点头，脸上充斥着狂热战意。

萧炎十指交叉，身体靠在椅背上，叹了一口气，道："白帮其他成员呢？实力怎样？"

"白帮除去首领白程之外，还有三名斗灵强者，其中一名，便是今天与头儿战斗的付敖，其他两人，战斗力或许稍高付敖一筹，不过级别都在三星斗灵左右。"阿泰沉吟道，"其他成员，总共有三十四人，其中大斗师强者十三人，其

他的大多处于斗师巅峰。"

"四名斗灵，十三名大斗师，其他皆是斗师巅峰……"萧炎轻叹了一声，喃喃道，"这个白帮，实力不弱啊……麻烦。"

"的确不弱，这白帮在内院或许并不算顶尖，可能够招惹它的，也并不多。"阿泰苦笑道，"换作以前，其实类似白帮这种等级的势力，一般不会找新生势力的麻烦，这一次找上门来，多半还是白山的缘故。"

萧炎微微点头，这白山与他早有过节，如今进入这内院，有了能够凭借的实力，他自然是要来找自己的麻烦。说起来，磐门还是受自己牵连。

"一切都按我先前所说的办，明天开始，磐门成员进入天焚炼气塔中修炼，我们需要在短时间内迅速提升实力。"萧炎沉吟了一会儿，抬头问道，"大家手里的火能应该都够吧？"

"哈哈，沾头儿的光，在猎捕赛中，我们得到的火能，足够在塔中修炼一个月。"阿泰笑着点了点头。

"嗯，那就好。"萧炎点了点头，轻吐了一口气，喃喃道，"希望不要再节外生枝了，现在的磐门太弱，想要在这内院立足，还真是麻烦啊。"

第三章
暗中交锋

灯火通明的房间中,气氛隐隐带有一些火药味,十几个人或坐着或站着,脸上都有些许怒意。

"大哥,那磐门也实在是太不知好歹了,竟然敢把付敖打成这副模样!若是不出这口气,日后我们白帮还怎样在内院立足?"一名男子忽然忍不住一巴掌拍在桌子上,怒声道。

"是啊,大哥,不能让付敖大哥白挨这顿打啊。"这名男子的话音刚落,房间里其余的人便齐齐附和。

座次排在首位处,一名男子斜靠着椅背坐着,手掌撑着下巴,看其面貌,与白山隐隐有几分相像,只不过看上去要更加成熟阴冷一些。他便是白帮的首领——白山的堂哥,那个位列强榜第三十四名的白程。

白程并未理会房间中那些激愤的人,目光停在左边的一道人影上。那人的大半张脸都被包裹在纱布中,通过露出来的半边脸能够模糊瞧出此人的身份——正是今天被萧炎狠狠一拳砸在脸上,当场昏迷的付敖。

"付敖，伤势如何？"瞧付敖这副狼狈模样，白程忍不住皱了皱眉头，开口道。

付敖一开口，房间中立马安静，所有目光都停在他身上。

"没受太大的内伤，不过也要休养四五天方才能够完全恢复。"略有些变调的声音，从付敖嘴中传出。

"那个萧炎，实力怎样？"白程微微点头，微眯着眼睛，平淡的声音中掺杂着一丝阴冷。

"他本身实力不过五六星大斗师，可他似乎能够使用一种秘法强行将自身实力提升到斗灵级别。还有，他所施展的火焰极为霸道强横，我同时施展的斗技以及斗气凝物，被他那霸道的火焰尽数抵消了。"付敖眼中闪过一抹不甘，声音中饱含怒气，"本来我并不会败得这般窝囊，可谁料到那个家伙竟然还会声波斗技，趁我猝不及防地被那声波震得失神，他出重手将我打成这样。"

白程微微点头，将头偏向另外一旁脸色冷漠的白山。白山点了点头，淡淡地道："堂哥，详情与付敖大哥说的差不多。那个萧炎，的确拥有这些手段。另外，他还懂得一种更为强横的斗技，就是那日击败罗侯的诡异火莲，今日不知为何，未曾用上。"

"那火莲斗技我也听说过，的确挺强，不过似乎消耗很大，以萧炎的实力，全盛状态或许也只能施展一两次而已。"白程点了点头道。

"老大，这次我只是吃亏在不知其底细，下次若是再战，定然不会败！"付敖极为不甘地道。

"还嫌丢人丢得不够？"白程脸色一沉，猛地一拍桌子，响亮的声音将房间内的众人吓得不敢插嘴。

"今日你若没有立下赌约，现在我便可带人踏平磐门，让它关门解散，可你这自视甚高的蠢货，明知道那萧炎打败了罗侯，居然还敢自负地立下赌约。如今那赌约早已经在内院中传开，我再去找磐门的麻烦，岂不是落人口实？这内院里，等着看我们白帮出丑的人，可是相当多！"

"那怎么办？总不能就这样轻易放过去吧？装作什么事都没发生，对我们白帮的声誉似乎也不太好啊。"听了白程的呵斥，付敖只得放低声音，愤愤不平地道。

白程端过身旁的茶杯，浅浅地抿了一口。他仰着头，沉默了半晌，方才缓缓地道："半年内不许找磐门麻烦的约定，你已经许下了，所以，短时间内，白帮的人，尽量少与他们有纠纷。"

"堂哥，你想放任萧炎他们半年时间？"闻言，白山不由得一皱眉头，问道。

白程紧握着茶杯，沉吟了一会儿，微微点了点头，淡淡地道："半年时间，谅他们也成不了什么气候，等时间一到，我会亲自向磐门下战书。"

"这太冒险了吧？半年时间，谁知道其中会发生什么变故？那萧炎可不是能以常理揣度的人啊。"白山沉声道。

"放心吧，半年时间而已，就算他们每天都在天焚炼气塔修炼，也顶多到大斗师巅峰而已，斗灵级别，可不是那么容易晋升的。而且我又不是付敖这蠢货，就算胜券在握，也不会和萧炎单打独斗，到时白帮所有人出动，看他磐门还怎样挣扎。"白程挥了挥手道。

"这……"闻言，白山依然有些迟疑。在森林中与萧炎相处的那段时日，他没少见到这个家伙创造奇迹，因此心中总是有着几分忐忑。

"我这也只是初步打算，到时候再视情况而定吧，最近让人盯着磐门的一举一动。"见白山依然有些不放心，白程只得无奈地摇了摇头。

"好了，天色不早了，都各自散去吧。明天我会进入天焚炼气塔中修炼，五六天时间才会出来。这段时间，帮中的事务便由你和付敖二人照看。"白程站起身来，淡淡地道。

"嗯。"

翌日清晨，天色刚亮，新生住宿区的灯火便亮了起来。一道道人影从房间中掠出，最后整齐地排列在萧炎四人所住的小楼阁之前。

嘎吱……半响，小楼阁的房门缓缓打开，萧炎四人缓步走出，站在门口，望着那些气势高昂、满脸兴奋的磐门成员，不由得相视一笑。虽然这些成员的实力现在还挺弱小，但是潜力极大，只要给他们足够的时间，萧炎相信，他们迟早能够成为真正的强者。

"走！"人员集合完毕，萧炎并未废话，手一挥，便与吴昊、薰儿、琥嘉三人率先向外面快步走去，其后，四十来名新生紧紧跟随。

在通往天焚炼气塔的路上，来往的学员望着从身旁拥过的一大群人，都有些愕然。一些眼尖之人在瞧见领头的萧炎及其背负的硕大玄重尺后，议论纷纷：

"咦？那不是萧炎吗？"

"嘻，貌似挺帅的啊。"

"跟在他们身旁的两个女子也很漂亮，嘿嘿，不知道谁有好运，可以一亲芳泽。"

"这些人，应该便是最近在内院中传得沸沸扬扬的新生势力磐门吧？看上去气势不错啊。"

"听说昨天连白帮的付敖，都在萧炎手中吃瘪了，看来这家伙的确有些实力啊。"

……

听得这些窃窃私语，萧炎轻吐了一口气。如今他们这磐门，在内院也算出名了，不过如今他们的实力与这名声，貌似挺不符的。萧炎摇了摇头，不再理会周围人对他以及磐门的谈论，他催促了一声，整支队伍再度加快速度，带起一溜烟尘，迅速地消失在道路的尽头……

经过将近一个小时的赶路，那座只在地面上露出一截塔尖的天焚炼气塔终于出现在众人的视线之中。当磐门众人瞧见这极为奇特的黑塔之后，惊异的声音此起彼伏。

"萧炎哥哥,这就是天焚炼气塔吗?果然很奇特啊,竟然大部分埋在地底。"薰儿望着那截庞大的塔尖,嫣然轻笑。

"嗯。"萧炎笑着点了点头,领着众人占了一块并不靠前的地方。按照内院规矩,炼气塔每天都有着严格的关闭与开启时间,萧炎等人只得耐心地等待塔门的开启。

随着时间的流逝,周围等候的人群也越来越庞大,喧闹的声音以及会聚的人流,让磐门众人感到惊讶,没想到这准入条件极为苛刻的内院,拥有这般高的人气。

萧炎等人所在的地方,无疑是最为引人注目的。这些天里,萧炎以及磐门的事情,已经成为内院的焦点。萧炎等人盘腿而坐,并未理会周围那些嘈杂的声音以及各色目光。

在萧炎等人来到此处二十分钟后,忽然有一群人从人群中挤出,然后缓缓地向着萧炎等人所在的地方行来。周围的目光汇聚到他们身上,当看清这群人的领头者之后,那些目光顿时转移到萧炎等人身上,眼神中隐隐带着些微即将看好戏的兴奋。

忽然变得奇异的气氛,令萧炎睁开了眼睛。他抬头看向那走过来的一群人,不由得微微皱了皱眉头。

"大哥,小心点,那家伙便是白帮的首领——白程!"在萧炎身旁,阿泰脸色凝重地低声道。

"嗯。"萧炎微微点头,手一挥,几十名盘坐在地的磐门成员唰的一声,整齐地站了起来,紧紧地盯着缓缓走过来的白程等人。

一时间,这天焚炼气塔之外,气氛变得紧张了起来。

在所有人的注视下,白程一行缓缓地来到萧炎面前。白程的目光先是在那一众气势不弱的新生身上扫过,最后停留在萧炎四人的脸上。

　　与面前这位长相和白山有几分相似的男子对视着，萧炎并未因对方体内所散发出的强横气势而有所畏忌，一对眸子，平静不起波澜。

　　"你就是萧炎吧？常听白山提起你，今日一见，果然气度不凡。"与萧炎对视了片刻，脸色略有些阴沉的白程忽然一笑，竟然冲着萧炎伸出手来。

　　萧炎轻轻笑了笑，并未回答，在众目睽睽之下，伸出手来，与白程的手握在了一起。双手相握，白程脸上的笑意骤然一收，一股强横气息自体内暴涌而出，将周围的人群震得衣袍拂动，一些实力稍弱之人，更是往后退了一步，而那与萧炎握着的手掌处，也瞬间被浓郁的斗气所覆盖。

　　感受着手掌上剧增的力量以及疼痛，萧炎脸色微沉，体内斗气运转，一缕青色火焰沿着经脉飞速地蹿到了手掌之上。然而就在火焰即将离体而出的一刹那，那白程似有所感应一般，嘴角勾起一抹冷笑，中指微微弯曲，旋即以一个极为微小的弧度，重重地顶在萧炎的掌心。掌心传来的暗劲让萧炎一抖手臂，然而他的脸却依然极为平静，双眸紧盯着对面的白程。

　　一击中敌，白程趁着萧炎手掌麻木的一刹那，将手掌闪电般地抽回。萧炎眼神冰冷地望着占了便宜就想撤走的白程，屈指轻弹，一缕青色火苗猛地自指尖暴射而出，快速地追上白程抽回的手掌。瞥着飞速而来的炽热火苗，白程眼瞳微缩，掌心斗气猛然涌出，最后化为一圈直径半尺左右的斗气光罩，将那簇火苗包裹住，然后飞快撒手而退。

　　"爆！"萧炎嘴唇微动，低沉的声音自口中吐了出来。

　　话音刚落，那被斗气光罩所包裹的青色火苗，猛地一阵颤抖，随后轰的一声爆裂开来。一股不弱的火焰波动重重地砸在斗气光罩上，光罩表面犹如被投入石头的湖面，片刻之后，那由白程仓促间构建出来的斗气光罩终于不堪重负而破裂。火焰爆炸虽然将斗气光罩炸裂了，但是也因为自身能量的耗尽，在化为一阵火浪向四周扩散后，便缓缓消散。

　　"白程，你干什么！"两人间的这番交锋，隐秘而又快速，性子火暴的琥嘉俏脸一沉，率先冷喝道。

吴昊以及四十来名磐门成员，也是脸带怒意地齐齐上前一步，大有一言不合便要大打出手的意思。

"哈哈，何必着急？只是和萧炎学弟切磋了一下而已。在内院里，这种事有什么好奇怪的？"白程拍了拍袖口，淡淡地笑道，"奉劝一句，既然来到了内院，就最好按照内院的规矩办事，不然到头来，你们只会自取其辱。"

说这话时，他的眼睛一直盯着萧炎，先前的交锋，萧炎并未对他造成伤害，可他却是结结实实地给了萧炎一指，虽然有些暗算的成分，但是毕竟占了上风，因此，说话间，不由得略有几分得意。

萧炎面无表情，对着吴昊等人挥了挥手，示意他们不要冲动，另外一只手掌缓缓收回袖子，在进入袖子的一刹那，手掌忍不住颤抖了几下。先前白程的那一指，力量很强，若非他早有防备，恐怕这条手臂得好几天不能动弹。

虽然见到白程不过才几分钟的时间，但是可以看出，这人比白山更加阴狠。明明自己实力占优势，却依然采取暗算手段，这般做法虽令人不齿，可不得不说很具成效。

萧炎心中闪过一道念头，缓缓抬头，望着对面的白程，片刻后，平静的脸上忽然露出一抹淡淡笑容，轻声道："白程学长不愧是名列强榜的高手，今天这一指，萧炎技不如人，心中记住了，来日还请学长收回。"

盯着萧炎脸上的淡淡笑容，白程忍不住微皱眉头。对方对情绪的控制能力倒是出乎他的意料，眼中那抹隐晦得意缓缓消散，他声音低沉地道："只要你有那本事，我白程随时恭候。你给付敖下套子，让我白帮半年内不准动你磐门，这也算你有些本事。不过半年后，我会让你自己解散磐门！另外，还是那句话，内院有内院的规矩，不管你在外面是何等身份，潜力如何，没有实力之前，你就得趴着。没有实力，却依然敢这般狂妄嚣张，无疑会自取其辱。"白程冷笑道。

见到萧炎被白程在大庭广众下这般肆意侮辱，一旁的薰儿，灵动的眸子中隐隐有金色火焰闪耀，夹杂着一抹罕见的杀意。

萧炎微眯着眼睛，漆黑双眸也是掠过些微寒意，忽然伸出右手，将一旁脸色阴沉、浑身已经被血色斗气缭绕的吴昊按下，微微摇头，低声道："不要意气用事，秋后算账。"

被萧炎按住，吴昊只得点了点头，退了回去。他清楚，以他们如今的实力，还很难与身为六星斗灵强者的白程抗衡。

见到萧炎等人一言不发，白程得意地冷笑了一声。

"别人没本事嚣张，就是自取其辱，那你白程没本事，是否也是如此？"就在白程准备大摇大摆地离开之时，忽然有清冷的声音从人群中传出。

听到这并不陌生的声音，白程脸色微变，冷声道："韩月！你又多管闲事？"

人群之中，忽然分开一条小道，旋即七八道曼妙的倩影徐徐走近，阵阵香风令围观者精神一振，而那领头一人，正是与萧炎有过一面之缘的韩月。

韩月身后的几人都是女子，她们胸口处都佩戴着一枚弯月形状的徽章，显然属于同一个势力。韩月等人一现身，周围的视线顿时热切了许多，窃窃私语响个不停。

"见你欺负一群新生，有些看不过去，打抱不平而已，若是有本事，你倒是找林修崖、严皓他们耍威风去！"韩月的表情，依然如冰山般冷淡，一头齐腰的璀璨银发配着合体的银色裙袍，在场的女子，也唯有薰儿与琥嘉的风采能与之相比。

"你……"白程气得说不出话，嘴角抽搐了一下。那林修崖与严皓都是名列强榜前十的高手，实力更是在斗灵巅峰，麾下势力也在内院名列前五，他又如何敢在他们面前耍威风？

不过虽然心有怒意，但是他不敢对韩月太过放肆，对方不论实力还是势力，都不弱于他。他只能眼神阴沉地剜了萧炎一眼，略有些讥讽地道："我看白山所说不假，你的女人缘的确很令人羡慕啊。半年后，我倒要看看，还有谁会帮你。"白程冷笑了一声，一挥手，带人向着天焚炼气塔门口走去。

"半年之后，白帮解散。"在白程与萧炎擦肩而过时，萧炎缓缓吸了一口气，轻声对他说道。

脚步一顿，白程眼神中带着几分戏谑与嘲讽，望着萧炎："我等着你，只是到时候别又躲在女人身后就好。"说完，他一挥袍袖，带人离开了。

周围那些等着看热闹的人，不由得有些失望地摇了摇头。

韩月缓缓走向萧炎，望着那张在受了奚落后依然平静的脸，轻叹了一口气，低声道："昨天才与你说过，在未壮大前，尽量低调，结果你今天就惹了麻烦。"

"这可怨不得我，别人找上门来，总不能任由欺侮。"萧炎笑着耸了耸肩，旋即向着韩月拱手道谢，"多谢今日韩月学姐替我磐门出头，日后若是有需要帮忙的地方，萧炎定会竭尽所能。"

"这种事还是日后再说吧，现在的你，可帮不了什么。"韩月摇了摇头，直白的话让萧炎无奈一笑。

"开塔！"就在萧炎准备将薰儿等人介绍给韩月时，苍老的声音忽然响彻这片拥挤的地域上空，所有人屏气凝神，开启塔门的嘎吱声缓缓响起……

第四章
塔中修炼

望着打开的塔门,人群顿时喧哗起来。待大门完全打开之后,塔门之外的人猛地蜂拥而入,犹如潮水一般。

在拥挤的人群中,萧炎一行借着人多的优势,一窝蜂地拥进了天焚炼气塔之中。

进入塔中后,韩月因为路线不同,便带着那几名女子与萧炎分别。临走前,她还嘱咐萧炎多加留意白帮的举动。

对于韩月的好意,萧炎自然是心领,直到她们的背影消失在视线中,萧炎这才转身看向磐门众人。在未进塔时,他便告知他们要小心第一次的心火炙烤,还将如何正确化解心火的诀窍也一并告知,因此,现在新生们除了浑身僵硬、眼睛紧闭、脸色潮红之外,并未有其他异象出现。

在等待了将近两分钟后,薰儿率先睁开眼,脸上神采奕奕,显然,在被那簇心火淬炼了斗气之后,她的收获不小。

对于薰儿能够这般快速苏醒,萧炎略感诧异。由于得知了化解心火的方法,这第一次心火炙烤，自然就失去了审核的效果，所谓的坚持得越久便越出色的标准，已经无用，相反，现在得看谁能够最快地让一缕心火中的火力尽数挥发，以达到淬炼斗气的效果。

薰儿之后，不出意料，苏醒的是琥嘉，其后，磐门众人便陆陆续续地苏醒过来。虽然苏醒的时间不一，但是从众人那放光的脸色来看，他们明显在这缕心火炙烤中受益不浅。看来，这陨落心炎对于修炼，果然有巨大的帮助。

"这天焚炼气塔果然有些奇妙，难怪那些老生的进步如此之快，这内院，原来是靠它……"薰儿惊叹之余，似乎有些许旁人难以察觉的其他意味。

"在这里修炼，的确能够取得事半功倍的效果。"琥嘉惊喜地点了点头，"在这天焚炼气塔里修炼，不出一年，我定然能够进入斗灵级别！"

其他磐门成员也喜悦地附和着，看他们那急切的模样，真是恨不得立刻便找处地方坐下来修炼。

"这位应该是萧炎同学吧？"就在萧炎准备带众人前去寻找修炼室时，一个中年人忽然快步向他们走了过来，冲着萧炎笑眯眯地道。

"学生正是萧炎，这位导师有事？"萧炎望着中年人胸口上的特殊徽章——这是只有内院导师才能够佩戴的，连忙客气地回道。

"我是奉柳长老的吩咐，带你们去那处中级修炼室。"中年人低声笑道。

闻言，萧炎眼睛一亮，这才记起昨天柳长老所说的那处特殊的中级修炼室，急忙拱手道："那便多谢导师引路了。"

"哈哈，没事，跟我来吧。"中年导师笑着摇了摇头，目光随意地在萧炎身上扫了扫，片刻后，他微微点了点头，转身在前带路。

"跟上。"萧炎对着后面众人挥了挥手，赶忙跟上前面的中年导师。

萧炎一行跟在中年导师身后，一路向着塔内的中级修炼室区域行去，在走了几分钟的曲折路线之后，众人停留在一处颇为老旧的修炼室外。

望着这处与别处相比显得格外破旧的修炼室，萧炎等人有些无语。那中年

导师似乎也知道他们在想什么，不由得笑了一声，推门而入。

萧炎略微迟疑了一下，还是领头进入其中。双脚踏进房间，淡淡的寒气从石板中沿着双脚攀爬而上，令萧炎等人有一种浑身清凉的感觉。

房间中，淡淡的柔和灯光让人既不感觉刺眼，又不觉得昏暗。房间面积颇大，容纳四十人绰绰有余，中央有一大块用漆黑岩石垒起来的宽敞平台，平台高出地面约两寸。

"萧炎，中央的黑石地带，便是修炼之处。"中年导师笑着走到平台边缘，指着黑石上把石面划分得泾渭分明的线，笑着道："每个人有足够的修炼空间。这里有一处凹槽，只要你们将自己的火晶卡插进去，然后运转功法，便会有源源不断的心火出现在你们体内，然后，你们便可用心火来淬炼斗气，锻炼经脉、骨骼，以提升实力。"

闻言，众人赶忙好奇地围拢上去，果然见到黑台之上被不知名的染料勾画出各自的修炼地盘，并且，在这修炼地盘上，还有一处一寸多深的凹槽。

"你们第一次进入天焚炼气塔中修炼，所以我得与你们讲讲规矩。"中年导师直起身子，沉吟了一会儿，道，"心火淬炼，虽然能够令你们快速增长实力，但你们并不能废寝忘食地在此修炼，因为心火之中蕴含着火焰狂暴能量，在将斗气中的杂物淬炼之时，也会有一丝火焰狂暴能量渗入体内。

"这种火焰狂暴之力，并不能用斗气化解，必须花时间磨合。以你们如今的实力以及对心火的抵抗性，最好修炼半天就休息一夜，这般作息最好。

"等你们在此修炼久了，便可以适当增加修炼时间。如果晋升斗灵级别，则能够在塔中一次性修炼四五天。但是现在，你们得按部就班地修炼，不然会适得其反。这种事情，我们内院是不愿意看到的。"

听到中年导师的提醒，萧炎等人皆点点头。

中年导师笑了笑，挥手道："你们既然已经明白，那么便抓紧时间修炼吧。第一次进入修炼室修炼，效果可是非常显著的，不少天赋杰出的新生，都在这第一次修炼中晋级了，希望你们也能行。"说完，他摆了摆袖子，转身向着门外走去。

萧炎微微沉吟，然后快步跟了上去，将中年导师送出门口时，忽然低声道："导师请等等。"

听得萧炎的话，那名中年导师不由得一愣，就在他愣神间，萧炎快速地往他手里塞了一个小玉瓶。萧炎轻笑道："今天麻烦导师了，这只是一瓶能让人静下心来修炼的丹药，算不得太珍贵。"

那名中年导师刚要将东西退回，却听见是能够令人静心修炼的丹药，眼中闪过一丝惊喜。略微迟疑了一下，他笑眯眯地将玉瓶收好，左右望了望，低声道："小家伙，放心吧，这片区域刚好归我掌管，嘿嘿，安心修炼吧。"

"哈哈，多谢导师。"萧炎含笑点头。

"若是不嫌弃，日后叫我侯虎老哥就好。"中年导师朗声笑道。

"那小子便恭敬不如从命了。"萧炎轻笑道。

"嗯，好了，进去修炼吧，可别浪费时间了。"侯虎笑着挥手道。

萧炎点了点头，这才转身关上房门。

侯虎忍不住笑着摇了摇头，低声道："这个小家伙，很会做人啊，不错，不错，我喜欢。"

"啧啧，这般稀奇的修炼法子，还真是闻所未闻。"刚刚进屋，萧炎便听到了琥嘉的声音，抬眼望去，见她正抚摸着黑色石台。

萧炎笑着点了点头，走上前去，也是小心翼翼地摸了摸黑台，微微的温热顺着指尖传来，体内流转的斗气，似乎活跃了些许。

"果然是有些奇妙，大家各自找位子坐下吧，看看我们之中，有多少人能够在这第一次修炼中晋级！"萧炎抽出背后硕大的玄重尺，掌心一翻，便将之收进纳戒中，纵身一跃，率先找了靠左的位置坐下。

见萧炎带头，磐门众人皆听命而行，各自找了一处修炼之所。

盘腿在石台上坐好,感受着那股越来越明显的温热,萧炎长长地吐了一口气,屈指一弹,一张青色火晶卡便出现在掌心。萧炎紧握着青色火晶卡,然后谨慎地将其插进面前的凹槽之中,只听一声细微的咔嚓声响,淡淡的毫光从凹槽之中迸射而出。萧炎清楚地看见,青色火晶卡上面的数字"一百四十八",立刻减一,显然,这是扣了一天的修炼费用,也就是一个火能。萧炎缓缓闭上了双眼,双手结出修炼印结,身体如老僧入定般,纹丝不动。

紧接萧炎之后,薰儿等人也将火晶卡插进凹槽,一时间,房间中接连不断地响起细微的咔嚓声,淡淡的毫光同时亮起,几乎将房间内的灯光都掩盖了下去。

毫光渐淡,原本充斥着窃窃私语声的房间,渐渐变得寂静,唯有平稳有力的呼吸声,在房间中回荡。

在进入修炼状态后,萧炎对周围天地间能量的感应,变得更加敏锐。他能感觉到这间修炼室中那强得令人咋舌的炽热能量。在这种地方修炼,修习火属性功法的人,无疑会取得比别人更加显著的成效。

噗,忽然,有细微声音响起,旋即,一簇泛着异样波动的无形火苗,毫无预兆地出现在萧炎心脏附近,丝丝温热徐徐散发,将萧炎体内熏烤得热气腾腾。

心神注视着那簇无形火苗,萧炎心中再度为这陨落心炎的神出鬼没而感到心悸。萧炎在心中暗暗感叹了一番:现在的这簇火苗,无疑比昨天的更加雄浑,想来应该是身处这个中级修炼室的缘故吧。

随着这簇陨落心炎投射体的出现,昨日曾经出现的那种经脉灼痛之感又开始出现,不过此次,萧炎并未再施展青莲地心火将之隔绝。经过对这里修炼方式的了解,他已经明白,让体内经脉、骨骼、肌肉在灼痛中缓慢成长、进化,正是这天焚炼气塔中颇为重要的一环,若是将之隔绝,收获将会变少,未免有些得不偿失。

萧炎咬牙忍受着体内的灼痛之感,那簇无形火苗却升腾得越加欢愉,高温从中渗透而出，在人体内犹如一个熔炉，而人体内的所有器官乃至经脉，都在这熔炉中接受熬炼，不断地变强！

高温所产生的灼痛，虽然会令萧炎体内经脉偶尔极为轻微地抽搐一下，但是还好，并非不能忍受。坚持了十分钟左右，萧炎心神一动，位于气旋之中的那块菱形斗晶，忽然散发淡淡的毫光，旋即一股股强横斗气犹如洪水泄闸，源源不断地从中潮涌而出。斗气在经脉中飞速运转，最后在萧炎心神的指引下，来到那簇散发着高温的陨落心炎投射体处，心神微动间，青色斗气直直地灌进无形火苗！

在斗气进入无形火苗的一刹那，萧炎能够清晰地感觉到，无形火苗猛然炽热了许多，而进入火苗的斗气，犹如沸腾的开水，不断地在高温中被驱逐、剥离……

这种沸腾并未持续多久，那缕斗气便成功地从火焰中钻了出来。钻出火焰之后的斗气与之前相比，体积缩小了将近一半，然而其中蕴含能量的雄浑与紧凑程度，远非先前可比。显然，经过无形火焰的淬炼，这缕斗气已经成功瘦身。

第一缕被淬炼成功的斗气在出了火焰之后，便在萧炎心神的牵引下，再度沿着经脉运转了一个循环，然后灌进斗晶之中，斗晶表面的光芒再度微微涨了一些。

瞧见斗晶的变化，萧炎的心中顿时涌上一抹喜悦。陨落心炎真不愧是修炼加速器，这般功效，任何人都会眼红不已。此事若是传出去，就算以迦南学院在斗气大陆上的地位，陨落心炎也免不了被人觊觎吧。

随着第一次淬炼的成功，萧炎放下了最后一丝担心，心神闪动间，一缕缕斗气被源源不断地从斗晶之中抽出，然后沿着经脉运转，再穿过火苗，最后回到斗晶之内！

完美的循环，完美的淬炼，萧炎能够感到那斗灵之中的斗气越发澎湃。按照这种速度，恐怕要不了多久，他便能够达到六星大斗师巅峰级别，进而突破

到七星！

众人沉浸在实力飞速增长的喜悦之中，那股劲头，似乎恨不得直接一口气修炼到晋阶为止。

宽敞的修炼室中，所有人的身体表面都被包裹在一层淡淡的无形波动之中，一丝丝淡淡的白色雾气从头顶上袅袅升起，逐渐变淡，直至转化成虚无。偶尔，有的人身体表面的无形波动会出现剧烈的颤动，与此同时他们的脸会陡然涌上淡淡的红光，此时若是细细感应，则会发现，他们的气息比先前强横了许多。显然，这些人在第一次的淬炼中，非常幸运地得到了晋级的机会。

整个修炼室中，出现这种情况的，大多是一些天赋不错，可实力却还在斗师七八星左右的人，而类似萧炎、薰儿这种本身实力已到大斗师六七星的，则并未出现这种情况。毕竟，像他们这种等级的学员，大多已经进入天焚炼气塔的第二、三层修炼了，这一层的中级修炼室很难满足他们的需求。

时间如流水般从指缝间悄然流逝，当一声古老钟鸣响彻整个塔层时，修炼室中紧闭眼睛的众人都缓缓睁开了双眼，一时间，因为实力大涨而有些控制不住的气息弥漫开来。

眼睛乍然睁开，淡淡精芒一闪即逝，萧炎深吐了一口憋在胸口已久的浊气。他扭了扭脖子，听得那骨头碰撞的脆响，不由得轻笑了一声，转头将目光扫向其他苏醒的磐门成员，却是一愣——他们眼中居然都有一缕淡淡的火红色。

"这应该是因为淬炼斗气，而被那火焰狂暴能量侵蚀所致吧。"由于是玩火高手，萧炎对于这种情况并不陌生，一眼便瞧出了端倪，"看来果然如同侯虎所说，实力不强者，不能持续在此修炼啊，不然火焰狂暴能量过度累积，迟早会成为一种难以治愈的火毒，损坏人体。"萧炎在心中叹了一口气。

"萧炎哥哥，修炼得如何？"忽然有轻柔的声音在身旁响起，萧炎抬头，原来是薰儿。

视线从薰儿那灵动的眸子间扫过，萧炎略感诧异地一挑眉，修炼了这么久，这妮子竟然没有半点儿异状，瞧这模样，似乎那火焰狂暴能量对她并未产生什么作用。

"真是深藏不露啊。"萧炎心中嘀咕了一声，又将脑袋转向琥嘉与吴昊所在的方向，发现他们眼中隐隐有一缕极淡的红芒，显然，与薰儿实力相仿的他们，受到了火焰狂暴能量的侵蚀。

萧炎手掌一晃，一块水晶出现在手中，借助着那光滑的镜面，他仔细地盯着自己看了半响，却有些诧异地发现，自己眼中居然同样没有出现被侵蚀的痕迹。

"有青莲地心火护身，你大可肆无忌惮地淬炼斗气。虽然青莲地心火在异火榜上的排名比不上陨落心炎，但这一点投射体对你造不成伤害。至于你那小女友，怕也是有着什么神秘之物护体。"在萧炎疑惑之时，药老的声音悄悄地在他心中响了起来。

闻言，萧炎这才恍然大悟，不着痕迹地微微点头，在心中有些窃喜地问道："如此说来，我可以一直待在这天焚炼气塔中修炼，而不用休息以化解火焰狂暴能量的侵蚀？"

"嗯，只要你能忍受住修炼时的枯燥，有着青莲地心火的你，可以随意修炼。"药老笑着回道。

"哈哈，这种枯燥我都已经忍受好几年了，有何不能忍受的？"萧炎轻笑了一声，脸上忍不住浮现出些许喜悦。有着青莲地心火护体，那么他在塔中的修炼时间便能够大大地超出其他人，他的修炼速度，也将远超其他人！

"看来得找个借口留在塔中修炼，不能白白浪费了这宝贵的时间，争取早一天到达斗灵，日后陨落心炎有变时，方才有实力抢夺！"心中闪过这个念头，萧炎从黑石台上站起，跳下台来，伸手拉住薰儿，然后附耳与她说了一些安排。

薰儿稍有诧异，便微微点了点头，注视着萧炎那张有些热切的脸，柔声道：

"放心吧,磐门的事情,交给我们三人,你就只管安心修炼。"

低头望着那张清雅脱俗的脸,不知为何,萧炎平静的心忍不住泛起一丝涟漪。这妮子当真是出落得越来越水灵了,出来历练这么多年,萧炎还真是极少遇见容貌和气质能与她比肩的女人。

萧炎使劲地甩了甩头,将心中的思绪暂时抛开,轻轻拍了拍薰儿的脑袋,然后转身独自走出修炼室。他现在需要去找侯虎,方便自己能够继续留在塔中修炼。

走出修炼室,萧炎发现,或许是先前那个钟声的缘故,塔内人来人往,不少在来时还紧闭的修炼室大门,此时全部敞开,一大群人从中蜂拥而出,向着塔门快速行去。从这些人眼中,萧炎都瞧见了些许淡淡的红芒。

站在修炼室外,萧炎踌躇了一下,然后挤进人群,向着塔内中心位置快速走去,进入下一层的通道应该便在那里。这第一层明显只能够逗留一天时间,想要继续修炼,得到下面几层去才行。

逆着人流行动,萧炎闪转腾挪,人群逐渐稀疏,不到十分钟时间,萧炎一拐弯,便彻底地挤出了人群。

萧炎松了一口气,刚欲四处寻找进入下一层的通道,一道人影却忽然闪至身前,旋即一声斥责在萧炎耳边响了起来:"你这家伙,怎么如此不懂规矩?难道不知道古钟响起时,塔内严禁乱闯吗?"

萧炎急忙停下脚步,一抬头,发现对方是一个和侯虎年龄相仿的中年人,胸口同样佩戴着一枚导师徽章,看来他应该和侯虎一样,也是负责维持塔内秩序的导师。

"这位导师——"他正欲解释,这个沉着脸的导师大手一挥,皱眉道:"别说了,既然修炼结束了,那就回去休息,等明日将体内隐形火毒化解,再来塔中修炼。塔中马上就要开始检查了,若是发现你还逗留在此地,可是要扣火能的。"

隐形火毒，应该便是侯虎所说的火焰狂暴能量吧。看着这个导师严厉的面孔，萧炎感到有些头疼。

"咦，萧炎？你怎么还在这里？"听到这声音，萧炎心中顿时一喜，赶忙回过头，朝大步走来的侯虎使了个眼色。

见萧炎对自己挤眉弄眼，侯虎心中有些疑惑，走上前向拦住萧炎的中年导师笑道："秦黎，让我来吧，你忙你的。"

闻言，那名导师迟疑了一下，目光在萧炎身上扫了扫，旋即点头道："那好吧，你得赶紧把他弄出去，不然检查的时候被发现了，我们都会挨柳长老训斥。"

"嗯。"侯虎笑着点了点头。

目送秦黎消失在转角处，侯虎这才看向萧炎，疑惑地道："萧炎老弟，修炼结束了，怎么还在此地逗留？"

"嘿嘿，侯老哥，我有件事，想请您帮个忙。"萧炎凑近了一点儿，笑着道。

"何事？"侯虎眨了眨眼睛，问道。

"侯老哥，你也知道，以我现在的实力，在第一层修炼，没有太大的效果，所以我想去下面几层修炼，能否通融一下？"萧炎低声道。

"去下面几层？"闻言，侯虎一惊，旋即摇着头沉声道，"萧炎老弟，我知道以你的实力，在第一层修炼，效果并不显著，可按照规矩，不管新生实力有多强，都必须在第一层坚持修炼一周，才能够进入下面几层修炼。那心火炙烤，不管实力如何，都会让斗气之中掺杂一丝火毒。这东西可不是儿戏，这么多年，因为火毒累积而得不偿失的人，并不少啊。

"再者，心火炙烤，也需要时间适应。这天焚炼气塔，每下一层，修炼室中的心火的雄浑和炽热程度，都会成倍增长。你如今第一层的都还未适应，便要下去，未免太过冒险了。"

萧炎无奈地摇了摇头，指着自己的眼睛，道："侯老哥，我所修炼的功法虽

然等级不高，但是有点儿特殊，对于火毒等毒素，有一定的抗性，所以你不用担心我会因为火毒入体而有什么损伤。至于对心火是否适应，你也放心吧。我听说，内院中，实力在五星大斗师左右，便能够进入第三层，我现在只是进入第二层而已，没关系的。"

盯着萧炎那漆黑如墨的眸子，侯虎一愣。在塔内工作多年，对于火毒这东西，他极为了解，只要看一眼对方的眼睛，他就能够分辨出其究竟有没有身中火毒，现在看萧炎的眼睛，貌似还真没有受到丝毫火毒的侵蚀。

"好吧，我相信你对火毒有抗性，可就算如此，也有些不合规矩啊。"许久之后，侯虎叹息着点了点头，依然有些为难。

萧炎上前一步，手一翻，又将一个玉瓶不着痕迹地塞进侯虎手中，笑眯眯地道："侯老哥，你经常在这塔内工作，虽然本身实力强横，但是也难以消除体内每日吸收的火毒。这瓶丹药名为'冰灵丹'，虽然品阶不高，但是有压制火毒的奇特功效。"

手中被塞进玉瓶，侯虎的心跳了一下，待萧炎将这丹药功效解释一遍后，那握着玉瓶的手掌立马紧了起来，生怕它跑了。正如萧炎所说，经常在这塔中工作，他们这些导师所吸收的火毒其实比学生更加严重，再加上休息不足，更是难以彻底化解火毒，久而久之，难免心火上升，练功出岔子。

虽然仅仅是压制，而并非驱除，但是侯虎依然极为满足。在沉吟了片刻后，他苦笑着叹了一口气，道："你拿出来的东西，总是让人舍不得拒绝。唉，好吧，今天就为了你冒一次险，跟我来！"

说完，侯虎飞快地扫视四周，拉着萧炎迅速地向着位于中央的一个地方走去。跟在侯虎身后，萧炎长长地松了一口气。这冰灵丹的炼制，虽然有些繁复，但是并不困难，没想到会有这等奇效，当真是好钢用在了刀刃上。

俩人走了将近五分钟，侯虎方才放慢了步伐，萧炎朝前一望，不远处的转角有一个螺旋形的楼梯，想来这应该是进入下一层的入口吧。

"还好今天是我守门，不然还真不可能放你下去。嘿，别动，小心点，这里设有空间结镜，胡乱硬闯的话，至少也是重伤。"侯虎快步来到楼梯口，赶紧拉住想要绕过来的萧炎。

听了侯虎的提醒，萧炎这才发现，面前的通道口的空间，果然隐隐地有些扭曲，不由得冒出冷汗。这天焚炼气塔内，果真处处是机关陷阱，一个不小心，便可能落得重伤的下场。

侯虎伸手取下胸口的徽章，小心翼翼地将其按在墙壁上的一个隐蔽的凹槽中。面前的空间忽然一阵细微波动，眨眼间，萧炎便发现，面前空间的扭曲之感，已经尽数消失。

"现在可以进去了吧？"萧炎小心翼翼地问道。

"嗯，空间结镜已经被解开了，你自己下去吧。等你进去后，我还得继续封锁，直到明天再开塔门时，才会打开结镜。"侯虎点了点头道。

"多谢侯老哥了。"闻言，萧炎大喜，向着侯虎感激地拱了拱手，然后谨慎地伸手在面前摸了摸，这才放心地沿着楼梯走下。

"记住，若是熬不住第二层的心火炙烤，那就找地方休息一下，等明天塔门开启后，再回来修炼。"侯虎提醒道。

"哈哈，明白，多谢侯老哥。"萧炎点了点头，再次向他一拱手，身形一闪，便蹿进了螺旋形的楼梯，消失不见。

侯虎抛了抛手中的玉瓶，小心翼翼地收好，望着萧炎消失的地方，轻叹了一口气，低声道："老弟，在下层修炼，速度固然更快，可那也是在能够抵御心火的前提下啊！希望你真能熬得住吧！"

第五章
七星大斗师

萧炎顺着螺旋形的楼梯走了约莫五分钟,面前的视野忽然开阔了起来,宽敞的塔内空间出现在他视野之中。这天焚炼气塔的第二层,与第一层面积相差不大,只是略微冷清一点儿。

萧炎的出现,令周围一些从修炼室中出来,进行短暂休息的学员感到有些诧异,不过也并未有什么骚动。众人的目光在萧炎身上扫了扫后,便开始窃窃私语,似乎是在疑惑为什么萧炎在这种时候还能下来。

萧炎四处看了看,并未太在意周围的视线。他踱着步子,往第二层塔内走去。进入塔内,萧炎吸了一口略微炽热的空气,这天焚炼气塔,每下一层,温度便要高出许多,真不知道那最后一层,将会是何等的炽热?那种地方,恐怕也就只有一些长老才敢进入吧?

萧炎沿着圆形路线的走廊缓缓行走,在走廊的左侧,便是最外围的低级修炼室,但萧炎志不在此,并未停下脚步,依然沿着走廊继续向里走着,七八分钟后,便到达了靠内一些的中级修炼室地带。

站在一间挂着"缺人"牌子的中级修炼室前面，萧炎略一迟疑，却并未立刻进入其中修炼，沉思了一会儿后，悄悄地向着这层塔内的中央位置行去。既然他在打陨落心炎的主意，便需要搞清楚那中央的无底黑洞究竟是个什么东西。

一路走出中级修炼室地带，直到高级修炼室区域，这里的修炼室无疑比外面的都要精致一些，而且数量也大大减少，萧炎细细数来，发现高级修炼室竟然只有十八间。而此时，这些修炼室的门上，都挂着代表有人修炼的特殊牌子，显然，这些修炼室早已经被人占据。

在高级修炼室区域的里侧，矗立着高耸的围墙，在围墙下方的铁门处，三名胸口佩戴着导师徽章的中年人正脸色淡漠地站立于此地。瞧见停在对面路口处的萧炎，三人的目光同时射去，其中的警告之意甚浓。

望着那森严的守卫，萧炎无奈地摇了摇头，只得放弃想要打探的念头，随意地在周围看了看，然后装作若无其事地转身，向着来时经过的中级修炼区域走去。萧炎能够察觉，那三名导师一直牢牢地盯着自己，这般谨慎地戒备，实在令萧炎有些无语。

"看来中央位置应该有不能公之于众的秘密吧，唉，这该死的陨落心炎，真是麻烦。"在心中喃喃了一声，萧炎停下脚步，抬头望着左前方不远处的小型中级修炼室。这种小型修炼室只能容纳三至五人修炼，明显不能与第一层的大空间比较。左右看了看，萧炎发现似乎只有一个小型修炼室上面挂着"缺人"的牌子，当下便向着这个中级修炼室快步行去。

萧炎轻轻推开房门，轻手轻脚地进入其中，再反手将房门合上。修炼室之中，柔和的灯光照遍了房间的所有角落。在这个修炼室中央，有五块间隔两三尺的黑石台，而此时其中的四块石台上，已经有人在盘腿修炼，萧炎便抬腿向着那块空余的石台行去。

或许是因为开门的声音，在萧炎进入修炼室之后，四名闭目修炼的学员便睁开了眼，警惕地望着走进来的萧炎，直到确认其身上并没有代表势力的徽章

后，才松了一口气。

萧炎的目光也从四人身上扫过，同样发现他们胸口上并没有任何代表势力的徽章，想来他们属于自由者吧，也就是未曾加入任何势力的学员。

"四名大斗师，不过看他们那不甚稳定的气息，想必是刚进入大斗师级别不久吧。"盘腿坐在漆黑的石台上，萧炎一翻手掌，青色火晶卡出现在他手中。

"青色火晶卡？"晶卡出现在萧炎手中的一刹那，四个惊呼声立刻在修炼室中响了起来，其中蕴含着些许羡慕和垂涎。

察觉到从旁边射来的四道垂涎的目光，萧炎不由得一挑眉头，轻哼了一声，一股雄浑气息自体内暴涌而出。感受到从萧炎体内涌出的强横气息，一旁四人的脸色不由得有些变化，他们赶忙收回垂涎的目光，不敢再表现出丝毫的贪婪。萧炎所展现出来的气息，无疑要比他们强悍许多。

见已将这些家伙震慑住，萧炎这才缓缓收回气息，将青色火晶卡插进面前的凹槽之中，顿时淡淡的毫芒绽放而出。而在这毫芒闪烁间，萧炎突然发现，那火晶卡居然一下子扣了两天的火能！

微微一皱眉头，萧炎在心中喃喃道："难道越往下，修炼一天时间所需要的费用便越多？这内院，还真是够苛刻的。"

无奈地摇了摇头，萧炎逐渐闭上眼睛，双手在身前结出修炼手印，半晌，呼吸渐渐平稳，再度进入修炼状态。

宽敞明亮的巨大房间中，十几名老者错落地坐于其中，在柔和灯光的照耀下，能看清楚他们胸口的徽章，显然是只有长老才有资格佩戴的特殊徽章。

气氛略有些沉闷。许久之后，坐于首位的一名有些看不清容貌的老者，轻轻咳了一声，率先打破房间中的平静。苍老的声音，缓缓在房间内回荡："这几天，那东西又开始有些不稳定了……"

听到他这话，其余的老者皆紧皱着眉头。

"经过这段时间的观测，我发现它所散发的波动比以前剧烈了许多，而且从其情绪来看，也越来越暴躁……"老者依然自顾自地说道，"看这情形，恐怕近年内，它会来一次大反扑，将会是一次极大的麻烦。"

"要不我们联手再加固一次防御？实在不行，就通知一下内外院的院长吧，这东西不能暴露。我们内院虽然处在深山之中，但距离北面的黑角域不远，一旦出事，那几个一直关注着内院的老家伙便会立马闻讯赶来。这天焚炼气塔的封印，瞒不过他们。"另外一名老者沉声道。

"防御肯定是要加固的，但院长大人正在进行深度闭关，外院院长又喜欢外出游历，谁也不知道他现在身在何处。"首位的老者缓缓摇了摇头，沉默了片刻，忽然抬头看向角落处的一名老者，问道："柳长老，那个拥有异火的小家伙，如今如何了？"

"他正在第二层修炼。或许是有异火的缘故，他竟然不怕火毒的侵蚀。我已经照大长老的吩咐，给了他足够的关照。"与萧炎有过一面之缘的柳长老连忙起身，恭声回道。

"嗯。"首位的黑袍老者微微点了点头，苍老的声音略有些低沉，"唉，真是没想到啊，一个陨落心炎让我内院崛起，而现在一个年龄不过二十岁的小家伙，居然能单独坐拥异火奇物，当真是让人羡慕啊。诸位长老，若是遇见这个小家伙，可以尽量提供方便，说不定在日后陨落心炎暴动时，我们还得依靠他的力量。唉，不能小看异火的能量啊。如此奇物，聚天地之灵而生，又拥有毁灭性的力量，一个不慎，恐怕内院就会有灭亡之祸。"

"是！"下方十几名被内院学员敬畏有加的长老都站起身来，恭声应道。

"嗯，好了，都各自散去吧。对了，记得随时注意北面黑角域中那些大势力的动静，特别是那几个家伙。血宗最近也有些异动，听说是那老家伙儿子死了的缘故，真是不让人省心。"大长老挥了挥手，咳嗽了几声道。

众位长老微微点头，旋即身形晃动，化为一道道模糊黑影，一阵轻风刮过，

众人消失在这个房间之中。

待房间中其他长老全部消失后，那位全身包裹在黑袍中的大长老，方才缓缓站起身来，他的身体居然渐渐变得虚幻，待他完全从椅子上站立起来时，身体诡异地消失了。

无形火焰在心中升腾燃烧，一缕缕斗气源源不断地从斗晶之中涌出，经过火焰的淬炼之后，再度钻回气旋内的斗晶中。在这般完美的循环之下，原本只有拇指大小的斗晶，现在已经足足有鸽子蛋大小，而且，其上面所蕴含的毫光也越来越润泽。

斗晶的这般变化，自然没有逃脱萧炎的注意。他因为处于修炼状态，所以并不太清楚过了多久，从现在斗晶中所蕴含的雄浑斗气来看，他如今应该达到了六星大斗师的巅峰，或许要不了多久，便能够达到七星大斗师的级别！

心火源源不断地从心脏附近升腾而起，给予萧炎取之不竭的淬炼能量。如今萧炎体内的一切循环，在经过长时间的运转后，都已经实现自动的状态。斗气不需要萧炎心神操控，便自动从斗晶中涌出，然后按照循环路线，从火焰中穿行而过，最后再度回归斗晶。

对于这种极难遇见的自动修炼状态，萧炎自然不会蠢到去将其打断，心神保持着平和，不因任何外物而有所动容，只是安静地注视着那光亮越来越强盛的斗晶。

修炼持续进行着。不知过了多久，当萧炎再次被一阵奇异的波动惊醒时，却惊喜地发现，此时气旋中那块菱形斗晶居然犹如星辰，正在不断地释放着异样的光芒。

斗晶的这种突兀景象，令萧炎略感诧异，稍后，他便极为欣喜地明白，晋级的契机已经来到！强行压抑住心中狂喜，萧炎并未对斗晶发出任何命令，而是以旁观者的心态，注视着它的细微变化。

菱形斗晶悬浮在气旋之内，忽然间，有一股吸力自其中渗透而出。随着这股吸力的出现，萧炎察觉到，那些流转在身体各处经脉之中的雄浑斗气，犹如受到牵引，化为奔腾的洪水，带着无声的震动，向着小腹处的气旋之内急速涌去。

不仅萧炎的体内正发生着变化，在其体外，也出现了不小的动静。在斗晶散发出吸力的那一刻，弥漫在萧炎周身的能量，急速波动起来，片刻之后，一股股温热的能量，疯狂地灌进萧炎体内！修炼室中的能量远远超过外界，一个若隐若现的能量旋涡，正在以萧炎为中心急速地旋转着。

修炼室内，其他四名学员也被突如其来的动静从修炼状态中惊醒了过来，当他们瞧见萧炎体表的能量旋涡后，皆是一怔，旋即满脸羡慕。显然，他们也知道这动静代表着什么。

"这个家伙，不吃不喝地修炼了四天时间，真是个怪胎。"一名学员望着那正疯狂吸收着周围能量的萧炎，嘀咕道。

萧炎自四日之前来到这所修炼室，便未有过半点儿动静，而其他四名学员都外出休息了好几次。若非因为萧炎的呼吸始终平稳，他们都要向塔中导师报告了。

"我今天打听过了，这个家伙是今年这届新生的领头人物，名叫萧炎，实力很强，据说连白帮的付敖，都被他打败了。"一名容貌略有些娇俏的女子盯着萧炎的面孔，小心翼翼地说道。

"原来他就是萧炎！嘿，关于他的传言，原本我还有些不信，可如今一见，果然不假。"闻言，另外三名学员脸上顿时涌上一抹惊诧。他们虽然并未加入任何势力，但是对于萧炎的名头并不陌生。

"嘘，都小声点吧，万一打扰到他晋级，我们可就麻烦了。"那名女子将手指放在嘴前，轻声说道。

"嗯。"其余三人微微点头。

气旋之中,斗晶依然不断地释放着吸力,体内经脉之中的斗气已经尽数收了回来,而那些从体外源源不断涌进身体的斗气,却并未如同体内斗气一般,被斗晶立马吸纳,而是从体内那缕无形火焰之中穿行过去,经过淬炼,沿着体内经脉循环一周后,方才在萧炎心神欣慰的注视下,被纳入斗晶之中!

虽然萧炎没有控制斗晶,但是斗晶将吸纳、运转、淬炼等步骤都运行得丝毫不差,而且对火候的把握能力,即便是萧炎亲自动手,也难以做到这般完美。萧炎这不管不顾的举动,获得了最大的成效。

随着时间的推移,斗晶中散发的吸力越来越强横,而从外界灌进体内的斗气运转得越来越快。若不是身处此处,无形火焰可以源源不断地出现,或许淬炼斗气的火焰,会陷入枯竭。一旦无形火焰消散,那么淬炼这一步骤,就会自动停摆,或许就得萧炎亲自掌舵了。不然,任由那些斑驳的能量进入斗晶之中,不仅晋级无望,还会对自身产生难以弥补的伤害。

体内和体外的斗气都在斗灵的指挥下,有条不紊地发生着变化。这一次的晋级,无疑是萧炎最轻松的一次。借助着无形火焰之功效,他成功地做了一次甩手掌柜。

斗晶之中的吸力释放了二十多分钟后,终于开始减弱,在萧炎周身的能量旋涡也缓缓变淡,直至最后完全消散。最后一缕有些驳杂的斗气从无形火焰之中穿过,体积缩小了十分之一,沿着经脉循环一周,钻进了气旋的斗晶之中。

随着最后一缕斗气的灌入,略微有些颤抖的斗晶陡然凝固,其表面上所散发的毫光猛然大盛。璀璨的强光将体内每个地方都照了个通透,而在这阵奇异强光的照射下,萧炎能够模糊地感觉到,体内经脉、骨骼,都在发出舒畅的呻吟。

奇异的强光仅仅持续了几十秒,便渐渐黯淡,最终彻底消散。强光一散,那块隐藏在其中的斗晶,便现出了本身!

斗晶一现身，就再度一阵细微颤抖，一缕雄浑斗气从中涌出，最后如一条青色洪流，蜿蜒盘踞在经脉之中，急速蹿涌，给萧炎带来一波波极为充盈的力量！

心神瞧着比先前大了两三圈的菱形斗晶，感受到其中较之前雄浑了两倍有余的斗气，萧炎不由得长长地松了一口气，这般艰辛苦修，总算是没有白费。

随着紧绷的心缓缓放松，萧炎有些保持不住修炼状态，旋即便从修炼状态中退了出来。宽敞的修炼室中，萧炎缓缓地睁开了双眼，漆黑眸间，淡淡的青色精芒闪掠而过，他微微抬头，目光扫向房间中的另外四人。瞧见他看过来，其他四人赶紧转移视线。萧炎刚刚晋级完毕，浑身气势达到巅峰，怎是他们这些刚刚进入大斗师级别的人能够抗衡的？

萧炎并未理会四人，一口浊气长吐而出，漆黑眸子顿时变得更加幽深清澈。他扭了扭身体，待稍稍适应后，方才抽出面前的青色火晶卡，随意一瞥，却错愕地发现，已经扣了八天的火能。

"我修炼了多长时间？"萧炎微皱着眉头，转头向一名学员问道。

"四天。"见萧炎发问，那名学员赶忙老实回答。

"居然修炼了四天……难怪……"萧炎无奈地嘀咕了一声，心中却暗暗有些欣喜。他仅仅修炼了四天，居然就突破到七星，若是在外界，没有一两个月的时间，是绝对不可能的。

"这陨落心炎果然有着无穷奥妙，仅是分化出来的投射体便能够让人提升到这般修炼速度，若是占用本体的话，那修炼速度不知会加快多少。"

萧炎暗自赞叹了一声，站起身来，径直向着修炼室之外走去。不眠不休地修炼了四天时间，也该休整一下了，萧炎也知道过犹不及。

第六章
磐门的变化

走出塔门,温暖的阳光洒下来,让在塔内待了足足五天时间的萧炎有种不想动弹的舒适感。手掌捂着脸,透过手指缝隙望着蔚蓝的天空,萧炎使劲吸了一口新鲜的空气。在天焚炼气塔内修炼,固然能加快修炼斗气的速度,可那种暗沉氛围实在是太压抑了。虽然内院已将塔内光线弄得尽量柔和,但是不管怎样,塔始终是塔,像一个囚笼。

"难怪内院想方设法禁止学员在塔内久待,待久了,真的会令人心理扭曲。"暗暗地嘀咕了一声,萧炎迈开步伐,缓缓地向磐门行去。

"好几天没出来了,不知道薰儿他们现在如何,应该不会有什么事情吧。"心中这般想着,萧炎的步伐不由自主地加快了许多。

半个小时后,新生的住宿区便出现在萧炎的视线之中。目光粗略一扫,未发现有什么不对劲,他才将提在心口的大石放了下去,匆忙的脚步也减缓了一些。

踱着悠闲的步子缓缓走进住宿区,萧炎脚步一顿,眉头微皱,望着站在新生住宿区入口的四名学员，发现这四个人都戴着一枚同样的徽章，徽章呈淡青色，其中雕刻着一个黑色的图案。

"这些家伙属于什么势力？难道又是来找麻烦的？"心中闪过这个念头，萧炎的脸色阴沉了许多。这些家伙，未免也太欺负人了吧，三番五次地前来捣乱，真当他们这些新生没有火气？

手掌微旋，巨大的玄重尺诡异地出现，萧炎紧握着尺柄，向着入口的四名学员大步走去，任谁都能清楚地看出他脸上的怒意。

此时，入口处的那四名学员也瞧见了萧炎，当下一怔，旋即四人竟然向着他冲了过来。萧炎微眯着眼睛望着径直而来的四人，脚尖一蹬地，刚欲冲上前去，对面四人口中兴奋的叫喊声，让他满脸错愕："头儿，你可回来了！"

手中玄重尺猛地一触地，萧炎将身形止住，愕然地望着已来到身旁的四人，半晌，方才有些不太确定地道："你们……是磐门的人？"

"嘿嘿，嗯。"其中一名面貌平凡、一脸灿烂笑容的青年搔着头，笑着点了点头，解释道，"薰儿学姐说了，既然作为一个势力，便应该有属于自己的徽章，她说这样能加强成员对磐门的归属感。"

萧炎心中松了一口气，有些汗颜，自己这首领当得实在是太不负责了，竟然连自己成员的长相都记不住，甚至刚才还差点动手。

萧炎的目光在四人身上扫过，走得近了，他才发现，那徽章上的黑色图案，不就是自己手中的玄重尺吗？而那淡青色的背景，刚好与他的青莲地心火一个颜色。

"这个妮子还挺细心。"萧炎轻笑了一声，拍了拍身旁兴奋的四人，问道，"薰儿应该在里面吧？"

"嗯，薰儿学姐在。如今我们磐门也拥有自己的护卫队，每天四人轮流站岗，守卫住宿区，而且里面还有十名成员随时待命，以应付任何突发状况，而其他成员，薰儿学姐让他们自由行动，尽快摸熟内院的形势。"那名青年貌似很

能说话，一面在前面引路，一面竹筒倒豆子般诉说着这短短四天时间，磐门所发生的变化。

萧炎安静地听着他的诉说，心中忍不住赞叹，这妮子倒还真有些本事，这短短几天时间，便把磐门整顿得焕然一新。这种手段，一直习惯独自一人的萧炎，还真搞不出来。

在进入住宿区入口时，其他三名磐门成员停在那里继续放哨，而那名很能说的青年，则一直在前引路，直到将萧炎带到最里面的小楼阁处，方才停下脚步。

"嘿嘿，头儿你就自己进去吧，我还得回去放哨站岗。薰儿学姐说了，只要放哨满三天，并且其间没有出现什么意外的话，便能够领到一天的火能。现在这活儿，大家都抢着干呢，哈哈。"停下脚步后，这名青年笑着道。

望着他那张隐隐有些迫切与得意的脸，萧炎张了张嘴，心中已对薰儿佩服得五体投地。虽然这种手段并不太稀奇，但是这内院中，有几个势力有魄力拿火能做奖励？去过天焚炼气塔第二层的萧炎非常清楚，那下面的塔层，对火能的需求是何等庞大。

"你叫什么名字？"萧炎笑着问道。

"头儿，我叫铁木，以后有事一定要叫我。虽然可能打不过，但我们磐门弟兄人多！"自称铁木的青年憨笑着摇了摇脑袋，有些受宠若惊地回道。

"哈哈，好，你去忙你的吧。"萧炎笑着点了点头。如今的磐门，充满了凝聚力，这种力量是一个势力能够壮大的最根本原因。

心中微微一笑，萧炎转身推开楼阁的大门，缓步走了进去。进入楼阁，萧炎目光四处扫了扫，最后停在二楼窗台处正小心翼翼地给一盆花浇水的美丽背影上。

淡淡的阳光从窗户处倾泻而进，照耀在少女那修长纤细的身姿上。少女宛如一朵摇曳生姿的青莲，清雅脱俗，却又妩媚天成。萧炎心神有些迷离地欣赏

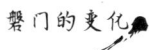

着那道美丽倩影，保持着沉默，不愿打破这幅美丽画面。

"萧炎哥哥！"少女将手中水盆放下，终于瞧见了下方的黑袍青年，清雅精致的脸上不由得浮现出一抹淡淡的欣喜与红润。

听得少女清脆的声音，萧炎回过神来，冲着她笑了笑，缓步走上二楼，手掌揉了揉薰儿的脑袋，笑着道："妮子，不错啊，没想到这才几天时间，你便将磐门弄成这副模样，以前我还真是小看你了。"

"这也有琥嘉姐的功劳。"薰儿颇为自然地挽着萧炎的手臂，娇笑道。

"还好有你们两人，不然，这磐门迟早会让我和吴昊搞得人心涣散。"萧炎苦笑道。他明白自己有几斤几两，吴昊那个战斗狂人明显也不擅于管理。

"对了，琥嘉和吴昊呢？"四处看了看，萧炎疑惑地问道。

薰儿抿嘴轻笑，道："琥嘉姐去内院的斗技阁了，说是想要看看那里有没有适合她的高阶斗技。吴昊嘛，去竞技场了，而且已经两天没回来了。不过萧炎哥哥不用担心，那里有我们磐门的人，有事情会有人来通报我们的。"

微微点了点头，萧炎望着那张巧笑倩兮的清雅面孔，心头忍不住一动，伸出手臂挽着那盈盈一握的纤细柳腰，将有些羞涩的薰儿搂进怀中。"辛苦你了，薰儿。"萧炎下巴抵着薰儿前额处，喃喃道。

"萧炎哥哥怎么和薰儿这般客气了？小时候——"薰儿嫣然一笑，话还未说完，便被萧炎打断了。

"小时候我的那些误打误撞的举动，这些年，你已经十倍百倍地还给我了。"萧炎轻叹了一口气，这个妮子对自己的付出也太多了。原本以她的性子，她很难将某个男人放在心中，以她的出色程度，也很少有同龄男子能够入其法眼。虽然她现在表面上不过六七星大斗师水平，但是萧炎始终不会忘记，当年在乌坦城，还是一名斗者的她，就因为加列家族请来的炼药师柳席，爆发出大斗师的实力。

三年之前，她便能达到大斗师实力，三年之后……想到这，萧炎再度苦笑

了一声。

薰儿将脸轻轻地靠在萧炎胸口,嘴角扬起一抹带着一分倔强的浅笑。片刻后,薰儿忽然想起了什么,脸色一正,从萧炎怀中挣脱,然后拉着他快步走进她的房间之中。

"怎么了?"萧炎疑惑地问道。

"带你见一个人。"薰儿笑了笑,纤手轻轻一拍,只见房间中的一处阴影忽然缓缓延伸出来,然后汇聚在一起,急速蠕动着。在萧炎略有些惊诧的目光中,阴影逐渐凝聚成一道苍老人影,最后,一张略有些熟悉的笑脸,出现在萧炎眼中。

"哈哈,萧炎小友,别来无恙啊。"望着萧炎错愕的表情,老者不由得笑着打招呼道。

"您……您是凌老?"萧炎仍有些不敢置信地问道。出现在萧炎面前的老者,赫然便是当初萧炎闯云岚宗时,那位神秘斗皇帮手凌老。

凌影笑着点了点头,冲着薰儿微微躬身:"小姐。"

萧炎从错愕中回过神来,听到凌影对薰儿的称呼,不由得恍然大悟地看向薰儿,微皱着眉头说道:"你们……"

"哈哈,萧炎少爷,自从你离开乌坦城之后,不到半年时间,我便听从小姐的派遣,来到加玛帝国,寻找到你的踪迹,然后一路暗中保护着你。"凌影笑了笑,说道,"你不要责怪小姐自作主张,那时候你势单力薄,独闯加玛帝国很危险,小姐实在是放心不下,便派我暗中保护。"

"本来我是家主安排给小姐的最后防护,我不在小姐身旁,其实是小姐最危险的时候。现在的你或许也能模糊地知道小姐背后势力有多庞大,打小姐主意的人并不少。好在这迦南学院不愧是闻名大陆的古老学院,小姐没出什么岔子,不然,我肯定会受到家主极其严厉的斥责。"凌影含笑道。他想让萧炎清楚,薰儿为了他的安全冒了很大的风险,不要因为这件事,对薰儿产生不满的情绪。

与萧炎接触过一段时间的他，清楚地知道，这个家伙有些排斥被人暗地监视。

凌影的话中之意，萧炎自然听出来了，当下轻叹了一口气，拍了拍一旁薰儿的脑袋，苦笑道："你这妮子，我能有什么事情？你也太小瞧我了吧？"

见萧炎并未责怪自己，薰儿心中悄悄松了一口气，嫣然一笑，没有开口辩解。

"凌老，上次仓促分别，此次见面，萧炎再次为您老出手相助说声感谢。"萧炎站直身子，对着凌影微微躬身，沉声致谢道。

"哈哈，萧炎少爷何必客气？我不过是奉命行事。"凌影连忙摆了摆手道。

"萧炎哥哥，此次让你与凌老见面，主要是前段时间我让他回去仔细调查了一下族中高手的动向，并未发现有斗皇强者在几个月前去过加玛帝国。"薰儿轻声道。

闻言，萧炎一怔，他原本只是有些怀疑父亲的失踪与薰儿背后的势力有关系，但与她谈过之后，那丝怀疑便几乎消散，没想到这妮子竟然还大费周章地派人去调查。

"萧炎少爷，你父亲失踪之事，的确与我们无关。萧家，或许应该说很久之前的萧家，与我们有一些颇深的渊源，恩怨太多。族中的确曾经有强者建议，直接将萧家所有人带回去，可最后因为争议太大而放弃。"凌影停顿了一下，继续缓缓地道，"最近几年，没人再提起这件事，所以令你父亲失踪的主谋，应该另有其人。"

萧炎紧皱着眉头，叹了一口气，声音低沉地道："可我萧家如今只不过是一个帝国二流家族而已，怎么可能惊动斗皇强者？如此说来，或许最大的嫌疑还得落在云岚宗上，唉，那个该死的大长老。"

萧战是在被云岚宗大长老追击过程中失踪的，当时并未有其他人在场，所以人究竟是失踪了，还是被暗中掳走，没人知道。如今大长老已经死了，萧战的行踪变得更加扑朔迷离，但是不管怎样，这事都与云岚宗脱不了干系。

当初在暴怒之下，萧炎失去理智，当场击杀了大长老，事后便被云岚宗倾力追杀。他一路逃亡，最后逃出加玛帝国，其间根本没有半点儿空闲时间来思考这其中的蹊跷。如今冷静下来的萧炎，心中则开始有几分怀疑，但是从大长老临死前的表现来看，不像是在撒谎。

"唉！"萧炎使劲地甩甩头，叹了一口气。父亲失踪之事，或许只有日后再度回到加玛帝国，才会得到一些线索。

现在的他，尚未具备与整个云岚宗抗衡的实力，他唯一能做的，便是安静地苦修，将那陨落心炎弄到手。他很清楚，若是按照正常速度修炼，没有个五年时间，自己根本不可能具备向云岚宗复仇的实力。只要拥有第二种异火，修炼神秘焚诀的萧炎，或许就能够得到真正与云岚宗抗衡的力量。

"云岚宗……"凌影也念叨了一下这个名字，老者浑浊的眼中忽然闪过一抹异样的神色。

"云岚宗，又和他们扯上关系了，当初被他们追杀，逃出加玛帝国，我说过，我迟早会回去！到时候定要将整件事调查得水落石出！"萧炎狠狠地握着拳头，压抑着暴怒与杀意。

薰儿微微点头，轻声道："我会让人注意云岚宗，萧炎哥哥也不用太过着急，安心修炼才是正途。"

萧炎脸色略有些阴沉，片刻后，点了点头，手掌揉了揉额头。再度与凌影交谈了一会儿后，兴致不太高的他，便紧皱着眉头独自离开了薰儿的房间。

望着萧炎离开的背影，薰儿纤手轻挥，一股劲风将房门紧紧关上，还担心出意外，一道金光从掌心中射出，将房门覆盖。

"凌老，你似乎已经知道了一些与云岚宗有关的消息？"薰儿忽然轻声道。

闻言，凌影一愣，迟疑了一会儿，点点头，压低声音道："这次回去，我特地查探了一下关于云岚宗的情报，从中发现了一些以前不知道的东西。"

"说。"薰儿微眯着眼睛，摄人心魄的淡淡金芒从眼中掠过。

"这个一直龟缩在加玛帝国之中的势力,似乎暗中和那些家伙有一些极为神秘的来往。"凌影缓缓地道。

"那些家伙?"薰儿微微一怔,旋即俏脸微变,"你是说他们?"

"嗯。"凌影点了点头。

"再怎么说,云岚宗里也出现过顶级强者啊,又怎会与他们纠缠上?"薰儿诧异地道。

"不清楚,不过似乎来往时间也不算太长,或许只是和云岚宗上一任宗主、如今的斗宗强者云山有过来往吧。这件事,云岚宗内知道的人恐怕不多。我想,可能如今的云岚宗宗主云韵,都不知道云山与他们有来往,不然的话……"凌影说到这里,迟疑了一下,望着薰儿那恬静的脸,轻声道,"不然以她和萧炎少爷的关系,她不可能什么都不表现出来。"

薰儿微微点头,神情依然平静,只是声音冷了一些:"如果他们真和云岚宗有牵扯的话,说不定萧战叔叔的失踪确实和他们有关,毕竟他们也知道萧家有'那东西'的一部分钥匙。这些家伙明知道我们与萧家的关系,还敢如此肆意妄为,当真是越来越猖獗了。"

"嗯。"凌影点了点头,盯着薰儿,有些迟疑地道,"小姐,您已经在萧家十几年了。当初族中让你去萧家,本意是想让你暗中取得萧家的那部分钥匙,可你却来了迦南学院。这么多年,也没有得到任何有关钥匙的消息。这次回去,我可是听见族中一些对您不太满意的意见,若非碍于萧家祖辈曾经与我族有过血誓,恐怕那些人都打算用强了。"

薰儿抬起头,灵动的眼睛中有着金色火焰跳动,她声音平淡地道:"不用理会他们。"

闻言,凌影苦笑了一声,只得点头。

"关于云岚宗与他们之间的牵扯,暂时不要告诉萧炎哥哥,等到他有实力与云岚宗抗衡,再说也不迟,如今说了,怕会对他不好。"薰儿提醒道。

"是。"凌影点了点头,恭声应道。

"嗯,你先离开内院吧,这里强者太多,若是发现了你的行迹,总是少不了一些麻烦。"薰儿挥了挥手,吩咐道。

"是。"凌影再度点头,道,"我会在深山中待着,小姐若是有事,发族中特殊信号便成。"

凌影说完话,身形一颤,身体便发生一阵诡异的扭曲,最后化为一道阴影,无声无息地融进房间内的黑暗中。

在凌影消失片刻之后,薰儿这才轻叹了一口气,眼中奇异的金色火焰缓缓退去,揉了揉脸,让那淡淡的脸多了一分柔和,然后转身出了房间。来到屋外,薰儿四下看了看,最后看向楼阁的顶层,然后她缓步走了上去。此时天色已暗,夜空中点缀着几颗星辰,一轮浅月挂在天际,散发着淡淡月华。

萧炎坐在地上,手中把玩着一枚散发着奇异毫芒的古玉。在月光的照耀下,古玉表面上的那些奇异纹路,似乎在呼吸一般,时亮时暗。不过这并没有吸引萧炎的注意力,他只是紧紧地盯着古玉之中那一个不断游移的灵动光点。这个光点代表着父亲的生死。这种时候,也唯有这依然散发着生机的光点,方才能够让萧炎真正地潜心修炼。

"萧炎哥哥。"少女清脆的声音在不远处响起,萧炎抬起头,望着微笑着走来的薰儿,站起身。薰儿的目光被古玉的光亮吸引,她陡然停下脚步,清雅的俏脸上,一抹惊愕缓缓浮现。

第七章
陀舍古帝

"陀舍古帝玉?"

听着从薰儿口中冒出来的奇怪词语,看着她脸上的惊愕之色,萧炎微皱眉头,紧握着手中这块温凉的神秘古玉,道:"你认识这东西?"

深深地吸了一口冰凉的空气,薰儿脸上的神情变幻不定。许久之后,她方才一咬牙,快步走至萧炎身旁,低声道:"萧炎哥哥,这玉,你是从哪儿得来的?"

"家族迁移时长老让我保管的。"萧炎望着薰儿那异样的神色,眉头皱得更紧了,沉声道,"怎么了?"

"原来是这东西,萧家所掌握的那部分钥匙原来就是陀舍古帝玉。"薰儿的目光紧紧地注视着萧炎手中的古玉,心中念头如潮水一般急速翻涌,半晌,她缓缓闭上眸子,再睁开时,眼中的惊愕已经消散不见。

"萧炎哥哥,这陀舍古帝玉,日后你不要在任何人面前拿出来,记住,是任何人!"薰儿紧握着萧炎的手,神色有着前所未有的郑重,"虽然这个大陆上认识这东西的人只有极少数,但是万一被其他人知道你身怀陀舍古帝玉,立刻会

招来杀身之祸,甚至连这迦南学院,也会眼红出手。"薰儿将声音压得极低,生怕有人偷听。

瞧着薰儿那郑重的神色,萧炎脸色也凝重了许多,一股淡淡的温凉从这块神秘古玉中散发而出,让他心中时刻保持着冷静。他点了点头,低声道:"这东西为什么叫陀舍古帝玉,它不是我萧家族长身份的象征吗?"

薰儿微微点头,轻声道:"经过这么长久的岁月,或许现在萧家已经没有人知道这块玉的底细,因此只是将它当作族长信物,并且将一点儿灵魂印记储存其中,以便让族人随时知道族长的生死情况。"

"那它究竟是什么来历?听你这么说,这陀舍古帝玉是一种极了不起的东西?它又如何会在我萧家?"萧炎按捺不住内心的激动,急迫地问道。

何止了不起?薰儿心中苦笑了一声,摇了摇头:"萧炎哥哥,出于一些缘故,现在我还不能告诉你太多,不然,对你没有半点儿好处。你若是相信薰儿,就听我一次,以后不要在任何人面前拿出这块玉!"

萧炎望着薰儿那带有些许哀求神色的脸,心头一软,叹息着点了点头,手一翻,便将那块神秘无比的古玉收进纳戒之中。

见到萧炎将古玉收好,薰儿这才松了一口气,轻声道:"萧炎哥哥,好生保管它。虽然你手中的这块陀舍古帝玉并不齐全,但是隐藏着极其庞大的能量和神效,萧家的列位长辈只研究出它能储存灵魂印记这一点微不足道的功能。日后,或许它会给你巨大的帮助。"

萧炎微微点头,目光灼灼地盯着薰儿,一时间,两人都沉默了下来。薰儿叹了一口气,仰起头直视着萧炎,声音轻柔地解释道:"萧炎哥哥,有些东西,我的确隐瞒了,你要相信薰儿,这绝对不会对你有坏处。等到萧炎哥哥有实力与云岚宗抗衡时,我会将所有的事情原原本本地告诉你,包括薰儿背后的势力,以及我们和萧家的渊源。"

萧炎眼睛紧紧地盯着薰儿,半晌,缓缓点了点头,手掌揉着薰儿脑袋,低

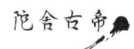

沉地道："好，我等着你对我和盘托出的那一天。"说完，他便转身，径直向着楼梯走去。

望着萧炎的背影消失在楼梯处，薰儿不由得苦笑了一声，咬牙低声自语道："唉，算了，不要再管族中的任务了，让我从萧炎哥哥手中取走陀舍古帝玉，我可办不到。反正此事没有其他人知道，族中的人应该也猜不到它会在萧炎哥哥手中。"

淡淡的月华从窗口处洒进，将房间内照得朦朦胧胧的。

萧炎盘腿坐在床榻上，灵魂力量全力破体而出，用灵魂感知力把整个房间包裹其中，房间中的每一处黑暗，都被其来回搜寻。如此谨慎地持续了十几分钟后，萧炎方才一弹漆黑戒指，顿时，一缕淡淡光芒从中飘出，片刻后，凝聚成苍老的身影。

"老师——"瞧见药老身影，萧炎嘴巴一动，刚欲开口，药老便挥了挥手，沉吟道："我知道你想问与那陀舍古帝玉有关的事情，但是这东西，我也只是听说过，从未见过。"

闻言，萧炎略有些失望，试探地问道："那老师可知道这究竟是个什么东西？"

"我能告诉你的，是这个陀舍古帝玉，或许与千年前那个陀舍古帝有些关系。"药老思忖了许久，方才缓缓地道。

"陀舍古帝？"萧炎一怔，重复了一遍这个名字，片刻后，有些疑惑地道："是一个人？"

"或许称其为神都不为过。"药老叹了一口气，语气中有着一股莫名的敬畏。

心头一震，萧炎喉咙动了一下。他自然知道，世界上根本没有什么神灵，若说有，那也只是一些将斗气修炼到能与天地相抗衡的巅峰境界的生灵。

"难道，他……他是一名……斗帝？"说到最后两个字，萧炎的声音中都有

了几分颤抖。在这个大陆上，不管是谁，只要提起这个代表着无与伦比和至高无上的词语时，都会忍不住地心生一股敬畏。

"嗯。"药老的灵魂体也在此刻颤抖了几下，低沉的声音在房间中回荡着，"斗气大陆上，斗圣强者凤毛麟角，可斗帝却是只有一位。那个难以跨越的障碍，让不少天资卓越的修炼界巨擘，也黯然而退。抛开已经遗失所有信息的上古时期不谈，除了千年前那位陀舍古帝，据我所知，大陆上还未出现第二位斗帝。斗圣与斗帝虽只有一阶之差，却有着天壤之别。这么多年，那些有资格冲击这一境界的巅峰强者，最终都以失败收场。

"而你手中的这块陀舍古帝玉，或许便是那位陀舍古帝的遗留之物吧。虽然不太清楚它的确切用途，而且它还只是其中的一小部分，但已足以吸引大陆强者前来抢夺。因此，你那小女友让你不要在任何人面前拿出这东西，还是有道理的。"

药老的脸色显得有些凝重，他也未曾想到，萧家竟然拥有这等足以掀动大陆的奇物。若是这事情传了出去，可想而知，萧炎将会面临何等严峻的形势。被这个东西吸引而来的强者，可不是那云岚宗可以相比的，萧炎此时是没有丝毫反抗能力的。

"陀舍古帝……"萧炎深叹了一口气，苦笑了一声，忽然间有一种不切实际的感觉——原本以为它只是一件普普通通的家族信物，如今却和一位只存在于传说中的神一般的人物有了关系。

"我知道这事情对你的冲击力太大，你权当今天这事没有发生吧，这事只有我们三人知道，想必不会泄露出去。日后，这块陀舍古帝玉或许会对你有极大的帮助，可现在，你的实力根本不足以触摸它的奥妙，先让它安静地待在纳戒中吧。"望着萧炎的神情，药老无奈地摇了摇头，劝说道。

萧炎苦笑着点了点头，如今也只能这样了，忽然间得知自己居然身怀这等重宝，却不知其底细，心里难免忐忑。

"从明天开始，你进入天焚炼气塔进行闭关修炼吧，早日达到斗灵级别，也好为抢夺陨落心炎增加一些成功的概率。"药老笑着道。

萧炎点了点头，沉默了一会儿，心中释然了一些。斗帝什么的，距离他实在太遥远了。他现在最想要得到的，还是天焚炼气塔中的陨落心炎，那东西能带给自己实实在在的力量。而这陀舍古帝玉，姑且不说它究竟是不是陀舍斗帝遗留下的东西，就算是，萧家那么多代先辈都未研究出什么，萧炎可不相信自己随便琢磨一下，就能够将其研究透彻。所以，与其将期望放在这还不确定有何作用的陀舍古帝玉上，还不如增强自身的实力，将主意打到陨落心炎上。

翌日，萧炎从房间中出来，刚好在大厅中瞧见已经归来的琥嘉与吴昊。琥嘉倒是与往常没太大区别，可吴昊的形象却有些不太好看，脸上带着许多伤痕，这个战斗狂人却是一脸兴奋之色。萧炎发现其隐隐间多了一分凶悍凌厉，显然，这几天的竞技场斗勇让他有很大收获。

"萧炎，你竟然晋级了？"两人感觉到萧炎比前几日强横了许多的气息，惊诧地问道。

萧炎笑着点了点头，在大厅中坐下，对着吴昊笑道："竞技场如何？"

"强者很多，而且都是那种在真正战斗中磨砺出来的强者，绝非外院中那些只知一味修炼的家伙可比。我在那里混了四天，战斗了八场，胜三负五，到头来还损失了二十天的火能。"吴昊点了点头，对于竞技场的评价颇高。

"哦？"闻言，萧炎略感讶然。连吴昊这等实力在竞技场都不能保持一半的胜率，看来那竞技场中，还真是强者云集啊，这倒让他有了一丝兴趣。

"你若是有时间，也可以去竞技场试试，那里是一处磨炼的好地方。"吴昊将手中的一块糕点塞进嘴中，含糊地道，"接下来我恐怕很少会去天焚炼气塔了，我觉得还是竞技场适合我。"

萧炎笑了笑，刚欲说话，却听到身后传来脚步声。他偏头一看，原来是薰儿从楼上走了下来。

萧炎冲着薰儿微微笑了笑，沉吟了一会儿，道："正好人到齐了，我跟你们

说一下，我打算在天焚炼气塔中闭关一段时间，这段时间，磐门中的事，就交给你们三人了。"

"闭关？"听得萧炎的话，三人都有些愕然。片刻后，薰儿方才轻声问道："多长时间？"

"直到突破八星级别吧。"萧炎轻笑道。

"呃？你才突破七星没多久，就又想突破？就算有天焚炼气塔的帮助，也不会这么快吧？"琥嘉皱眉道。

"在第一层或者第二层的确不会有这般速度，不过我们不是拥有青色火晶卡吗？哈哈，这东西足以让我们进入第五层甚至第六层修炼。"萧炎笑着道。

闻言，吴昊顿时眼睛一瞪，嚷道："第五、第六层？你难道不知道天焚炼气塔每下去一层，心火便越来越雄浑与炽热吗？以你这七星大斗师的实力，顶多在第三层修炼，第五、第六层，至少需要四星斗灵以上的级别才能够扛得住啊。"

琥嘉也微微点头。经过这段时间对内院的了解，她也知道了一些天焚炼气塔的事情。

"放心吧，萧炎哥哥能行的，在他身上出现的奇迹，你们见得还少吗？"与吴昊两人相反，薰儿听得萧炎的话，只是略微怔了一下，随即便端起茶杯，浅浅地抿了一口，轻声说道。她对萧炎的了解比那两人更多一些，而且她也清楚，以萧炎的性子，他断然不可能去做没有把握的事情。

萧炎笑着点了点头，拥有青莲地心火的他，不用在意心火的旺盛以及火毒的侵蚀。见到萧炎心意已决，吴昊与琥嘉也只得点了点头。

"我闭关期间，你们多注意一下白帮。那白程不像是个肚量大的人，我想，即使有那半年约定，恐怕他也会暗中给我们使一些绊子。"提起白程，萧炎微微皱起了眉头，那个阴沉的家伙总让人心存戒备。

"萧炎哥哥安心闭关吧，等你出来，会见到一个更加强大的磐门。至于那白程，他若真是暗中使绊子，也就不能怪我们不遵守内院的规矩了。"薰儿点了点头，淡淡地笑道。

萧炎微微点头，有薰儿坐镇，他自然能够彻底安心，一个白程而已，还真不放在眼里。

"对了，内院中，有能够弄到各种药材或者魔核的地方吗？"萧炎将手中茶水一饮而尽，忽然问道。

"药材？魔核？"薰儿略微思忖了一下，点了点头，道："内院的东区有一处交易场，有很多稀奇古怪的东西出售，其中也包括药材和魔核。这些东西都是内院学员在深山中寻找到的，需要用火能购买。"

萧炎将地点记在心中，向三人告别，拍拍屁股，径直离开了新生住宿区，然后一路向着薰儿所说的内院东区行去。这一次闭关的时间颇长，为了将闭关的成效提升至最大，他需要准备一些东西。

内院的面积极广，从新生区走到内院东区，足足花了萧炎半个小时，不过好在这交易场在内院是一处极为火爆的地方，在通往它的道路上，总是人来人往，萧炎倒也不至于迷路。

萧炎停在一处极为宽阔的广场之外。广场中立了不少石台，这些石台上摆满了各种物品，琳琅满目，在石台外，人群熙熙攘攘，那火爆的场面让萧炎有些咂舌。

萧炎挤进人流之中，目光不断地在两旁那些石台上的物品中扫过。萧炎心中越发惊异，他发现这里出售的一些物品，竟然丝毫不比黑角域的一些大城市里所售之物逊色。或许是内院本身就处于茫茫深山的缘故，其中一些稀奇东西，甚至连黑角域的大商店都没有。

萧炎开始寻找自己所需要的药材。因为他所需要的东西并不是高阶材料，所以并不是太难寻找。一个小时后，用掉将近三十天的火能，他所需要的药材，便全部到手。望着青色火晶卡上那缩水的火能，萧炎无奈地摇了摇头，原本以为一百多天的火能已经不少了，可没想到竟然如此不经用。

萧炎在心中为自己缩水的火能叹息了一番后,便打算离开这处喧闹之所,然而刚刚转过身,心中忽然响起药老的声音:"小家伙,前方第八个摊位,过去瞧瞧。"

萧炎一怔,旋即有些疑惑地转过头,看向前方第八个摊位,有些错愕地发现,原本拥挤的人群,在那里似乎被隔断了一般,一些从此处经过的学员都像奔跑的兔子一样,快速地蹿过去,特意绕开摊位。

带着心中的一丝疑惑,萧炎迈开步子,挤进人群,向那个有些特殊的摊位走了过去。只见那摊位之后,一名身着淡灰衣衫的男子正盘腿而坐,紧闭眼睛,不理会周围来往的人流,这模样,一点儿都不像是来出售东西的。

"这人气息真强,恐怕连白程都赶不上,想来又是一名强榜高手。不过气息虽强,却充斥着一股火暴戾气,看来这家伙脾气不怎么样。"萧炎的目光从灰衣男子身上转移到他面前的石台上,然后缓缓扫视过去。

萧炎心中越发惊讶,这石台上摆放着不少各种属性的魔核,而这些魔核的等级竟然都在四阶左右。有这种等级魔核的魔兽,足以匹敌斗灵强者,没想到这人竟然一次性拿出了这么多。萧炎惊叹地摇了摇头,目光忽然一凝,在心中惊叹了一声,眼睛紧紧地盯着位于石台中央的一样物品。

那是一截半尺长的枯藤,藤身呈碧绿色,犹如一块上好碧玉,纯天然的纹路弯弯曲曲,犹如一条条蜿蜒的绿蛇。最奇异的是,这株碧绿枯藤还通体散发着一股让人心旷神怡的奇异味道,一看便知此物颇为不凡。

"这是……"萧炎也知道这东西应该是这石台上最珍贵的东西,但是以他的见识,还分辨不出这究竟是何物。

"青木仙藤!"药老淡淡的笑声中,夹杂着一丝难以掩饰的惊喜。

"青木仙藤?"闻言,萧炎心头微震,惊喜瞬间涌上心头。

青木仙藤是炼制地灵丹的必备之物,没想到竟然会在此处遇见,不得不说,幸运之至!

第八章
古怪的家伙

压抑住内心的惊喜，萧炎挤出人群，缓缓走向这处略有些特殊的石台。瞧见他的举动，周围的人都停下了脚步，看向萧炎的目光中，貌似有一抹看热闹的戏谑。

停在石台前面，萧炎的目光直接投在那株青木仙藤上，迟疑了片刻，手掌向着它伸了过去。

咻！就在萧炎的手掌即将触摸到青木仙藤时，一股尖锐劲风忽然破空而来，劲风之强，甚至使萧炎手臂上的汗毛都竖了起来。萧炎微皱眉头，心念一动，青色火焰瞬间从斗晶之中涌出，然后以极快的速度掠过几条经脉，最后破体而出，将那急速后退的手掌包裹在其中。

"咦？"一个惊讶的声音忽然响起，旋即那股尖锐劲风便急速消散。

萧炎顺利地收回手来，抬头望着面前的灰衣男子，灰衣男子已经睁开了眼，惊讶地望着萧炎。萧炎目光从对方眼中扫过，微微一怔，对方眼中竟然充斥着异样的红色光芒，其中掺杂着些许戾气。

对于这种光芒，萧炎并不陌生，只要在天焚炼气塔中修炼得久了，就会出现这种状况，一般称之为火毒侵体。不过面前这个家伙的整双眼睛几乎都被红色占据了，显然火毒侵体已深。这般严重的火毒侵体，这么久以来萧炎还是第一次看到。

"不买，就不要乱碰。"灰衣男子冷冷地瞥了萧炎一眼，收回并拢的如刀双指，淡淡地呵斥道。

萧炎在心中无奈地叹了口气，他现在才明白为什么旁人都对这个家伙退避三舍：买主看一下商品都差点儿被攻击，就算他摆放的东西再高阶，恐怕也没有几个人敢来买吧?

"谁说我不买了?"萧炎双臂抱胸，同样是淡淡的口气。

"别给我耍嘴皮子，要买就掏火能买，别磨磨叽叽的，浪费时间。"灰衣男子泛红的眸子中露出些许烦躁，手掌猛地一拍石台，厉声喝道。

"火毒侵体竟然严重到这般地步，连心智都受了一些影响。"萧炎并未在意灰衣男子的怒斥，他的脸色凝重了一点儿。没想到天焚炼气塔中的火毒竟然强悍如斯，看来日后修炼，他就算有青莲地心火护体，也得倍加小心啊。

"这株青藤，什么价?"萧炎指向那株奇异的青木仙藤，淡淡地问道。从对方将这株青藤摆放在最显眼的地方便能明白，这个家伙显然知道这东西很珍贵。

"四百天火能。"灰衣男子冷声回道。

灰衣男子这话一出口，整片区域陡然安静了下来，人们一个个看向他，犹如看待疯子一般。四百天火能，大多数人一两年都弄不到这个数，这个家伙，狮子大张口，也太过分了吧?

"怕是贵了点吧?"咽下噎在胸口的一口气，萧炎皱眉道。

"虽然我并不知道这株木藤究竟是何物，但是两个斗王级别的魔兽拼死争夺它，足以证明它的价值。而且，为了得到它，我也差点儿丢掉性命。所以，四百天火能不贵。你若是买不起，就走开吧，别耽搁我做生意。"灰衣男子斜着眼瞥了萧炎一眼，不耐烦地挥手道。

虽然灰衣男子说得轻巧，可他这话依然令周围的人群有些震动——从两个斗王级别的魔兽手中抢夺东西，这个家伙，真不愧是内院最疯狂的人。

萧炎眼中同样闪过些许惊诧，望向灰衣男子的目光中也多了一抹凝重。如果完全是凭借自身实力，萧炎扪心自问，自己没有太大的把握从两个斗王级别的魔兽手中成功抢得这般奇物，面前的这个家伙虽然狂傲，可的的确确有着一些本钱。

"能不能用其他方法，比如以物易物？四百天火能，我的确拿不出。"萧炎迟疑了一下。青木仙藤是炼制地灵丹的主要材料，而想要成功吞噬陨落心炎，地灵丹又是必不可少之物。无论如何，他必须在得到陨落心炎之前，将炼制地灵丹所需要的药材、魔核，尽数弄到手中。

虽然炼制地灵丹所需药材不多，可样样都是极为稀罕之物，比如这株青木仙藤。若是今天错过，萧炎都不知道自己何时才能再次遇见。他自然不会轻易放弃。

"可以，我需要斗技，地阶级别的，你有吗？"对于萧炎的提议，灰衣男子倒并未迟疑，但是这个价码再度令萧炎以及周围的学员无语。地阶斗技，这个内院中，恐怕没几个学员掌握着这等级别的斗技。

当然，萧炎刚好身怀一种地阶斗技，而且还是身法斗技，可是这是他自己要修习的，把它拿来换青木仙藤，还真是不情愿。

脸色阴晴不定地变幻了一阵，萧炎在周围目光注视下，摇了摇头，缓缓地道："地阶斗技，我也拿不出。"

灰衣男子不屑地看了他一眼，连话都懒得再说，再度闭目，不再理会。瞧萧炎吃瘪，周围不由得响起一阵窃笑声。

"果然是个怪脾气。"萧炎无奈地摇了摇头，没有理会周围的笑声，也并未就此离去，站在石台前沉吟了半晌，心头忽然一动，缓缓地在灰衣男子身上扫视着。

两分钟之后,一股强横且蕴含着暴怒的气息,自灰衣男子体内暴涌而出,围观的学员皆脸色大变,赶忙后退。

"这个傻子要倒霉了,竟然惹怒了林焱那个疯子。"

"活该,明知道那个家伙是全院最没耐心的人,竟然还敢这般跟他磨蹭,不是找打吗?"

"不过这家伙好像挺眼熟的啊。"

萧炎脸色微变,退后了一步,心中略有些震动:光是看这股气息,这个家伙的实力恐怕在七星斗灵之上。

灰衣男子缓缓睁开紧闭的眼睛,泛红的眸子中充斥着暴躁和怒意,他望着萧炎,声音阴冷地威胁道:"你是欠打吗?"

"我不想打架,但是我对这株青木仙藤倒是挺感兴趣的。"萧炎耸了耸肩,轻笑道。

"一分钟时间,滚出交易场。"灰衣男子深呼吸了一下。

"我没有四百天的火能,也没有地阶斗技——"萧炎苦恼地摇了摇头,话音未落,灰衣男子猛然站起身,一瞬间,便出现在萧炎面前,双眼赤红,拳头上的凌厉劲风几乎撕裂了空气,拳头挥过的地方,隐隐留下一道淡红色的拳影。

迎面而来的凶悍劲气并未让萧炎动容,他依然笔直地站立在那里,漆黑眸子淡淡地望着那对被火毒侵蚀的眼瞳,平静的声音缓缓传出:"但是我能帮你驱逐体内的火毒。"

咻!被淡红斗气包裹的拳头,在离萧炎的脑门只有两寸距离时,陡然凝固,连带着与拳头一起凝固的,还有灰衣男子那震惊的脸色。

"你……你说什么?"眼瞳中的赤红淡了一些,灰衣男子的声音有些颤抖。

萧炎手指轻触着面前的拳头,将之缓缓推开,他直视着这名男子,淡淡地道:"我帮你驱逐火毒,你把青木仙藤给我,这笔交易,如何?"

听清萧炎的话语,灰衣男子的脸色剧烈地变幻了起来。他的心理交锋,萧炎并未在意，而是双手插在袖间，安静地等待着他的答案。

喧闹的交易场中，这一片区域陷入了短暂的寂静，那一道道投射在萧炎身上的目光，皆带着些许惊讶——这个家伙竟然将内院最疯狂的疯子制服了，当真是不可思议。

震惊在灰衣男子的脸上持续了好一会儿，方才缓缓淡下来，他冷冷地看了萧炎一眼，道："我凭什么相信你有这能力？我体内的火毒，曾经让不少炼药系中的佼佼者查探过，他们都说不行，你凭什么可以驱逐？"

"你中的火毒之深，我的确是第一次见到。"萧炎瞥了一眼因他这句话脸上再次涌上怒气的灰衣男子，淡淡地道，"不过你现在还有其他选择吗？你应该已察觉，现在火毒在暗中侵蚀你的理智，长久下去，恐怕你会变成一个一触就爆的火药桶。"

灰衣男子脸色微变，萧炎这话真正触到了他的内心深处。他迟疑了一会儿，紧握的拳头缓缓从萧炎面前移开，沉声道："你究竟是谁？若是你真有把握驱逐我体内的火毒，那应该也不是无名之辈。"

"新生萧炎。"萧炎微微一笑，冲着灰衣男子拱手笑道。

"萧炎？他就是那个磐门的首领，萧炎？"萧炎的话自然又在周围人群中掀起一阵波动。这段时间，对于磐门以及萧炎的事情，大多数内院学员都有所耳闻。

"萧炎？我好像听过这个名字，是那个在火能猎捕赛上将老生全部打败的家伙吧？"灰衣男子望着萧炎，略微沉吟了一下，脸上划过一丝讶异。

萧炎没有理会周围的那一道道诧异的目光，微笑着点了点头。

"参加火能猎捕赛的，大多是一群没用的废物，打败了他们也不足为奇。你是炼药师？"灰衣男子丝毫没有给那些参加猎捕赛的老生面子，说到最后，他忍不住有些怀疑地向萧炎问道。

"嗯。"萧炎屈指一弹，一缕青色火焰出现在指尖处，"凭大斗师实力便能够召唤出实质火焰，这应该能证明我的身份吧？你若实在不信，我可以把我的炼

药师袍服给你瞧瞧。"

盯着那缕青色火焰,感受着其中散发出来的炽热温度,灰衣男子眼中掠过些许惊诧,道:"你的火焰,的确比炼药系那些家伙的要强一些。算了,姑且相信你吧。不过就算你能驱逐我体内的火毒,就想把这株极其不凡的青木仙藤拿走,似乎有点儿……"说到这里,灰衣男子笑了笑,"这样吧,若是你真能完全驱逐我体内的火毒,再加上一百天火能,这株青木仙藤便是你的了,如何?"

萧炎眉头一挑,盯着那被红芒充斥的眼瞳,没想到这个极其暴躁的男子,竟然还有奸商的一面。

"不加。"萧炎淡淡地摇了摇头,道,"这笔交易你不答应也无所谓,虽然我需要这东西,可也不是现在非要到手,而你体内的火毒若是再拖延,就算是炼药宗师也束手无策。你若不乐意的话,那就算了吧!"

"你威胁我?!"灰衣男子眉头紧皱,厉声道。

"事实就是如此,我拖得,你拖不得,所以不要再奢望其他价码,因为你处于劣势。当然,如果你是那种视死如归的人,那我只得自认倒霉,但看起来你并不是。"萧炎戏谑地道。

"你……"灰衣男子咬了咬牙,片刻后,狠狠点了点头,恶狠狠地道,"好,我答应你,只要你将我体内火毒完全驱逐,那么这株青木仙藤,就是你的了。但是,你记住,是完全驱逐!若到时候我发现体内依然有火毒残留,别说你得不到青木仙藤,恐怕还得受顿皮肉之苦。"

微微一笑,萧炎一弹衣袖,转身便向着交易场之外走去,瞧他走来,拥挤的人群赶忙分开一条路。灰衣男子转身将石台上的东西犹如丢垃圾一般全部塞进纳戒中,然后快步跟上了萧炎。

"你体内火毒淤积有多长时间了?"在一处静室之中,萧炎向着坐在面前的灰衣男子皱眉查问道。在替男子驱毒之前,他需要将病况打听清楚。

古怪的家伙

"一年半左右吧。"提起这个，灰衣男子的脸色有些不太好看，"那段时间我急切地需要提升实力，所以就一直在天焚炼气塔中闭关，一闭关就是一两个月，火毒就这般不断淤积。到后来，等我发现时，它已经和斗气死死纠缠，分不出彼此了。对了，我叫林焱，你直接叫我名字吧。"

萧炎微微点了点头，盯着林焱那泛红的眼瞳，半晌方才收回目光，沉吟了七八分钟后，缓缓地道："你体内火毒淤积之深，有些超出我的预料……不想死你就给我安静点，我没说治不了。"

萧炎前半句刚刚说完，对面的林焱便红着眼要拍桌子，他只得出声怒斥。这个家伙的脾气竟然这么差。

"哼，和我说话别磨磨叽叽，反正我不管，等你将我体内火毒完全驱逐了，我才会给你青木仙藤。"林焱摸着鼻子哼哼道。

萧炎苦笑着摇了摇头，道："因为你体内的火毒太深，想要一次性驱逐干净，是不可能的，我只能慢慢来。"

"要多久？"

"这是冰灵丹，能够暂时压制住体内的火毒，让它不会侵蚀你的理智。记住，每天吃一枚，这里共十五枚，够你吃半个月。"萧炎从纳戒中取出一个玉瓶，放在桌上。

林焱快速地捞过玉瓶，带着一丝怀疑，从中倒出了一枚。雪白浑圆的丹药，散发着一股淡淡的凉意，见状，林焱脸上掠过一抹欣喜，一下就塞进了嘴中。随着冰灵丹的入体，逐渐化开的冰凉之意让林焱眼中的红芒稍稍淡了一些。林焱望向萧炎的目光中，多了一抹信服。

"当然，冰灵丹只能压制，并不能彻底驱逐火毒。"萧炎摩挲着下巴，再度沉吟了一会儿，忽然一挥手，一尊药鼎便出现在桌面上，"看来还是得费一番功夫啊。你出去守着门，不要让人打扰我，我需要炼制一点儿东西。"萧炎向林焱挥了挥手道。

闻言，林焱一怔，在这内院中，即使是林修崖、严皓那几个家伙，也没胆量开口让他去守门。不过一想到自己身上的火毒，林焱咂了一下嘴巴，只得无奈地点了点头，老老实实地起身出门，然后将房门关闭。

见林焱依言出去，萧炎这才将目光转回面前的药鼎中，手指一弹，一簇青色火苗便飙射而进，最后化为熊熊火焰，在药鼎内升腾而起。在火焰加热药鼎时，萧炎从纳戒中取出了十几种药材，最后还拿出了一颗散发着淡淡寒气的魔核，放在药材之中。

"想要得到青木仙藤，不下点血本还真不行。"望着那颗先前在交易场中买到的三阶冰系魔核，萧炎抿着嘴摇了摇头。这些药材加起来，价值至少十五万金币，不过为了青木仙藤，萧炎只得忍痛割爱了。

虽然这次炼制所需材料不少，但是并不需要太过精细的操作，对已经达到四品炼药师的萧炎来说，并不需要太多时间。

桌面上的药材一株株地被投进鼎中，约莫十分钟之后，桌面上孤零零的冰系魔核，也被丢进了药鼎之中。一摊雪白液体悬浮在青火之上，一缕缕寒气升腾而起，与火焰交织，化为白雾，从药鼎中升腾而出。

那摊散发着寒气的雪白液体，又被火焰熏烤了几分钟，萧炎缓缓放松下来，屈指一弹，药鼎盖子便自动脱落，手一挥，在一股轻巧吸力下，鼎中雪白液体在半空中划出一道曼妙弧线，最后准确地灌入桌面上的一个玉瓶之内。

萧炎长长地吐了一口气，望着那装满了寒液的玉瓶，微微一笑，挥动手掌，将桌面上的药鼎收好，这才朝着门口淡淡地唤道："进来吧。"

听到萧炎的声音，早在门口等得不耐烦的林焱赶紧推门而入，满脸期盼地望着萧炎，问道："好了？"

"嗯。"萧炎点了点头，将桌上的玉瓶抛向林焱，林焱赶紧手忙脚乱地接住。

"这是洗髓寒灵液，在盛满清水的大盆中倒上一滴，然后在其中静坐修炼半小时，每天一次，直到用完为止。到时若火毒还有残留，我会再帮你炼制。记住，这段时间，你不能再去天焚炼气塔修炼。"萧炎提醒道。

"好。"略有些激动地捧着玉瓶，林焱对萧炎笑道，"要是真能驱除我体内的火毒，我林焱欠你一个人情。"

"我对你的人情没多大兴趣，到时候把青木仙藤给我就行。"萧炎挥了挥手，向门外走去，"我现在要去天焚炼气塔闭关了，而且时间恐怕还不短，所以这段时间你不用找我。"

"嘿，好……"林焱点了点头，望着萧炎的背影，忽然笑道，"小子，你修炼期间，你那啥磐门我会帮你照看一二。有我林焱在，别说一个狗屁白帮，就算是林修崖的狼牙，也不敢对磐门怎么样。"

萧炎脚步一顿，嘴角扬起一抹笑意，微微点头："那便多谢林焱学长了。"

与林焱分开之后，萧炎便直接赶往坐落在内院北面的天焚炼气塔。此时塔门早已开启，这倒是省去了他等待的时间。

进入塔中，萧炎并未在第一层逗留，而是直接下到第二层。或许是白天人多的缘故，第二层中的所有高级和中级修炼室，此刻都被占满了。见状，萧炎原本打算径直去第三层，不过在思索了一会儿后，却随便找了个面积极小的低级修炼室，里面只能容纳一人。而且看修炼室内厚厚的灰尘，明显很少有人光顾。毕竟这种修炼室之中的心火，甚至还比不上第一层的一些中级修炼室，除非实在没有地方修炼，一般人是不会来这种修炼室的。萧炎也并非想在此修炼，他只是需要一个安静的地方，炼制一些他闭关所需的丹药。

进入修炼室，将房门紧紧关闭，萧炎并未登上那片面积很小的黑石台，而是直接就地盘腿而坐，手一挥，刚刚进入纳戒不久的药鼎，便又被其召唤了出来。将药鼎摆放好，萧炎缓缓闭目，开始搜寻药老交给他的几味药方。在闭目将近五分钟之后，萧炎睁开双眼，眼中有着一抹淡淡的惊喜。

"青芝火灵膏，炼制所需材料：三叶青芝，火莲果，千灵草，火系魔核……

速灵风丹，炼制所需材料：速龙涎，夜灵叶，风系魔核……"两种丹药虽然级别不是很高，但是效果颇为神奇。

第一种青芝火灵膏，在修炼时涂抹在身上，能够让人的皮肤对周围天地间的火属性能量有极为敏锐的触觉以及奇异吸力。涂抹了这种火灵膏，就算不主动运转功法吸纳能量，那天地间的火属性能量也会受到牵引，源源不断地灌进体内。当然，这种火灵膏也有一种弊端，那便是涂抹在身上时会让人有一种又麻又痒的感觉，心智不坚者，恐怕连修炼状态都保持不了，更何谈吸纳能量。

而第二种速灵风丹，药效更加神奇。在服用之后，它能够让体内的斗气加速运转。但是，这种斗气运转加速，透支了人体的潜能，一旦药效过去，体内的斗气就会陷入一段时间的萎靡，这种情况下若是遇见敌人，恐怕只能发挥出一半的实力。

两种丹药能力古怪，放在平时，或许并无大用，可对现在的萧炎来说，却是极为有用。在这天焚炼气塔内，火属性能量浓郁得令人咋舌，有了青芝火灵膏的帮助，萧炎的吸纳速度无疑会倍增。而体内心火升腾时，若是斗气运转速度能够陡然加快，会令淬炼速度加快。因此，这两种丹药是此时萧炎最需要的东西。

两种丹药级别不高，虽然种种材料间的配合有些古怪，但以萧炎如今的炼药术，炼制它们只是时间问题。

在心中先将第一种丹药的各种材料的融合程度以及火候大小预习了一遍后，萧炎手指轻弹，一团青色火焰再度射进药鼎之中，熊熊烈火顿时让这间修炼室中的温度升高了许多。

盘腿坐在药鼎前，萧炎一挥手，一堆各式各样的药材便出现在地面上。他紧紧地盯着鼎中火焰，青色火焰倒映在那双漆黑的眼睛之中，青色与漆黑交杂，显得略有些奇异。萧炎纹丝不动，脸色凝重，偶尔一挥手掌，巧妙的劲气包裹着地面上的药材，将其一株株地投进药鼎之中，不断地进行着提炼与融合……

第一次的炼制，足足持续了半个小时。当萧炎把一大团极为黏稠的红色膏状物装进一只玉瓶之中，青芝火灵膏的炼制方才结束。

萧炎并未接着炼制速灵风丹，而是吞服了一枚回气丹后，盘腿恢复斗气。虽然炼制青芝火灵膏并未消耗太多斗气，但是习惯使然，萧炎总是喜欢在状态全满的时候炼制丹药，因为这种时候，不管是灵魂感知力，还是对火候的把握程度，都处在巅峰状态，炼制丹药的成功率也会达到最高。

盘腿休息了十几分钟，萧炎便脸露淡淡红光，睁开了眼睛。感受着体内经过一轮炼药而略有一点儿精进的斗气，笑了笑，手掌挥动间，青色火焰再度在修炼室中腾起。

速灵风丹的炼制，因为需要成丹，所以需要的时间比青芝火灵膏要多一倍。一个多小时后，萧炎紧闭的眼睛陡然睁开，目光灼灼地望着鼎内升腾的火焰，在熊熊火焰间，能模糊地看见几枚若隐若现的浑圆丹药。

缓缓地吐了一口气，萧炎屈指轻弹，一缕劲风将鼎盖弹开，手一招，几枚淡青色的丹药便从鼎内飞射而出，被萧炎吸进掌心。手掌摊开，五枚拇指大小的淡青色丹药带着些许温热安静地躺在其中，淡淡的药香从中散发而出。光是闻到这股药味，萧炎便感觉到体内经脉中斗气运转的速度加快了一些。

"嘿嘿，果然有用。"萧炎脸上不由得掠过一抹欣喜，他从纳戒中取出玉瓶，然后小心翼翼地将丹药投入其中，之后他才将面前的药鼎收入纳戒，拍拍屁股站起。

"东西都已经准备好了，那便进入第三层闭关修炼吧。"自言自语了一声，萧炎整了整衣衫，然后推门而出。

出了修炼室，来往的人流又出现在萧炎眼中。略微迟疑了一下，他拉过一名从面前走过的学员，询问了一下进入第三层的路线。

忽然被人拉住，那名学员有些不耐烦，刚要发怒，可听到萧炎的问题后，不由得闭了嘴——能够进入第三层修炼的，至少也有三星大斗师以上的实力。他上下打量了一下萧炎，然后颇为客气地指引了西北的方向。

　　道了一声谢，萧炎迈开步子，飞快地向着西北方向行去，十分钟后，与第二层入口相同的螺旋楼梯，便出现在面前。不过此时在那楼梯口处，正站着两名导师身份的男子，萧炎看见一些学员在掏出了各自的火晶卡后，才被放行。

　　萧炎心中闪过一丝诧异，缓缓走近。两名导师瞥了他一眼，其中一人淡淡地道："想要进入第三层修炼，需要蓝色火晶卡，以及三星大斗师以上的实力。"

　　"原来是检验火能与身份。"听到导师的话，萧炎恍然大悟，连忙取出那张青色火晶卡，递了过去。

　　"青色火晶卡？"瞧见萧炎手中的火晶卡，两名导师发出惊呼，满脸惊诧地望着萧炎。

　　"我可以进去修炼吗？"望着两人的模样，萧炎微笑着问道。

　　"青色火晶卡足以进入前六层修炼，第三层自然够资格。"一名导师笑着点了点头，比先前多了一些客气。

　　接过导师递还的青色火晶卡，萧炎向两名导师抱了抱拳，便在身后众多羡慕的目光中，进入那螺旋楼梯，随后消失不见。

　　"啧啧，如此年轻便拿到了青色火晶卡，这么多年，我还是第一次看见。"在萧炎消失后，一名导师不由得发出了一声惊叹。

　　"是啊，不过我看他气息，似乎还在大斗师级别啊，怎么会有青色火晶卡？"另外一名导师却有些疑惑。整个内院之中，拥有这种青色火晶卡的学员，不会超过五十个，而有资格拥有它的人，大多是强榜高手，实力都在斗灵级别。

　　"好像今年这届有几个新生代表，获得了苏长老奖励的青色火晶卡吧？"旁边的导师迟疑了一下，忽然道。

　　"呃……那先前的这个小家伙……难道就是大长老吩咐要特别关照的……萧炎？"

　　"好像……是吧？"

　　三层入口处，两名导师大眼瞪小眼，半响，方才苦笑着点了点头。

第九章
闭 关

进入第三层,萧炎明显感觉到周围安静了不少。他抬起头来,望着与第二层相比略有些冷清的通道,看来这内院之中,有资格进入第三层的学员还是少数啊。

如果说在第一、二层修炼的学员,属于内院基层部分,那么在这第三、四层修炼的就属于中坚力量,这一部分学员的潜力最大,随时都有可能成为最顶尖的一员。至于能够进入第五、六层修炼的学员,则已经步入了内院的顶层部分,他们是内院中最令人敬畏的一群强者。

萧炎苦笑了一声:这内院之中,果然是天才云集啊!萧炎四下看了看,然后顺着通道缓缓行进。

第三层的造型与第二层相差不多,因此萧炎并未费多大力气便找到了高中低区域。低级区域自然被他抛弃。在经过中级修炼室时,他略微停了一下,站在一间空的中级修炼室前面迟疑了一会儿,旋即脸上闪过一抹厉色,抬起脚步,径直向着高级修炼室区域行去。

他萧炎什么苦头没吃过，什么困难没经历过？凭一己之力与那称霸加玛帝国的云岚宗相抗衡，并且还杀了对方大长老，这般战绩，内院之中的天之骄子们，有几个拥有过？

萧炎走进高级修炼室区域，顿时便有一道道蕴含着敌意的目光从各处射来。对于这些目光，萧炎直接选择无视。他用冷淡的目光缓缓扫过，肩膀微震，七星大斗师的气势彻底爆发，犹如暴风一般席卷。

感觉到萧炎体内爆发出的强横气势，高级区域的一些学员的脸色微微有些变化，再次望向萧炎时，目光中多了一丝凝重。在这个强者为尊的内院之中，畏畏缩缩只会让别人瞧不起你，想要获得别人的敬畏，那便需要展现出令别人敬畏的实力！

萧炎面无表情，缓缓进入高级区域深处，目光缓缓地从一间间修炼室扫过。

第三层的高级修炼室比第二层要多一些，萧炎数过，总共有三十八间。这些修炼室，有可容纳二十人同时修炼的，也有只供一人修炼的。很多修炼室门口都挂着"有人"的牌子，萧炎并不着急，缓缓地向更深处走去。

当视线移向高级修炼室最后一片区域时，萧炎的目光终于停了下来。望着那间挂着"缺人"牌子的修炼室，他悄悄松了一口气，然后快速走上前。

走到这间修炼室门口，萧炎手掌轻触着门板，眉头却是微微一挑。这从远处看犹如普通木板的房门，竟然隐隐间透着一丝寒气，手指轻轻地敲在上面，发出清脆的异样声响。这材质不像是木头，更像是一种金属。

"看来应该是内院担心有人忽然踢门而入，打扰到里面修炼之人，导致练功出岔子而弄的设备吧。"萧炎心中松了一口气，如此这般，他也就不用担心修炼到紧要关头，被人强行闯入而被迫中断修炼。轻轻推开房门，萧炎缓步进入其中，然后将房门紧紧反锁。

在关门的刹那，萧炎自然没有发现，一些在此闲逛的学员在看见他选择了这间修炼室后，眼中所流露出的那份愕然以及戏谑。

萧炎开始打量室内。这个修炼室明显是供单人修炼的。在修炼室中央位置，有一块仅能容纳两人席地而坐的黑石台，在其他地方摆放了桌椅等，在修炼室最里面，还有一张铺好的床铺。

"这第三层高级修炼室的待遇果然比上面两层要好一些啊。"望着修炼室中的这些配置，萧炎心中赞叹了一声，走上黑石台，盘腿坐下。屁股挨着黑石台，淡淡的温热浸入体内，让萧炎的骨头都有一种暖洋洋的感觉。

手掌一翻，青色火晶卡出现在掌心，萧炎看了一眼火晶卡上面的数目，"一百零三"。不到七天时间，这火晶卡上的火能便缩水了三分之一，这般消耗速度，实在令萧炎有些心痛。

"照这样挥霍下去，恐怕这剩余的火能，也支持不了多长时间了。"萧炎苦笑着摇了摇头，将火晶卡插进面前的凹槽之中，淡淡光芒闪过，那一百零三的数目，立刻变成了整数一百。

"果然，每下一层，所需要的火能便要增加一天。"萧炎叹了一口气。在第三层修炼一天，便需要三天的火能。天焚炼气塔，还真是一个喂不饱的大胃王啊。

萧炎耸了耸肩，从纳戒中取出两个玉瓶，然后将黑袍脱下，露出略显瘦削的赤裸上身。

拿起一只装着红色膏状物的玉瓶，萧炎手一翻，一块玉片出现在手中，然后用它从玉瓶中撬出一团红色药膏。

"不知道这青芝火灵膏涂在身上会有多痒？不管了，我拼了！"萧炎眼睛死死地盯着这团红色药膏，半晌后，狠狠地一咬牙，将之甩上了赤裸的胸口，然后再使用玉片将之涂抹开来，将整个上半身都抹了一遍。

萧炎浑身猛地一个激灵，他能清晰地察觉到，自己对修炼室中火能量的感应，变得极其敏锐，甚至不使用灵魂感知力，闭上眼睛，他都能够隐隐地看见在修炼室中不断飘荡的淡红色能量。

"果然有用！"萧炎心中一喜，但他的嘴角陡然凝固，紧接着，他咬紧牙关，汗水瞬间密布了一脸。

"这……这就是青芝火灵膏的弊端吗……果然是又麻又痒！"此刻他的皮肤犹如爬满了蚂蚁，那股又麻又痒的难受感觉，令准备不足的萧炎差点儿无法坚持。

深呼吸了几口气，萧炎紧咬牙关，将手中的青芝火灵膏放下，然后抓过另外一只玉瓶，从中倒出了一枚淡青色的浑圆丹药。萧炎将丹药弹进嘴里，然后再次紧咬牙关！

速灵风丹入嘴不久，便化为一股略有些轻灵的精纯能量，顺着喉咙一路而下。流转在体内经脉之中的斗气犹如脱缰的野马，疯狂地运转起来。萧炎双手结出修炼手印，缓缓闭上眼睛，在经过十几分钟的适应后，终于进入修炼状态。

随着萧炎正式进入修炼状态，修炼室中的能量猛然间波动了起来，一股股火属性能量凭空凝聚，最后甚至凝聚成一股股略有些实质的淡红色能量。这些淡红能量，在萧炎头顶呼啸盘旋了一会儿，然后犹如受到了某种牵引，疯狂地撞击萧炎赤裸的上身，像是撞进了一处深不见底的黑洞，极为诡异地被萧炎吞噬进去。

修炼室中出现了一个极为奇异的场景，盘腿坐在黑石台上的萧炎的身体，被完全包裹在一圈淡红色的能量光圈之中。剧烈的能量波动犹如涟漪，在修炼室中急速扩散，而这些涟漪的中心点，则是萧炎！此刻的萧炎，犹如一个散发着无穷吸力的无底洞，将修炼室中那浓郁至极的火属性能量，尽数吞纳！

宽敞的修炼室内，赤裸着上半身的青年紧闭着眼睛，周围的淡红色能量不停地盘旋飞掠，最后狠狠地撞击在其赤裸的身体上，旋即诡异地消失不见。体内宽阔的经脉之中，青色斗气在心神的注视下，带着低沉的呜呜声，不断地在体内回荡盘旋。

在服用了速灵风丹之后，萧炎体内斗气的运转速度在此刻提升至三四倍。

由于运转速度飞快，体内的循环几乎达到首尾相接的地步。这一边的斗气刚刚从斗晶中出来，另外一边被心火淬炼过的斗气，便已经汹涌地灌了回来。

而且，除了斗晶释放的斗气之外，那被涂抹了青芝火灵膏的身体，也变成一个不断散发着吸力的无底洞。肉眼可见的淡红色能量源源不断地从他的皮肤毛孔中渗透而进，最后在体内再度汇聚成庞大能量。

天焚炼气塔内的火属性能量，明显要比外界精纯许多，不过也不能直接纳入斗晶之中。因此，对于这些野蛮地硬闯进来的火属性能量，萧炎分出大部分的心神小心翼翼地控制着它们，沿着另外一条经脉路线运转起来。这条经脉路线的终点自然距离心火源头不远，所以在经过经脉中的运转整合之后，这些略有些杂质的火属性能量也开始冲进那团旺盛的心火之中。

体内斗气就像两条各自流转的小河，在小河流转到心火处时，经过淬炼，两条河便完全融合成一股精纯的雄浑斗气，最后带着低沉的滚雷声，灌进气旋内的斗晶之中！在这般双管齐下的吸收和淬炼中，萧炎能够清晰地感觉到，斗晶中的斗气正在逐渐变得充盈。

借助着青芝火灵膏与速风灵丹，一切都在向着最完美的方向行进。按照这种速度，萧炎有信心在一个月之内，突破到八星大斗师！

这种能够清晰感觉到实力飞速增长的修炼，没有人愿意中断，因为这种实力增长的快感，让人有一种由灵魂深处散发出来的舒畅。

虽然萧炎不想从这种近乎完美的修炼状态中停下来，但是种种外在因素，却还是将他想要安静修炼的念头彻底打破了。

第二天的下午，原本有些喧闹的第三层高级修炼室区域，忽然因为一群人的闯入而变得安静。

这群不速之客的领头者，是一名身着雪狐绒裙的女子。女子模样秀美，瓜子脸，樱桃小嘴，如画柳眉，水灵灵的大眼睛，令人赏心悦目。她身边围绕着

一群人，毕竟这内院中，女子是少数，漂亮的女子更是被众人争抢的香饽饽。

被人众星捧月般地簇拥在中心位置，这个女子虽然脸上噙着甜美平静的微笑，但是细心者依然能够从其眼中瞧出一抹得意与虚荣。

进入高级区域，这名女子轻轻瞟了一眼周围为她而停步的男子。而在她那柔情似水的一瞥下，一些心智不坚者的脸忍不住地有些泛红，躲开了她的目光。瞧见那些男学员在她的注视下左躲右闪的样子，女子轻轻一笑，美丽的笑容顿时令这封闭的塔内变得光亮了许多。

女子带着一群人径直穿过高级区域，最后在萧炎的那间单人修炼室门口停下。

瞧见女子止步，再看到门上挂着有人的牌子，房门紧闭，一些人不由得一怔，旋即眼中流露出些许幸灾乐祸的神情：难道里面的家伙不知道这间修炼室是雪仙子柳菲的专用之所吗？

雪狐绒裙女子停下脚步，望着紧闭的修炼室房门，脸上闪过一丝惊愕，这种修炼室被人占用的事情，她已经很久没有遇见了。上一次，似乎还是半年前吧？当时那个占用她修炼室的家伙，最后被她的追求者打得半个月下不了床，自此以后，这内院中，便没人敢来这间修炼室。没想到今天，她竟然又遇见了这种"令人怀念"的事情。

"哈哈，菲儿，看来又遇见了不开眼的人呢。"在女子身后，一名身材高大的男子望着紧闭的房门，脸上堆出一点儿笑意，这无疑是他在美人面前表现的好机会。

柳菲淡淡地笑了笑，微微摇头，轻声道："雷纳，对人客气点。"

听到柳菲这饶有意味的话语，雷纳一咧嘴，笑着点了点头，道："放心吧，让他明白一些道理就好。柳擎大哥让我护卫你，你是他的表妹，我自然不会让你受半点儿委屈。"

听到雷纳带着一丝敬畏说出的那个在内院中如雷贯耳的名字，柳菲不由得一抿嘴，眸子中掠过些许旁人难以察觉的情愫。那个霸气凌厉的男子，从小便在柳菲心中留下了极为深刻的影子。自己跟随他来到迦南学院，虽然身旁追求者络绎不绝，但是与他相比，自己便显得黯然失色。

雷纳缓步走近紧闭的修炼室，紧握的铁拳重重地砸在房门上，顿时，清脆的金铁交击的声响，在这片区域回荡。响声持续了将近两分钟，才逐渐消散，而那紧闭的房门，却依然没有什么动静。柳菲微微一皱黛眉，雷纳的脸色也沉了下来。他再度举起拳头，刚想狠狠砸下，紧闭的房门缓缓打开。

"哼。"雷纳冷哼了一声，收回拳头，退后了几步，不怀好意地盯着修炼室之内。

随着房门的开启，这一片区域的所有人都好奇地看了过来。在那一道道蕴含着各种情绪的目光的注视下，身着黑袍的青年，脸色阴沉地从修炼室中缓缓走出。萧炎抬起头来，望着退后的雷纳，一皱眉头，冷声道："阁下这是何意？"

"小子，新来的？"雷纳笑了笑，斜瞥了萧炎一眼，道，"难道不知道这间修炼室，旁人是不准动用的吗？"

"来时我查看过天焚炼气塔的规矩，并未说这间修炼室旁人不准动用。"萧炎摇了摇头，极为认真地回道。

被萧炎的话噎了一下，雷纳脸色再度一沉，冷笑道："很有胆量啊，竟然敢消遣我？"

"没这闲工夫。"萧炎手指轻弹衣袖，淡淡地道，"若是没事的话，请阁下走开吧，不要打扰我修炼。"说完，便要转身回去继续修炼。

"阁下且慢。"萧炎微微一顿，抬起头，平静地望着那名身着雪狐绒裙的女子。刚才开门出来，他便明白，这个女子才是问题的根源。

被萧炎淡漠地盯住，柳菲不由得有些错愕，因为他望向自己的目光中，别说没有半点儿爱慕，就连欣赏都未有分毫。

"有事？"

"这位同学,这间修炼室是我的单独修炼地,抱歉。"柳菲回过神来,黛眉微皱,对萧炎的这副态度略有些不满,不过脸上还是带着一丝笑容。

听到柳菲的话,萧炎紧紧皱起了眉头。半响,他指着修炼室,道:"这是内院给你的特别优待?有内院的告示吗?如果这间修炼室真是内院单独为你建造的话,那么我为先前的占用向你道歉。"

听了这句话,所有人不由得一怔,随后有些怜悯地叹了一口气。柳菲那原本带着甜美笑意的脸,此刻变得难看起来。

第十章
柳家柳菲

萧炎那一番冷淡的话语,让柳菲有些羞愤。让内院单独给她建造一间修炼室?这话说出去,恐怕会笑死一大群人。以迦南学院在斗气大陆上的地位,别说是她,就算是她那个在内院中拥有赫赫声望的表哥柳擎,都没有这种资格。萧炎所说之话,无疑是对她的一种极大的嘲讽。

雷纳回过神来,脸色阴沉得可怕,紧紧地盯着萧炎,声音略有些嘶哑:"小子,你有种!"

"你难道不懂得规矩?若是想要挑战,必须按响修炼室之外的挑战铃,你像蛮子一样使劲地捶门,是想显示你力气大?"萧炎眼皮轻抬,淡淡的寒意从漆黑眸子掠过,指向门旁的一个黑色按钮,声音阴冷地道。

虽然在天焚炼气塔中,的确是谁拳头硬,谁便能够享受更好的修炼条件,但若是后来者想要挑战,需要按响修炼室门外的一个挑战铃。按响这个挑战铃需要插入自己的火晶卡,并且还要扣掉一天的火能。

只要有人按响了挑战铃,那在修炼室中修炼的人,就会逐渐地感到心火减

弱。随着心火的减弱，修炼之人能够毫无风险地从修炼状态中退出，这是内院对修炼之人的一种保护措施。先前雷纳没有理会挑战铃，而是选择将人从修炼状态中惊醒的最粗鲁的手段——强行砸门！

虽然这房门是内院用特殊材料所造，但是这般用力砸，所发出的刺耳声音依然会对里面修炼的人造成巨大干扰，甚至使其被迫退出修炼状态。故而，萧炎自出来之后，脸色便极为阴沉，说的话也略有些刺耳。

被萧炎训斥，雷纳一愣，脸上的怒意更盛。因为平日跋扈惯了，他很少注意这些规矩，而且在他看来，在第三层修炼的人，实力又能强到哪儿去？

手指着萧炎，雷纳怒极反笑地道："好，果然有本事。手痒了好几天，今天我倒是要好好松下筋骨。"随着话音落下，一股强横气势自其体内暴涌而出，强烈的压迫感令一旁的学员忍不住后退了几步。

"四星斗灵左右，比付敖要强一些。"萧炎面无表情，心中却分辨出其真实实力。

一旁，柳菲难看的脸色终于好转了一些，瞧见雷纳向萧炎踏出步子，她并未开口阻止。这些年来，她从未受过气，今天萧炎这枚钉子却将她刺得颇痛，有人要去教训他，她自然乐意。

"雷纳大哥，下手不要太重，不然到时候表哥又会责怪我。"柳菲淡淡地瞥了萧炎一眼，向雷纳说道。

"嘿嘿，好嘞。"雷纳笑着点了点头，旋即转头冲着萧炎露出一抹狞笑，拳头之上，强横斗气急速凝聚。

瞧见这边即将打起来，周围的人赶忙后退，生怕遭受池鱼之殃。

冷冷地望着雷纳，萧炎轻吸一口塔内略有些温热的空气，冷声道："你真要打？"

"怕了？"雷纳狞笑道，"马上滚出这间修炼室，然后给菲儿道歉，并且保证日后不再进入这片高级区域，我可以放过你。"

闻言，萧炎微微垂下眼帘，默默地点了点头，手指一晃，将一枚紫色药丸塞进嘴中，缓慢而安静地轻轻嚼动药丸。

"嘿，小子，想吃丹药强行提升实力？"瞧见萧炎的举动，雷纳不由得冷笑了一声，有些不屑。他能够感应到萧炎是在大斗师级别，根本不能与自己战上十个回合。

萧炎没有理会他，嘴巴微张，吐出一团紫色火焰，然后握在左手掌心。

"嗯？"见到萧炎手上的紫火，雷纳一怔，旋即眉头微皱，冷笑道，"似乎有点儿本事，难怪这般嚣张，不过光凭这东西便想打败我，白日做梦。"

萧炎依然没有理会，缓缓张开右手，青色火焰猛然冒出。望着那一手持紫火、一手持青火的萧炎，雷纳眼中终于掠过些许惊异。他为人虽然狂妄，但是并不傻，两种火焰所散发出来的炽热，足以让他提起正视之心。

"不能再拖延了。"心中闪过一个念头，雷纳身体微震，肉眼可见的深黄色能量自其体内暴涌而出，然后将整个身体都包裹其中。

"小子，今日便要告诉你，在内院做人，最好低调点！"黄色能量团中，传出雷纳冷笑的声音，旋即其脚掌重重一跺地，身形便犹如一头横冲直撞的巨型魔兽，带起强烈的劲风，向着萧炎狠狠撞去。

迎面而来的劲风令萧炎的黑袍紧紧地贴在身上，萧炎漆黑的眼瞳中，雷纳的身形急速放大。萧炎将手中所持的青紫火焰，重重拍在一起，在火焰对碰的一刹那，萧炎向左轻轻地移动了一步，刚好躲过雷纳的冲撞。

雷纳头也不回，反身便是一记发出霹雳声响的鞭腿，向着萧炎的脑袋狠狠甩去。萧炎双手紧紧地贴在一起，在双手间，青火与紫火正在迅速纠缠，火苗犹如电光，嗞嗞地从掌中冒出。感觉到那向着脑袋射来的尖锐劲风，萧炎身体猛然倾斜，脚掌轻踏地面，他急速倒退。雷纳跃至半空，双掌成爪，犹如凶鹰扑食，向着急速倒退的萧炎扑杀而去。

萧炎一脚踢在身后的石墙上，借助着反推力，再度躲开了雷纳的这记凶悍

扑杀。在躲避之余，他扫了一眼手掌中的火焰，青紫火焰已经逐渐融合，再过片刻，佛怒火莲就能够形成，一击伤敌！雷纳双手重重地落在地面上，尖锐的劲气令坚硬的黑石板都出现了丝丝裂缝。

　　为了避免日后的麻烦，他要用绝对的力量，让自己拥有震慑整个内院的声望，不然日后打扰他修炼的人，还会不断地出现！而佛怒火莲将会比任何东西都要管用！

　　短短不到两分钟的时间，两人一攻一防，令围观之人忍不住地惊呼出声。他们一是惊呼雷纳下手之狠，二是惊呼萧炎以大斗师的实力，竟然能在雷纳手下坚持这么久。要知道，雷纳可是四星斗灵强者啊，即使放眼整个内院，能胜过他的人也不多。

　　雷纳又是一记极猛烈的攻击，动作略微迟缓了一点儿的萧炎，其黑袍一角被雷纳狠狠地撕裂，不过好在并未伤及身体。蓄意已久的攻击被再次躲开，雷纳脸上的怒意更深。他抬起头来，向着不断躲避的萧炎讥讽道："你是属兔的不成？有种与我正面相战！"

　　听到雷纳这话，一些围观的学员不免暗自嗤笑：你雷纳以斗灵实力欺压一名大斗师，还让别人不要躲？真以为别人是傻子？

　　然而那一直身形飘忽的萧炎真的停下了脚步，一张清秀面孔此刻布满阴冷寒意，漆黑的眸子冷冷地看着对面的雷纳。见到萧炎竟然还真的不再躲避，雷纳顿时大喜，脚掌狠狠踏在地面上，身子暴射而出。

　　萧炎淡漠地望着暴射而来的雷纳，再没有移动丝毫。他缓缓抬起手掌，掌心一翻，一朵巴掌大小的青紫火莲悬浮于掌心之上。随着青紫火莲的出现，萧炎手掌周围的空间猛然泛起阵阵波动。众人望去，只见那处空间扭曲了起来，他们都目瞪口呆。

　　向着萧炎暴射而去的雷纳，同样发现了萧炎掌心的火莲带来的异象，惊骇之色从脸上飞速划过，他能模糊地感应到那火莲中蕴含着恐怖的力量。

"糟了，凭他的实力，怎么可能施展出这等恐怖的斗技？"雷纳惊骇之下，脚掌急忙死死地擦在地面上，双掌向着地面轰出一道劲气，借助着这股劲气的反推力，他那向前冲的身体终于停了下来，然后双脚并用，急忙倒退。

萧炎冷淡地望着后退的雷纳，前脚轻轻踏出，旋即身体化为一道模糊黑影，犹如一道黑色闪电，瞬间出现在雷纳面前，手中火莲向着其脑袋狠狠地砸了下去，看上去竟然没有丝毫留情的打算。

"住手！"就在火莲离雷纳还有两尺时，一个苍老的喝声猛然间由远而近传来，喝声中蕴含着强大斗气，这片区域的学员被震得耳膜发疼。

听到喝声，萧炎脸色微变，下砸的手掌强行僵在了半空。不过饶是如此，炽热的火莲，依然在一瞬间将雷纳的头发焚烧成一堆漆黑的灰烬。

在萧炎手掌停下的一刹那，一道极为强悍的劲风猛地自半空袭来，却不是对着萧炎所发，而是重重地射在雷纳身上。顿时雷纳犹如断线的风筝，在半空中翻滚了几圈后，重重地砸在墙壁之上，他口吐鲜血，将漆黑的地板染成一片暗红。

面前的雷纳被一击打飞，萧炎也失去了攻击目标，只得缓缓挺直身子，手掌托着一朵巴掌大小的青紫火莲，随着现场其他人的目光一起转向那喝声传来之处。

在光线明亮的通道尽头，几道影子掠来，当中一人明显是一位老者。他的速度极快，其身影在仅仅几个闪跃间，便已经出现在事发地点。

"赫长老？！他怎么会被惊动？"瞧见这位身形略有些佝偻的老者，一些围观学员不由得脸色微变，竟然失声惊呼。这些守塔长老在内院的地位极高，一般这种学员间斗殴的事情他们根本不会出面。没想到今天，这位第三层的最大管事竟然会现身。

在老者抵达后不久，四五道身影也紧随而至，这几人都是塔内的导师，同样是感觉到这边恐怖的能量波动，才赶过来的。

"你们在干什么?!"赫长老凌厉的目光环顾四周,冷声喝道。

听到老者的喝问,周围的学员赶紧闭上了嘴巴。这些长老在内院的声威是不可侵犯的,得罪了他们,准没好果子吃。

"赫长老,怎么会惊动您老人家?这里只是普通的切磋啊。"略有些甜美的声音打破沉默,柳菲快步上前,冲着赫长老笑道。

"普通切磋?哼,若是再来晚点,恐怕就得出人命了!"赫长老冷冷地斥责了一声,转动的目光停在了萧炎身上,看到萧炎掌心那朵青紫火莲时,眼瞳骤然一缩,他能感觉到那火莲之中所蕴含的恐怖能量。

"小家伙,能先把你手中的火莲化解吗?这里的事,我会主持公道。"赫长老向着萧炎走了一步,便停下脚步。在这个范围内,若是有任何突发状况,他都能解决。

"全听长老吩咐。"听到赫长老的话,萧炎略微迟疑了一下,点了点头。他清楚这些长老在内院的地位,自然不愿得罪他们。

萧炎右手缓缓覆盖住悬浮在掌心的青紫火莲,灵魂力量暴涌而出,侵入火莲中,将紧密结合的火焰能量分离开来。随着实力的增长,如今萧炎对这佛怒火莲的掌控也越来越炉火纯青,以前连融合都掌握不好,现在却有了收放自如的本事。

随着灵魂力量的侵蚀,青紫火莲开始出现剧烈的波动。瞧见火莲的波动,赫长老顿时紧张了许多,犹如鹰爪般的干枯双手手指微微弯曲,凌厉的斗气在掌心若隐若现,随时准备出手。好在并未出现状况,青紫火莲在波动了一阵后,便逐渐变得虚幻,片刻后凭空消失在萧炎掌心。见那恐怖火莲终于消失,赫长老悄悄松了一口气,紧绷的身体也放松了许多。

"小家伙,你叫萧炎,是吧?"放松下来后,赫长老上下打量了一下萧炎,问道。

萧炎微微一怔,没想到连这位赫长老也知道自己的名字,当下忙笑着点了点头:"小子萧炎,见过赫长老。"

"哈哈。"赫长老笑着点了点头,面对着萧炎,他那凌厉的脸色明显缓和了许多,问道,"这里发生了何事?"

"赫长老,您也知道,这个修炼室是菲儿常用之处,今天竟然被这人霸占了,雷纳大哥只不过是想替菲儿讨个公道,没想到这人竟然下手如此之狠,刚才若非长老出声喝止,恐怕雷纳大哥就得命丧于此了。"听到赫长老询问事情始末,那柳菲急忙上前一步,有些委屈地道。

因为长期在第三层修炼,所以柳菲与赫长老有过几面之缘,而且因为她生得貌美,平日赫长老对其颇为温和,如今她抢先开口,自然是打着让赫长老从重处罚萧炎的算盘。

若是放在平时,换个其他学员,赫长老或许也就念在男人不和女人计较的分上,将他斥责一番;但是今天这犯事之人可是萧炎,是大长老点名让他们特殊照顾的学员。

听到柳菲的诉说,赫长老只是淡淡地翻了翻眼皮,并未理会,而是看向萧炎,笑着道:"萧炎,你说说吧。"

见赫长老竟然没有理会自己,柳菲不由得一怔,只能悻悻地退了回去。她清楚这些长老的实力,若是换作她表哥,或许还能给几分面子,可是以她的实力和修炼天赋,还是省省吧。

淡淡地瞥了一眼恶人先告状的柳菲,萧炎脸上划过一抹丝毫不加掩饰的冷笑。他向赫长老一拱手,将事情始末详细地说了一遍。

随着萧炎的诉说,赫长老的脸色难看起来,微微偏头,他冷冷地瞥了一眼正从墙角处爬起来的雷纳,那原本还嚣张的雷纳顿时脸色白了许多。一旁的柳菲听到萧炎竟然把她也抖了出去,脸色更难看了。

"雷纳,身为学长,却不守塔中规矩,责罚你三十天火能,三天之内缴清,否则一个月之内,禁止进入天焚炼气塔。"在萧炎将事情始末说完之后,赫长老

微微点了点头，旋即在众人的注视下，将目光转向雷纳，冷冷地道。

听到赫长老对雷纳的处罚，周围的学员不由得一愣，随后都将怜悯的目光转向脸色苍白的雷纳，这个家伙这次可是要大出血了。

"柳菲，虽然并非主犯，但是有怂恿之错，责罚十天火能，三天之内缴清，否则同上处罚。"赫长老转向柳菲，厉声喝道。柳菲不由得呆住了，她没想到赫长老竟然连自己都要处罚。

"萧炎，虽事出有因，可下手过狠，责罚五天火能，以示警诫。"赫长老最后看向萧炎，轻声喝道。

听到赫长老对萧炎的这不痛不痒的处罚，周围学员再次感到惊愕，面面相觑，旋即像是明白了什么，一致保持了沉默。切磋时对对方下死手，按照规矩，可是要受到极重的处罚，有些倒霉的，甚至会被罚一两个月不准进入天焚炼气塔中修炼，而萧炎只是被扣五天火能。众人都没想到，萧炎竟然还有后台，柳菲和雷纳这次算是踢到铁板上去了。

"赫长老，你对萧炎的判决是不是太轻了？切磋时下死手，可是要被禁止进入天焚炼气塔的！"柳菲铁青着脸，声音都变得尖锐了许多。

"若是不服判决，可向大长老或者院长申诉。"赫长老看了柳菲一眼，淡淡地道。闻言，柳菲气急，这大长老平日极少出现，她去哪儿寻找？至于院长，从进入内院到现在，她从未见过一次，如何去找他申冤？

"好了，今日之事，到此结束。日后若是再有人不守塔中规矩，别怪我从重处罚。"赫长老目光扫过四周，与其目光接触的人，都赶忙低头应诺。

赫长老看了萧炎一眼，便转身向着来时道路走去。"小家伙，下次与人切磋，不要再这般拼命，想要立威固然可以，可过犹不及啊！"望着离开的赫长老，萧炎刚欲弯腰恭送，低沉的苍老声音便在其耳边响起。听得这声音，萧炎默默点头。

赫长老离开后，这一片区域陷入了安静，那些望向萧炎的目光中，多出了

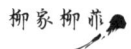

一分敬畏。这并非因为赫长老对他的袒护，而是因为他所施展出来的恐怖火莲。明眼人一眼便能够瞧出，先前若是萧炎的攻击没停下来，雷纳恐怕早就变成了一具死尸。

萧炎并未在意周围的目光，转身向着那间高级修炼室走去。在路过柳菲身边时，他停下脚步，淡淡地道："不打你，只是因为你是个女子，若是换作男人，你的下场比雷纳好不了多少。"说完，萧炎一拂衣袖，径直走进修炼室之中，留下咬着牙、一脸铁青的柳菲。

第十一章
再次突破

进入修炼室之后,萧炎背靠着房门,原本红润的脸色猛然间变得苍白了许多。由于在修炼之前服用了速灵风丹,在短时间内使斗气运转加速,但修炼被打断之后,速灵风丹的弊端便显现了出来,体内缓慢流转的斗气让萧炎浑身虚弱。先前与雷纳一交手,萧炎就直接使出佛怒火莲,一是想借此立威,二是因为体内虚弱的斗气根本不足以让他支撑太久。

瞥了一眼那破碎的衣袍,萧炎轻吐了一口气,心有余悸。先前若是雷纳的攻击再快一些,自己就会被逼得露出破绽,受到重创了。不过还好,佛怒火莲的出现让雷纳丧失了斗志,而自己所需要的震慑效果也完美地达到了,这一切,都需要一点儿好运。

轻轻地咳嗽了几声,萧炎缓步走向黑石台,有些艰难地盘坐其上,深深地吞吐了几口温热空气之后,这才结出修炼手印,再度进入修炼状态,运转着斗气,缓慢地恢复着。经过三四个小时的修炼之后,萧炎体内的虚弱感才逐渐退去,因为速灵风丹而迟缓的斗气,也恢复正常。

在体内状态恢复之后，萧炎再度掏出一枚速灵风丹，吞服下肚，再一次进入了闭关修炼状态。

先前从柳菲口中得知，她还有一个实力颇强横的表哥，而且看雷纳对她那表哥的敬畏程度，她表哥的实力明显远远强于雷纳。今日之事，虽然因为赫长老的偏袒，萧炎占了便宜，但是多半将那个女人彻底得罪了。这种看似和善，可骨子里极为傲慢的女人，应该不懂得什么叫息事宁人，为了应对日后的麻烦，萧炎需要迅速地提升实力！

转眼过去了五天，而在这五天内，萧炎的名字已逐渐传遍了整个天焚炼气塔。

一招佛怒火莲，将四星斗灵级别的雷纳骇得当场失去战斗力，丝毫没有给在内院拥有雪仙子美名的柳菲半点儿情面，并且在下重手后，萧炎还只被一向严厉待人的赫长老小惩。这种种略有些奇异的事件，在短时间内令萧炎成为天焚炼气塔中最热门的话题人物。

不少学员都心生敬佩之意。且不说平日颇为严厉的赫长老如此客气地对待萧炎，光是他那能够将雷纳骇得当场失去战斗力的佛怒火莲，便足以让他们对萧炎感到敬畏。在这天焚炼气塔乃至整个内院之中，都是强者为尊。正因为萧炎施展出来的佛怒火莲，一些暗中爱慕着柳菲的追求者未敢前来向萧炎挑战。不然萧炎在得罪了柳菲之后，怎么可能如此安静地闭关五天时间？

看来，萧炎所需要的那个震慑效果，的的确确是成功达到了！

宽敞的第三层，人来人往，极为热闹，时不时地有一两处地方，有人在火热战斗，周边围满了好事者。

高级修炼室的区域，来往的人在经过一条走廊时，都会忍不住看向一间挂着"有人"的牌子的高级修炼室，目光中皆充满好奇与敬畏。这些天里，几乎所有在第三层修炼的学员，都知道这间修炼室被那个新生萧炎占用了。

也有不少慕名而来，想要一窥其貌的学员。不过那日的战斗结束后，萧炎进入修炼室中，再未出来过。虽然普通的斗者乃至斗师，修炼一天时间就得吃饭填腹，但是随着斗气逐渐雄厚，抗饿程度也越来越强悍。达到大斗师这种级别，虽然不敢说能够无须进食，但是在闭关修炼状态中，身体所消耗能量已达到最低点，五六天不进食，除了身体会虚弱一些外，不会有其他大碍。

嘎吱……忽然响起的房门开启声将众人的视线吸引了过去，当他们瞧见那房门号时，顿时一怔，随即目光火热了许多。整条喧闹的走廊变得安静了，一道道目光全部投注在那开启的房门上。

在众人的注视下，身着黑袍的青年脸色平静地从中缓缓走出。他看见走廊上的众人，不由得微微一皱眉头，无奈地摇了摇头，便向着天焚炼气塔的第四层入口缓步行去。

在第三层修炼了七天，萧炎所取得的进展完美得令他自己都感到目瞪口呆——萧炎隐隐感到自己达到了七星大斗师巅峰的级别。按照这种速度，或许要不了多久，他便能够触摸到八星的屏障，进而一举突破！

就在萧炎打算继续修炼，一举突破至八星大斗师级别时，却有些错愕地发现，以如今斗气的运转速度，第三层的心火居然已经满足不了所需，令萧炎不得不中断修炼，选择了中途出关。他只能继续下往第四层，否则其修炼速度将会降低。

在众多炽热目光的注视下，萧炎缓缓消失在走廊尽头。看见他去的方向后，走廊中的人群不由得窃窃私语：

"他好像是要去第四层了？"

"呃，第四层似乎要达到斗灵级别才能够进入吧？萧炎好像还并未达到吧？"

"嗯，不过谁知道呢？他连雷纳都能打败，想必能够进入第四层吧？"

走廊中，众人面面相觑，苦笑摇头。

萧炎经过走廊，转了几个弯，便看见了有塔内导师严加把守的通道。他略微迟疑了一下，快步走了过去。

"进入第四层需要斗灵实力，实力未达者，禁止下去！"一名导师瞧见远远走过来的萧炎，懒懒地道。

"呃？"萧炎脚步一顿，脸上掠过一丝诧异，旋即苦笑了一声，没想到自己没有满足进入第四层的条件，难道自己只能继续在第三层修炼？可一想到面对如今体内斗气运转，显得有些笨拙的心火，他就不由得感到有些头疼。

"你……你是萧炎？"另外一名正上下打量着他的导师忽然惊诧地开口道。

听到同伴的声音，先前那个懒洋洋的导师也诧异地抬起头，望着面前的黑袍青年。瞧见那有些熟悉的面孔，再想起赫长老的交代，他忙问道："你是前几日和雷纳有冲突的那个萧炎？"

感受到两名导师惊异的目光，萧炎略微迟疑了一下，微微点了点头，向着两位导师拱手道："既然学生未达到要求，那还是继续留在第三层修炼吧，打扰了，两位导师。"

"欸，等等！"见萧炎转身要走，一名导师急忙拦住他，笑容满面地道："赫长老已经提前交代过，若是你要进入第四层，可以不必按规矩办事，所以请吧。"

瞧见这名导师的微笑模样，萧炎心头微喜，如果真能进入第四层修炼，那么突破到八星大斗师，便指日可待了。他急忙向着两人拱手："多谢赫长老与两位导师了。"

"哈哈，不碍事，你虽然未达到斗灵，但是论实力，已有了这份资格。"两位导师轻笑道。

"好了，你先下去吧，我看你这次闭关了好几天时间，进入第四层后，还是先吃点东西吧，不然身体可扛不住。"

"多谢导师关心。"冲着两人感谢了一声，萧炎一抱拳，急急忙忙地走进通道，然后在身后一道道惊异的目光中，消失在转角。

能够进入天焚炼气塔第四层修炼的学员，基本上算是内院之中的佼佼者了。在这一层，萧炎倒并未像之前那般强势。他首先解决了一下吃饭的头等大事，然后便选择了一个中级修炼室，继续进行闭关大业。

这第四层的中级修炼室，论心火雄浑程度，比第三层的高级修炼室要强上许多。这对于现在的萧炎来说，刚好合适，而且也不会因为与人争夺高级修炼室而被打断修炼。

进入中级修炼室之后，萧炎再次拿出药鼎，炼制了一些青芝火灵膏和速灵风丹。上次炼制的膏药，在七天的闭关之中，早已消耗殆尽。

有了上一次的炼制经验，萧炎这一次的手法自然更加纯熟。不仅花费的时间大为减少，而且炼制出来的丹药品质、数量，也明显比第一次更胜一筹。

在将所需要的两种丹药再度炼制成功之后，萧炎便开始了自己的闭关突破大计。这一次萧炎的闭关，中途再没有人来打扰过。

弹指一挥间，半个多月时间过去了。其间，萧炎虽然偶尔出过修炼室，但是将近百分之九十五的时间，他都窝在那间中级修炼室中，坚持不懈地冲击着八星屏障。

在这般废寝忘食的苦修之中，早已达到七星大斗师巅峰级别的萧炎，终于模糊地触摸到了八星的界限。又经过两三天的修炼，体内斗气终于达到满盈的地步。萧炎的身体就犹如一个盛满水的水缸，萧炎体内的斗气，犹如即将满溢的水，只要再加一点点，便能够冲破水缸的束缚，进入更加广阔的天地！

而这一点点的契机，终于在萧炎某一次浑浑噩噩的修炼中，突兀地到来了。

宁静的修炼室中，萧炎赤裸着上身，盘坐在黑石台上，双手结出修炼手印，面目如老僧入定，平和淡然；在其周身，一缕缕肉眼可见的雄厚能量，在敷在身上的青芝火灵膏的作用下，正源源不断地灌进其体内。

安静的气氛不知道持续了多久，忽然一个擂鼓般的异样、低沉的声音响起，细细听来，原来是从萧炎体内发出的声音！就在这个奇异的声音响起之后不久，萧炎原本如木桩般纹丝不动的身体，犹如受到电击，猛然一颤，旋即脸上浮现一种异样的红润色泽。当然，有所变化的不只是外表，其体内似乎也发生了极大的变化，首先便是其体内忽然暴增的吸力！

在这股强悍的吸力作用之下，那些盘旋在其周身，原本还依次向着体内涌进的暗红炽热能量，此刻却犹如惊慌失措的野牛群，顾不得半点儿秩序，疯狂地向着萧炎体内涌去！

萧炎的身体，再度变成一个无底洞，不管涌进来的能量如何庞大，都照单全收。强大的吸力将修炼室中充盈的能量尽数搅动了起来，一个以萧炎为中心点的极其庞大的能量旋涡霍然形成。

修炼室中的异象，持续了十来分钟时间，方才在一个骨骼的清脆爆响声中，缓缓消失。片刻后，修炼室中那巨大的能量旋涡，终于完全消散，而随着能量旋涡的消失，盘腿坐在其中的人影，再度显露了出来。

此时的萧炎，身上的黑袍在先前被震成了碎片；涂满皮肤的青芝火灵膏，也已经蒸发殆尽；依然瘦削的身子，除了那缠在手臂上休眠的七彩吞天蟒，其他地方与先前并未有太大不同。

萧炎缓缓睁开紧闭的眼睛，青色火焰诡异地从体内腾起，最后缭绕在漆黑的眸子中，半晌后方才逐渐退去。火焰退去，那双漆黑的眸子却比先前更加深邃和暗沉。一口浊气顺着喉咙被长长地吐了出来，竟然还略微带着一点黑气。

萧炎瞧见气息中的黑气，眉头顿时紧皱，这才记起都快要被他遗忘的东西——烙毒，那个一直深深埋藏在自己体内，难以根治的变异毒素。

"没想到借助着突破，还排出了这么一点儿烙毒。这个该死的东西潜伏在体内，真是让人浑身不舒畅。"萧炎苦笑着摇了摇头。虽说因为有青莲地心火护体，这烙毒并未造成伤害，可这东西一日不除，就始终是萧炎心中的一根刺。毕竟他亲眼见识过它的力量，连斗王级别的纳兰桀，都被这东西搞得差点儿丧命，更不用说他这小小的七星，哦不，现在应该是八星大斗师。

萧炎轻叹了一口气,将心中对烙毒的担忧暂时放下,缓缓站起身来,扭了扭身体,有一种从骨子里渗透而出的轻松和充盈感。闭关二十多天,他终于如愿以偿地突破,达到八星大斗师级别,如此丰硕的成果,对得起这二十多天深居简出的苦修!

"八星了,距离斗灵级别不远了。"萧炎微微一笑,低头望着手臂上带着些许凉意的七彩吞天蟒,不由得笑道,"小家伙真是越来越贪睡了,这么大的动静都吵不醒。"

萧炎嘴上虽然笑骂,心情却有些沉重,吞天蟒长时间沉睡,是很不合理的。按照常理,处于成长期的吞天蟒应该极为活泼才对,可如今它却整日沉睡,没有半点儿精神。对于这种异状,萧炎心中隐隐猜到一些端倪,当下变得忧心忡忡了起来。

"看来吞天蟒的灵魂已经开始被美杜莎女王反压了,恐怕不出一年,美杜莎女王就会成功占据吞天蟒的身体,到那时候,灵魂与肉体完美融合,她便真正地成了斗宗级别的超级强者。从那女人的狠辣程度来看,她掌控了吞天蟒身体后,第一件事就是拿我祭刀。"手掌抚摸着吞天蟒有些冰凉的身体,萧炎眉头皱成了一条线,喃喃道。

"放心吧,在她未得到融灵丹之前,还不会对你出手。灵魂与肉体,怎会轻易完美融合?她必须借助融灵丹,先将吞天蟒的灵魂吞噬,然后才有可能与吞天蟒的躯体融合。若不能彻底吞噬吞天蟒的灵魂,即使得到吞天蟒的躯体,也只会成为她的累赘。"苍老的笑声忽然在萧炎心中响起,安抚着他那忐忑的心。

"老帅!"萧炎面色一喜,听完药老的话语后,他深深地松了一口气,笑着点了点头,在心中道,"只要她还需要融灵丹,那就有和她谈条件的砝码,若能拉拢一个斗宗强者,那自然是极好的。"

"嗯,突破了斗皇限制的美杜莎女王,日后的确潜力无限。当年斗气大陆也出现过一名进化后的美杜莎,但是她的本体却不是七彩吞天蟒,而是另外一种远古凶兽——七翼紫金蟒。它虽然比吞天蟒要弱一点儿，但是当年为了剿杀她，可是出动了三名斗尊强者呢。"药老笑了笑，声音中略有些怀念的味道。

"三名斗尊？"萧炎嘴角一咧，不知该说什么，愣了半天后，他将目光转向手臂上的吞天蟒，苦笑着喃喃道："这个姑奶奶难道以后也会那么彪悍吗？那我岂不是要倒霉了？唉，吞天蟒啊，你可要坚持住啊，千万别被那女人给吞噬了，不然我们都不好过。"

想起每次美杜莎女王出来时对自己的若隐若现的冷淡杀意，萧炎心中便打了个冷战。

第十二章
霸枪柳擎

　　走出塔门,萧炎感受着温暖阳光,有种恍如隔世的感觉。如今玄重尺成了他萧炎的标志,为了省去一些麻烦,他不常将其背在身上,虽然如此少了几分锻炼的效果,但也让萧炎省心了不少。

　　一路晃悠了将近半个小时,萧炎才回到磐门。望着门口那些笔直站立的守卫,他不由得暗赞了一声,果然如同薰儿所说,这磐门一直都在变化。光是这几名守卫,萧炎远观他们的气息,感觉都已在斗师一星巅峰级别。显然,最近这一个月,磐门的不少成员都在天焚炼气塔中认真修炼,看效果非常不错。

　　缓步走近大门口,那几名站岗的守卫见了萧炎,脸上瞬间浮现兴奋的神色,扯开了嗓子齐声喊道:"头儿!"

　　嘹亮的声音将一些来往行人的视线吸引过来,萧炎冲着那几位咧嘴傻笑的守卫无奈地摇了摇头,走上前,拍了拍其中一人的肩膀,便晃晃悠悠地向着里面行去。

　　"嘿嘿,快一个月不见,头儿的实力貌似又精进了不少啊,看来很快我们磐门就能出现斗灵强者了，到时候再不用看谁的脸色啦。"望着萧炎渐行渐远的背影，先前被萧炎拍了下肩膀的守卫咧嘴笑道。

"喊，头儿怕过谁？你们最近经常在天焚炼气塔中修炼，难道连那件事都没听说过？嘿嘿，一招将四星斗灵骇得失去战斗力，内院中，有几人能办到？"

"那件事我也听说过啊，哈哈，如今在塔中修炼，别的势力听见我们是磐门的人，再没有像以前那般狗眼看人低了，这都是头儿的缘故！"

萧炎自然听不见这些谈话，从进入新生区开始，磐门成员见到他，都是一怔，旋即便赶忙让开道路，目光中带着敬畏与尊崇。

萧炎径直回到小楼阁之中，进门后，发现不仅薰儿、琥嘉、吴昊三人都在，甚至连林焱也出人意料地出现在大厅之中。薰儿首先发现进门的萧炎，不过反应最为激烈的却是林焱。只见林焱从椅子上蹦起，闪电般地蹿到萧炎身旁，一把抓住萧炎的衣袖，火急火燎地骂道："烦死了，你这小子终于回来了！快点，你给我的冰灵丹还有洗髓寒灵液都用光了，我已经等了你三四天，如果明天你还不回来的话，我就要进天焚炼气塔去找你了。"

萧炎使劲抽回被林焱扯住的袖子，翻了翻白眼，道："急什么？一两天不驱毒又死不了。"

说完，他便不再理会林焱，径直走进大厅，在一张椅子上坐下，冲着薰儿三人笑道："怎么样？最近磐门没什么事吧？那白帮没啥动静吧？"

"嗯，本来在你闭关的前一两天，还有成员说在塔中修炼可能会遇见白帮的人捣乱，不过你在天焚炼气塔中教训了雷纳之后，白帮也不敢太过放肆，那些小举动也少了一些。现在还有不少自由身的老学员想要加入我们磐门。经过考核，如今磐门成员的数量，可是比你闭关前多了四分之一，那些老学员的实力颇为不错，大多是大斗师呢。"薰儿亲自给萧炎斟了一杯温茶，抿嘴笑道。

"哦？"闻言，萧炎一怔，随后哑然失笑，"我只是想在闭关期间不被打扰，方才借助雷纳之事杀鸡儆猴，没想到竟然还有这般好处。"

"嘿，的确有点儿好处，不过坏处也不小。你让雷纳变成一个大光头，现在他提起你，就恨得咬牙切齿。而且你还得罪了柳菲那个有胸没脑的女人。原本得罪了她倒也没什么，但是，你别忘了她表哥是什么人——霸枪柳擎，他在内院可不是无名之辈。嘿嘿，他若是要替柳菲出头，纵然是你那青紫火莲，也奈何不了他的裂山枪。"林焱不再那么急躁，踱回大厅，冷笑道。

"那柳擎有多强？"萧炎皱眉问道。

"你问吴昊，他最近常常在竞技场混，对柳擎应该有所了解。"林焱缩回椅子，向着吴昊撇了撇嘴。

瞧见萧炎看过来，吴昊无奈地摇了摇头，沉吟了一会儿，道："霸枪柳擎，强榜前十的顶尖高手，内院之中能胜过他的学员，屈指可数。另外，他在竞技场中，是为数不多的曾经八连胜的强悍家伙。"

萧炎浅浅抿了一口手中茶水，默默点头。以吴昊的实力，在那强者云集的竞技场中，都只是胜少输多，因此，他也能够想见八连胜何等艰难，看来这个柳擎还的确是个极其难对付的人物啊。

"不过你可以暂时放心，那个家伙现在没空来替柳菲出这个头，再有半年多，便会举行五年一届的内院大赛，他现在正没日没夜地闭关，就算偶尔有时间从塔中出来，也是在竞技场中修炼斗技。因此在大赛完结之前，他没时间找你麻烦；在那之后嘛，嘿嘿，就不好说了。"林焱有些幸灾乐祸地笑道。

"内院大赛？"萧炎眉头一挑，诧异地道，"有这个比赛？为什么我们没有听见这个消息？"

"这大赛又不关你们的事，这是强榜高手间的比赛，其他人只能在下面看热闹，你们自然是没资格知道。"林焱撇了撇嘴，道，"只要能够在这比赛中进入前十名，就有资格成为长老候选人，并且还能获得进入天焚炼气塔第九层接受一次心火本源锻体的资格！

"知道什么叫心火本源锻体吗？简单来说，接受过这心火本源锻体，只要你不是那种倒霉得天怒人怨的人，便相当于得到了晋阶斗王的通行证。"

"晋阶斗王的通行证？"这几个字灌入耳中，琥嘉与吴昊的眼睛瞬间变得火热起来。在斗气修炼中，斗王是一道分水岭，无数修炼天赋不错之人，都被卡在斗灵级别的尽头，迟迟未能踏出那一步。

"心火本源？"与他们两人不同，萧炎却是将注意力放在另外一个信息上——心火本源……难道说的是……陨落心炎本体？

萧炎拿着茶杯的手微微哆嗦了一下，些许茶水溅了出来，他强行压住心中的惊喜，缓缓地将茶杯放在桌上，抬头向着林焱轻声问道："第九层，需要什么资格才能进去？"

"你别奢望了。"林焱翻了翻白眼，淡淡地道，"简单来说，学员根本不可能进入第九层或者更深的第十层，只有学院长老，才有那个资格。那些原本已经毕业，却依然逗留在学院的家伙，都是打着想成为长老的念头。因为只有成为长老，才能进入第九层乃至第十层修炼，这样便能够快速触摸到斗皇级别的门槛。"

"斗皇强者。"萧炎轻吐了一口气，与一旁的吴昊对视了一眼，皆从对方眼中见到了一抹震惊。放眼整个大陆，每个斗皇都是一方巨擘枭雄，没想到内院中的一些家伙竟然还有这等野心。

"那个大赛只有进入强榜的人才有资格参加？"萧炎手指轻轻地弹在桌面上，低声问道。

"嗯，即使放低了权限，难道你还指望一些刚入内院不久的新生能够取得候选长老的资格？"林焱的话依然是那么直白。

对于这个家伙的讥讽，萧炎只得无奈地摇了摇头，微微仰起头，望着天花板，眼中闪烁不定。这或许真是一次绝佳的机会呢。

萧炎细细观察了一下林焱，发现其眼中的红芒比之前变淡了许多后，轻声道："看来冰灵丹的内服和洗髓寒灵液的外敷，的确对这火毒有显著效果。"

"嗯，的确很有效，每一次在滴有洗髓寒灵液的水中修炼之后，那水都会变得跟血一样红，而且我能感觉到体内火毒正在迅速变淡。"林焱脸上尽是兴奋之色，这困扰了他许久的问题如今竟然真的有望解决。

"再使用这丹药一个月，想必你体内火毒便彻底没有了。"萧炎笑了笑，从纳戒中取出一瓶冰灵丹和一瓶洗髓寒灵液。这些丹药是他在闭关时炼制的，如今倒是省去了再次炼制的麻烦。

林焱闪电般地从萧炎手中夺过两瓶丹药，咧嘴一笑，手一抛，一道淡青影子射向了萧炎。萧炎轻巧地接过射来的青影，入手处，带着淡淡的温凉，犹如一块上好凉玉。他眼睛一瞟，有些惊诧地发现，这淡青影子竟然是那青木仙藤。

"你这是……"萧炎紧紧地握着青木仙藤，抬头笑着对林焱道，"现在就把它给我，就不怕我给的丹药并不能彻底医治好你？"

"你又不是孤家寡人，这么大的磐门在这里，我怕你跑哪儿去？而且这两种丹药的效果有多好，我比你这炼制者更清楚。"林焱翻了翻白眼，撇嘴道。

"哈哈，那便多谢了。"冲着林焱一抱拳，萧炎小心翼翼地将这好不容易到手的青木仙藤收进纳戒之中，心中长长地松了一口气。如此一来，炼制地灵丹所需的材料，便只有最后两种没到手了。这最后两种，也是极其难得之物啊。

"好了，东西到手，我也该走了。"对萧炎挥了挥手，林焱转身便向门外走去，在即将出门时，又转头向着萧炎笑道，"虽说我们之间是交易，但是我林焱欠你一份人情。你别和我说已经两清，我林焱的命，可比这枯树枝珍贵得多。"

闻言，萧炎只得苦笑着点了点头。

"日后若是那柳擎来找你的麻烦，可以派人通知我，我很久没和那家伙交过手了，不知道他的裂山枪厉害了多少。"说完，林焱便走出房门，脚步声逐渐远去。

"这个家伙虽然脾气暴躁，但也是个可以结交之人。"萧炎轻笑着摇了摇头，站起身来，伸了个懒腰，缓缓走出房间。

"萧炎哥哥，你火晶卡上还剩多少火能？"大厅中，薰儿把玩着手中的三张青色火晶卡，望着上面的数字，苦笑着摇了摇头，抬头向着刚刚下楼的萧炎问道。

"呃……好像只有三十多了……连在第四层修炼十天都不够。"萧炎无奈地道。

闻言，薰儿叹了一口气，表情略有些苦恼。

"怎么了？你们需要火能？"瞧她这副模样，萧炎觉得有些奇怪。

"不是我们需要，是磐门需要。"一旁的琥嘉接过话来，道，"你又不是不知道，磐门有一些奖赏是需要火能的。如今磐门刚刚起步，奖赏的那些火能，自然是我们几个人自掏腰包。薰儿的已经用得差不多了，最近她可一天都没进天焚炼气塔中修炼过。我上次兑换了一本斗技，也所剩不多，现在全交出去了。至于吴昊嘛，这个家伙在竞技场都快输得入不敷出了。"

吴昊不由得有些脸红，干笑道："以前是因为我不太适应，最近我的胜率不是越来越高了嘛，再过不久，应该就能将损失的赚回来了。"

"等你赚回来时，磐门估计早就因为给不起内部奖赏而信誉大失，一旦信誉没有了，那些慕名而来的新成员，就会立马拂袖而去。"琥嘉翻了翻白眼，冷哼道。

听得琥嘉这么一说，萧炎不由得有些愧疚，自己只顾修炼，可薰儿她们却是一天都没进过塔。

"萧炎哥哥，你不用多想，如今你是磐门的门面，自然需要实力。没有你，不管我们采取什么措施，这磐门的威名都是难以树立起来的。"似是知道萧炎心中的愧疚，薰儿微笑着柔声劝道。

萧炎苦笑了一声，沉吟了半响，缓缓地道："如今大家因为猎捕赛而得到的火能差不多也要用尽了，的确该打算一下如何赚取火能了。你们知道在内院中怎样才能得到火能吗？"

"效率最低的,便是接一些打扫、清洁天焚炼气塔之类的低级任务。这样来得太慢,而且还挺累,因此大多数人就等着每个月内院发放火能。但是也有一些实力较强的学员,会选择进入竞技场,赢取火能。这样来得比较快,但是不稳定,万一遇见比自己更强的对手,不仅赢不到火能,还会输掉不少。"薰儿纤手拂开飘落在额前的青丝,沉声道,"也有一些人会进入深山中,猎取魔核或者寻找各种各样的药材,因为内院之外,便是绵延千里的茫茫深山,这么广阔的地域,不乏一些前辈高人遗留的洞府。那些前人遗留的高阶斗技、功法等,在内院中极为畅销,而且价格也普遍偏高。"

萧炎十指交叉在一起,默默点了点头,轻声道:"内院之中,会有人用火能购买丹药吗?"

"自然有,丹药可是和功法、斗技媲美的稀罕物呢。"薰儿笑着点了点头,流转的目光停留在萧炎身上,水灵灵的眸子隐隐带着一点儿笑意,"怎么?萧炎哥哥打算出售自己炼制的丹药?"

"这是我擅长的,自然不能舍弃。"萧炎笑了笑,道,"内院之中,有其他人出售丹药吗?"

薰儿一皱黛眉,苦笑着点了点头,道:"还的确有其他人出售,并且不是一个人,而是一个势力。"

"势力?"闻言,萧炎一怔。

"这势力名叫药帮,帮里所有人,都是从炼药系进入内院的炼药师。"薰儿沉吟道,"这个药帮,垄断了整个内院几乎百分之九十的丹药销售,其他一些零星炼药师,难以与他们抗衡。据说这个药帮的首领,甚至能够炼制出四品丹药。如果我们也销售丹药,恐怕将会和这个药帮有直接的冲突。"

"能够炼制四品丹药吗?"萧炎微微点头,淡淡一笑,道,"不要管太多,毕竟我们也需要生存,竞争自然是难免的,只要他们不来阴的,正面交锋,我倒是不惧他们。"只是能够炼制四品丹药而已,对于曾经成功炼制三纹青灵丹的萧炎来说，那人并不算难以战胜的对手。

见到萧炎并未退缩，薰儿也点了点头，笑着道："既然如此，那我们磐门也销售丹药吧，不过萧炎哥哥就得劳累了。"

"作为这磐门的首领，我自然也需要付出。"萧炎笑着道。

"如果你要出售丹药，我建议着重去竞技场出售，那里每天都有因为比试而负伤的人。如果炼制出上次在猎捕赛时，你给我们服用的那种可以恢复斗气的丹药，不需要太多宣传，定然会有无数人争相抢购。"吴昊建议道。最近他经常混迹竞技场，自然知道在那里，什么丹药最为稀缺，最为昂贵。

"回气丹吗？那倒并非难事，但是这种恢复斗气的低阶丹药，难道药帮炼制不出来？"萧炎笑着点了点头，以他如今的炼药术，炼制回气丹手到擒来。

"能倒是能，不过他们炼制的恢复斗气的丹药，并没有你的回气丹有效。我曾经买过一枚，花了两天火能，因此能够辨别两者间的差距。"吴昊摇了摇头，道。

萧炎微微点头，身体靠着椅背，忽然眼睛一亮，轻笑道："除了竞技场，或许天焚炼气塔内，也是一块出售丹药的好地方。在其中修炼的人，因为害怕火毒侵体，所以都不敢持久修炼。若是有一种可以让他们在一定时间内无视火毒侵蚀的丹药，我想会有很多人乐意购买。"

"无视火毒侵蚀？"

"哈哈，彻底无视自然是很难，不过能够让本来只能在其中修炼一天的人将时间延长到两天。"萧炎笑道。

"嗯，这对于一些急于修炼的人来说，的确是个极大的诱惑。"薰儿三人相视一笑，点了点头。

"那就这样决定吧。从明天开始，我会给你们一张炼制丹药所需要的药材单子，你们去帮着收购，至于炼丹的事情，就交给我吧。"

第十三章
大批炼制

翌日清晨，整个磐门犹如机器一般运转了起来。一大早，薰儿三人便各自带着人出了新生区，在内院中到处奔波，按照萧炎给他们的药材单子，四处收购所需药材。

在这般忙碌一整天之后，一群人才在夜色中，带着兴奋与疲惫赶回了新生区。

小楼阁里的一个安静密室中，萧炎望着面前摆放整齐的一大堆药材，瞧着一脸疲惫的薰儿三人，轻声致谢道："各位，辛苦了。"

"这些药材整整花费了一百八十多天的火能，这些火能我们四人本来凑不够，不过阿泰他们主动捐献了一些，现在的这些药材，是我们磐门最后的家当了。"薰儿轻叹了一口气，道。

萧炎默默点头，有些感动地道："放心吧，记住阿泰他们捐献的火能数，等炼制出丹药并成功售出后，双倍还予他们。"

"嗯。"薰儿点了点头，纤手抚摸着一堆药材，黛眉微蹙，"在内院收购药

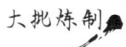

材，价格颇昂贵。我想，等这批丹药炼制出来，就在磐门中组织一支队伍或者在内院中聘请一些人，专门为我们磐门在深山中寻找所需的药材，然后按照每人交纳的药材质量和数量，给他们月供。这样的话，或许成本会降低许多。"

闻言，萧炎赞同地点了点头，目光扫过面前的大堆药材。这些药材其实也不算很多，却是磐门的所有家当，他不禁轻叹了一声，这担子可是有些沉重啊！

"哈哈，萧炎哥哥，接下来的事情，只能全部交给你了，这种炼丹的事情，我们是帮不上什么忙的。"薰儿娇俏地笑道。

"嗯。"萧炎郑重地点了点头，轻声道，"放心吧，一天之后，我会把这些药材炼制成我们所需要的丹药，绝不会辜负大伙的心意。"

"对了，这是我特意派人从药帮那儿购买的两种丹药，一种是吴昊说过的可以恢复斗气的丹药，药帮称之为回春丹；另外一种是疗伤药，对外伤效果不错。"薰儿从纳戒中取出两个小玉瓶，轻轻放在萧炎面前。

闻言，萧炎一怔，旋即心中为薰儿的聪慧暗赞了一声。

"好了，萧炎哥哥，接下来，便看你的了。"薰儿嫣然一笑，向着琥嘉与吴昊挥了挥手，三人缓缓地退出了房间，然后将房门紧紧关上。

随着三人离开，密室之中再度寂静下来。萧炎盯着面前的大堆丹药，半晌，长长地吐了一口气，盘腿坐下，手一挥，药鼎便出现在面前。萧炎取过薰儿所购买的两种丹药，先倒出那粒回春丹，一枚绿色的丹药，有着极淡的药香。轻嗅着这股淡淡药香，萧炎眉头一挑，略有些不屑地轻轻摇头。这所谓的回春丹，炼制所需的药材恐怕不会超过四种，而且全是极为常见的药材，应该只是一品丹药。

"看来没有人竞争，这药帮炼制丹药有些漫不经心。"萧炎淡淡地笑了笑，又取过另外一瓶疗伤药。这种疗伤药呈药膏状，暗红色，萧炎放在鼻下一嗅，不由得微微耸了耸肩。

将两种丹药都放回原地，萧炎看向药鼎，一旦开始炼丹，他就会进入凝神

状态。他眼神平和地盯着面前的药鼎，脑中念头微微翻滚。

这一次，他打算炼制三种丹药。一种是恢复斗气的回气丹。炼制这种丹药，萧炎早已驾轻就熟，以他如今的炼药水平，炼制回气丹的成功率至少在百分之八十以上。

第二种是一种内服的疗伤药，名为复体丹。这种疗伤药不仅对内伤有一定的治疗作用，并且对外伤也有较为不错的愈合作用。这种复体丹，不论药效、等级，都远远超过药帮出售的那种膏状疗伤药。而且最为关键的，炼制这种丹药所需要的药材，比药帮的疗伤药所需材料更少！对这种成本又低、药效又好的疗伤药的销售，萧炎有绝对的信心，只要他们不是傻子，就知道该如何选择。

第三种丹药名为冰清丹。服用这种丹药之后，能够极有效地缓解火毒对身体的侵蚀。若是论等级的话，冰清丹或许能够进入二品顶级。这种能够助人修炼的丹药，价值可是远远高于疗伤药。而这种丹药，将会令磐门一举压过药帮，成为内院之中又一个丹药垄断者。因为至今为止，药帮并未有任何能够对抗火毒的丹药！

脑海中闪过这三种丹药的药方，萧炎深吐了一口气，神情肃穆，双指微微搓动，青色火焰瞬间从指尖升腾而起。袅袅的青色火焰犹如精灵，在萧炎指尖活泼跳动，密室中的温度缓缓攀高。

漆黑的眸子紧紧盯着升腾的青色火焰，半晌，萧炎屈指轻弹，青色火焰在半空划过一道扭曲的弧线，穿过药鼎的火口，最后猛然间腾起，炽热的温度，将药鼎熏烤得发出细微的刺刺声响。

眼睛眨也不眨地盯着药鼎之内，萧炎修长的手指缓缓地在左边的药材堆中移过，猛然间，手指一颤，几株不同种类的药材便被准确地夹在了指尖之中。手臂轻挥，几株药材直接被丢进青火升腾的药鼎之中。随着药材进入药鼎，青色火苗猛然一探，便将之尽数吞噬。

萧炎脸色未有丝毫变化，手掌隔空对着药鼎，修长指尖微微弹动，只见药

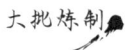

鼎之内,青色火焰霍然舞动,火焰升腾间,一摊瞬间被提炼精纯的丹液,悬浮在火苗之上。萧炎眼神淡然地望着悬浮的丹液,以青色火焰将丹液中残留的杂质缓缓剔除。

萧炎的灵魂力量完美地操控着青色火焰的温度,丹液被提炼得越发精纯……

宽敞的大厅,薰儿三人坐于其中,都有些心不在焉,偶尔看向楼上一扇紧闭的房门,眼中隐隐有着焦虑之色。

"都快一天半了,萧炎怎么还没出来?"坐立不安的吴昊率先开口道。

"再等等吧,我们都不是炼药师,并不清楚炼丹的程序,无论如何都不能去打扰萧炎哥哥。"薰儿摇了摇头,轻声劝道。

一旁,琥嘉也只得无奈地叹了一口气,如今,也只能耐心等待了,现在整个磐门都在等着萧炎出来呢。他若是失败了,对磐门人员的士气,将会是一个极大的打击。毕竟,从认识到现在,那个一直以常胜将军姿态出现在他们面前的萧炎,可从来没有失败过,希望这一次也不例外吧。

嘎吱——气氛沉闷的大厅中,忽然响起房门开启的声音,在三人的注视中,萧炎缓步走出,那张清秀的脸上虽然充满疲惫,但是眉宇间的喜悦,令三人将那紧绷的心弦悄悄放松了下来。大家互相对视了一眼,皆松了一口气。

萧炎站在二楼,冲着大厅中的三人笑了笑,快步走下楼梯,来到大厅中央的桌子旁。手一挥,一百多个玉瓶顿时出现,将整个桌面摆得满满的。

"三种丹药,回气丹八十三枚,复体丹六十二枚,冰清丹三十六枚,总计一百八十一枚。"萧炎脸上浮现一抹灿烂笑容,向着三人朗声说道。

"这么多!"望着桌面上满满当当的玉瓶,三人满脸惊讶,在听到萧炎报出的数字后,眉宇间都涌上一抹惊喜。

"幸不辱命。接下来销售的事情,便只能靠你们了,我已经筋疲力尽了。"

萧炎一屁股坐在椅子上,满脸疲倦之色,向着三人轻声说了一句。

薰儿三人兴奋地点了点头,拥到桌旁,仔细地数着玉瓶。

"萧炎哥哥。"薰儿与琥嘉、吴昊商讨好销售步骤,转过头来,刚刚叫了一声,却愕然地发现萧炎已经用手掌撑着脑袋,闭目睡着了,她清雅动人的俏脸上闪过些许心疼。她从一旁取过柔软的毯子,轻轻盖在萧炎身上,柔声道:"睡吧,萧炎哥哥,等你醒来,薰儿会向你汇报好消息的。"

当萧炎从熟睡中醒来时,斜阳淡红的余晖从窗户倾洒而进,在地板上形成密集的光斑。

从椅子上坐起,萧炎望着盖在身上的毯子,心中微微一暖,起身来回走动,活动了一下身子。睡了一个好觉之后,先前的疲倦不翼而飞,取而代之的是一脸的神采奕奕。

嘎吱——在萧炎来回走动时,房门忽然被轻轻推开,一个人小心地探进身子,瞧见萧炎已经醒了,这才松了一口气,嘿嘿笑道:"头儿,您可真能睡,从大清早一直睡到傍晚。"

"哈哈,是阿泰啊。"瞧见来人,萧炎轻笑了一声,招手让他进来,笑问道,"薰儿他们还没回来?"

"嘿嘿,是啊,学姐他们几乎把整个磐门的人都带走了,看时间想必也快回来了。"阿泰挠了挠头,笑着道。

"这次多谢你们了。"萧炎坐回椅子,端过身旁的一杯冷茶,浅浅地抿了一口,抬头向着阿泰轻笑道。

"您也太客气了,如今大家都是磐门的人,所有成员都受您庇护,总不能什么都不做吧?"阿泰有些受宠若惊。

"既然当初决定组建磐门,这些责任,自然由我来承担,等丹药售出之后,我会让薰儿将你们捐出来的火能双倍返还。公是公,私是私,可不能混淆。"萧

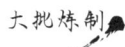

炎摇了摇头,沉声道。

闻言,阿泰刚欲推辞,门外忽然响起杂乱的脚步声,他脸上一喜:"学姐他们回来了!"

他的话音刚刚落下,房门便再度被推开,一大群喜气洋洋的家伙拥了进来,而薰儿三人正是带头者。看他们那欣喜的脸色,似乎有一个不错的结果。

"萧炎哥哥,你醒啦?"进入房间,薰儿正欲提醒众人小点声,却一眼见到坐在椅子上的萧炎,当下高兴地叫道。

"嗯。"萧炎笑着点了点头,含笑道,"先坐下休息休息吧。"

薰儿抿嘴浅笑,与一脸兴奋的琥嘉、吴昊在萧炎身旁坐下,而其他磐门众人,因为座椅不够,有的就直接一屁股坐在地上。原本空荡荡的大厅,顿时被挤得满满当当的。

见到众人坐下,萧炎这才将目光转向薰儿,笑着问:"如何?"

"还不错。"薰儿轻笑了一声,道,"售出了回气丹三十枚,复体丹三十五枚,至于冰清丹嘛,则要少许多,只售出十四枚。因为我们是第一次卖,所以回气丹我们设定的是一枚一天火能,比药帮的回春丹价格略低一点儿,复体丹也是一枚一天火能,而冰清丹是一枚三天火能。这般算来,今天我们总共获得一百零七天火能。这丹药出售,果然是一本万利,难怪炼药师始终是最吃香、最令人嫉妒的职业。"

刚听到售卖所得,萧炎微微皱了皱眉头,旋即释然,轻声道:"的确算不错了,我们磐门第一次出售丹药,尚没有信誉,别人很难相信我们所售丹药的药力,价格的确要放低一点儿。至于那冰清丹嘛,价格略有些高,一般学员还真舍不得买。"

萧炎心中暗笑:若非自己有异火相助,大大地提高了炼丹成功率,这么低的售价,还不一定能有利润呢!

"本来就没指望每个人都能买得起。"薰儿笑了笑,道,"那十几个购买冰清

丹的学员,大多实力不错,而且也不缺这三天火能,将信将疑地买了试试。不过我想,只要等一两天时间,那些尝到甜头的人,一定会主动帮我们磐门宣传。到时候,这些丹药,或许会在顷刻间被抢购精光。"

"嗯。"萧炎点了点头。

"萧炎哥哥,这第一批赚取到的火能,我建议全部购买药材,现在因为我们突然行动,药帮暂时还没有反应,可一旦他们察觉,恐怕会有所行动。"薰儿略微迟疑了一下,提议道。

"你是怕药帮暗中把所有药材收购一空?"萧炎眉头紧皱。

"不管怎么说,药帮比我们根基厚实,这么多年出售丹药,让他们肥得流油,万一他们真要垄断药材来路,那我们可就有麻烦了,毕竟他们还真有财力,我们必须未雨绸缪。"薰儿沉吟道。

"嗯,你说得对。"萧炎重重地点了点头,沉声道,"这个药帮,不能小觑,从明天开始,派出所有人,收购我们所需要的药材!"

"嗯!"

萧炎缓缓吐了一口气,站起身,目光在大厅中磐门成员身上扫过,笑道:"辛苦诸位了,今天参加丹药销售的成员,等我们丹药大卖之时,每人可领五天火能!我萧炎说到做到,绝不食言!"

听到萧炎这般大方的丰硕奖励,大厅中的磐门成员先是一怔,紧接着满脸狂喜,兴奋的吼声几乎要将屋顶掀翻。磐门成员有四五十人,每人奖励五天火能,那便得拿出两百多天火能,这出手,即使放眼整个内院,也是极为阔绰了。

若是以前,萧炎自然拿不出这样大的手笔,但是现在有丹药出售,以他的炼药术,迟早会将火能源源不断地收入囊中,他也不必小家子气。

"至于阿泰等人捐献的购买药材的火能,到时候,双倍返还,记住,都不许拒绝!"萧炎目光转向阿泰等人,朗声道。

望着在萧炎重赏下,士气高昂得无以复加的磐门成员,薰儿三人相视一笑,

暗中向萧炎竖起大拇指。

第二日,磐门成员分工行动,薰儿三人依然带人前去销售丹药,而萧炎则带人横扫了交易场,将手中火能全数用光之后,才带着收购来的药材意犹未尽地回到新生区。

至于薰儿那边,销售情况也比昨日火爆了许多。一些尝到了丹药甜头的人,暗中告诉自己好友,短短一夜之间,三种丹药的名头便已经传遍了整个内院。特别是冰清丹,那能够延长在天焚炼气塔中修炼时间的特效,让一些修炼狂人当场就红了眼。薰儿等人归来时,第一批炼制的丹药已经销售一空,到手的大批火能,令整个磐门都陷入兴奋之中。

在一个宽敞奢华的巨大房间中,十几人围坐于桌旁,气氛略有些压抑,暗流涌动。

在大桌子的首位上,一名身着炼药师袍服的男子斜靠着椅子,在其胸口处,绘制着一个古朴的药鼎,药鼎表面上闪耀着四道银光闪闪的波纹。

"谁能告诉我,这个磐门什么时候出现炼药师了?"沉默气氛持续了许久,男子终于缓缓开口,声音低沉且蕴含怒气。在他面前摆放着萧炎他们所出售的三种丹药。

"据说是他们首领,也就是那个萧炎炼制的。"下方有一人低声回道。

"他竟然也是炼药师?"男子微皱眉头,道。

"嗯,看情况应该是了。"

"这三种丹药,比我们所出售的任何一种丹药都要好,都要便宜。"眼睛盯着面前的丹药,男子声音阴冷地道,"若是让他们将招牌彻底打出去,恐怕我们对丹药的垄断地位,将会被打破。"

"那我们现在该怎么办?总不能坐视他们壮大吧?"

男子手指轻轻敲打着桌面,许久之后,声音阴冷地道:"调查他们的药材来

自何处,我们用双倍价格全部收购,我药帮别的不多,就火能多!"

"是!"听到首领开口,众人立刻齐声应道。

"对了,磐门似乎和白帮有些冲突吧?"男子淡淡地道。

"嗯,据说萧炎曾经打败付敖,而且还当众与白程有过冲突。"

"哈哈,真是一群嚣张的新生啊。去把白帮首领请来,我有些事想与他谈一谈。这个磐门,的确太不知天高地厚了,一个萧炎,还想翻天不成?"

第十四章
药帮韩闲

大厅之中，萧炎望着自己那张青色火晶卡上高达三百四十八的数字，不由得有些失神与感慨，如今有了这丹药销售之路，终于不用再为火能苦恼了。

此时，薰儿三人也坐于大厅。经过两天的丹药销售，打出了一些名声，磐门逐渐进入正轨，他们也不用再亲自出面销售，而是将固定的销售地点公布出去，再让磐门的人守在那里，他们等着收取火能便可。

瞧见萧炎那感慨的模样，薰儿轻笑道："虽说销售丹药的确是一本万利，但若是没有萧炎哥哥炼制丹药的速度以及成功率，也达不到如今的成效。我听说，那药帮上下共同炼丹，一日的成果，也不过比萧炎哥哥一人的成果略胜一筹。"

萧炎笑了笑，他也只是仗着异火以及药老的从旁协助。直起身子伸了一个懒腰，萧炎感到有些无聊。这几日每天不停歇地炼制丹药，如今磐门储备的丹药，足够销售一周，所以现在他休息的时间颇多，这倒令修炼惯了的他感到有些不太自在。但刚刚突破八星，若是再闭关突破，未免有些过犹不及。

"今天派去收购药材的人还没回来吗？"萧炎塞了一块糕点在嘴里，声音含

糊地问道。这几日的炼制，已将先前所购买的药材用得差不多了。

"嗯，不过应该快了吧。"薰儿微微点头。其话音刚刚落下，门外便响起一阵急促的敲门声，旋即几道人影急匆匆地跑了进来。

"怎么了，阿泰？"瞧着气喘吁吁的阿泰几人，萧炎有些诧异地问道。

"头儿，出事了！"阿泰深呼吸了一口气，方才脸色阴沉地道。

"何事？"萧炎微微一皱眉头，咽下嘴中的食物。

"今天去收购药材的人，全部空手而归。"阿泰怒声道。

"果然，药帮下手了，他们的反应这么快，有些出乎我的意料。"薰儿一蹙柳眉，冷声道。

萧炎眼睛虚眯，些许寒芒掠过。

"还有，我们派出去销售丹药的弟兄，都受到了阻拦，有些脾气火暴的弟兄想要反抗，还被对方打伤，现在销售的地点，十之八九都被破坏了。"阿泰咬牙切齿地说出了最后一件令他愤怒的事情。

"什么？！"此话一出，大厅内四人顿时变了脸色，萧炎更是当场拍桌而起，脸色阴寒得犹如暴风雨将要来临。

"这药帮竟然还敢这般嚣张？真当我们磐门好欺负不成？"琥嘉俏脸阴沉，怒叱道。

"不是药帮的人。"阿泰摇了摇头，咬着牙道，"据回来的弟兄禀报，那些前来捣乱的，好像是白帮的那些家伙！"

"白帮？"萧炎先是一怔，旋即脸上寒意闪过，道，"这些浑蛋，果然还是不肯消停。"

"头儿，现在我们该怎么办？这事可不能忍啊！"

萧炎脸色阴沉，感受着大厅内那望向自己的一道道灼热视线，半晌，他手一挥，声音阴冷地道："阿泰，把人全部叫上，跟我找白帮去！想踩在我磐门头上，那他们也得给我伤筋动骨才行！"

"好！头儿，干掉他们！"阿泰心头涌上一股热血。他重重地点头，飞快跑出楼阁，然后大声吆喝。

"萧炎哥哥，你打算现在就与白帮相斗了？"薰儿沉吟了一会儿，问道。

"斗就斗吧，这段时间磐门也受了不少白帮的鸟气，若是一直无视，不仅会长他们威风，也会让磐门被人指着脑门骂软弱。"吴昊脸上闪过一抹凶悍，冷笑道。

"吴昊说得对，就算打不过，也得让他们知道我们磐门不是好惹的！"琥嘉怒瞪着眼睛。她本来就天不怕地不怕，这段时间因为初进内院，才收敛了许多，但也容不得白帮这般挑衅侮辱。

"这次白帮的确过分了，若是我们再息事宁人、毫无作为，恐怕会寒了那些受伤弟兄的心。"萧炎脸色铁青地点了点头。片刻后，他转向薰儿，说道："薰儿，组织或者聘请采药队伍的事情，或许得提前了。以药帮的经济实力，想要在现有的药材渠道堵住我们，我们毫无反抗之力，所以我们只能依靠自己了。"

"嗯！"薰儿微微点头，道，"这事明日就开始筹备！"

萧炎点点头，脸色阴冷地道："现在，所有人都放下手中事情，跟我去白帮。我们要让白程那浑蛋知道，想踩我们这长满刺的磐门，不留下一脚血痕，简直是妄想。"

"好！"

宽敞的林荫大道上，来往路人望着那一大群杀气腾腾的人，都满脸错愕地停下脚步。这群人大多手持明晃晃的兵器，脸上的凶气令人发寒。

看着这一大群人消失在视线尽头，被震慑得一片平静的道路中，方才响起阵阵窃窃私语。

"这些家伙想干吗？一副深仇大恨的模样，想砍人了？"

"看他们胸口上的徽章，好像是磐门的人吧？"

"呃？最近那个销售丹药的磐门？那领头的黑袍青年，难道就是传闻中炼制

这些丹药的萧炎？"

"听闻今天白帮的人在踢磐门的场子，看这情况，磐门应该是冲着白帮去的吧？嘿嘿，这下可有好戏看了。"

平静的内院，忽然因为杀气腾腾的磐门而变得喧哗。想看热闹的学员奔走相告，许多好事者向着白帮涌去。虽然内院中争斗不少，但是这种帮派大战还是颇为少见的。

"不好了，老大！"嬉笑声阵阵的房间之中，房门忽然被推开，一道人影冲了进来，大声喊道。

"什么事这么慌张？"坐在首位的白程皱了皱眉头，不悦地道。昨天药帮出了一个让他极为心动的价格，想借他的手整治一下磐门。他本来就看磐门极其不顺眼，如今还有人出大价钱请他们出手，因此对方一开口，他就满口应承了下来。有了药帮支付的火能，他白程就能够在斗技阁中换取一本威力强横的斗技，到时候自己在强榜上的位置能够向上挪一挪。

"萧炎带磐门的人向着我们杀过来了！"

回过神的白程脸色骤变，猛然站起身来，冷笑道："没想到这小子还有这般血性，不过是鸡蛋碰石头，自讨苦吃而已！"

"一个斗灵强者都没有的磐门，也想和我们白帮争斗？老大，上次因为我的关系，害得我们半年内不能动他们，可如今他们自动找上门来，这赌约自然也就没有用了！"付敖脸色涨红地站起身来，大笑道。

白程淡淡地瞥了得意的付敖一眼，冷笑道："也不要大意了，那家伙使出火莲斗技，据说连雷纳都不是他的对手，即使正面战斗，你也胜不过他。"

听到白程的话，付敖兀自嘴硬："那种斗技的确强横，但以他的能力，一天施展一次便已是极限，只要我能扛过一次，他还不是一团毫无反抗能力的软泥，任我捏着玩？"

"现在说这些有屁用，立刻召集人手！磐门这么大张旗鼓地来找麻烦，我白帮可不能露半点儿怯相，不然还如何在内院立足？"白程厉声喝道。

"是！"房中众人齐声应喝，旋即冲出房门，召集帮内人士。

白程脸上闪过些许寒意，冷笑道："既然是你们自己找上门来的，那就别怪我不客气了。这次不让你们在内院丢尽颜面，还真有愧我那强榜排名。一群不知天高地厚的家伙！"说罢，白程一拂衣袖，脸上含着一丝讥讽冷意，大步走出房门。

离白帮门口不远，有一个宽敞的广场，此时，这块空旷了许久的广场，被来自四面八方的人围得水泄不通。一道道夹杂着各色情绪的目光，望向广场中央对峙的双方人马。

场中的双方人马，一方人数偏多，簇拥在一起，起码有四五十人，不说其他，光是这等声势，就足以让人感到诧异。而另外一方人数偏少，大概只有三十来人，但是这三十来人无论是从气势还是从脸色来看，丝毫没有因为对方人多而有惧色，反而个个一脸嚣张，眼神中的挑衅之意极浓。

"萧炎，你今天带这么多人上门，是想给我白帮来个下马威不成？"白帮人群领头位置，白程抱着膀子冲着对面的萧炎戏谑地大笑道。在他身后，站着白山以及付敖两人，看这两人气势，似乎并不比白程弱多少。

"白程，我磐门未曾招惹你们，你们却阻我磐门销售丹药，未免有些欺人太甚吧？"萧炎脸色有些阴沉。

"内院之中，本来就不约束争斗，这些小打小闹每天都在发生，有什么好大惊小怪的？若是要怪，就怪自己没实力吧。"白程翻了翻眼皮，淡淡地道。

"看这情况，白帮是想率先毁掉当初的约定了。唉，我也的确是有些异想天开了，还天真地以为你们虽然人品差了一些，但是总会信守诺言，现在看来，原来这是一个没诚信、没人品、没脸皮的三无帮派。"萧炎摊了摊手，轻声笑道。笑声中的讥讽，任谁都能够听得出来。当下，围观的人群便响起一阵哄笑，毕竟当初付敖败给萧炎时许下的承诺，不少内院学员都听说过。

听到周围的哄笑，白程的脸色难看了许多。他眼神阴冷地望着萧炎，道："看来你不仅在靠女人出头这一点上很出色，嘴皮子也很能说。当初约定说不随便找你们磐门麻烦，嘿嘿，但是并不包括受人之托，给你们这群嚣张的新生一些教训。"

"受人之托？受谁之托？"萧炎眼神微凝，冷笑道。

"无可奉告。"白程同样还以冷笑，微微扭动脖子，不怀好意地望着萧炎等人，"如今你们自己找上门来，约定已经没什么用了，就别怪我白帮以大欺小了！"

"你来试试！"萧炎眼神阴寒如毒蛇，右手微旋，巨大的玄重尺凭空出现。今天他已打定主意，就算是拼着施展焰分噬浪尺，也要把这个浑蛋打成重伤。

"哟，好热闹啊！"一个熟悉的声音从人群中传出，旋即一道灰影鬼魅般地掠过，出现在萧炎等人面前。

"林焱？"瞧见来人，萧炎一怔，微微皱眉，"你怎么来了？"

"这么热闹的事情，已经传遍了内院，我自然也要来看看。"林焱冲着萧炎耸了耸肩，笑着道。林焱刚刚把今天的驱逐火毒程序走完，便听到了传闻。他一直认为欠萧炎一个人情，所以在略微迟疑了一会儿后，便也向着白帮这儿赶了过来。

林焱的出现，引得周围人群一阵骚动，他的名号，内院里几乎无人不知，看现在这情况，他貌似和萧炎还挺熟。一时间，窃窃私语声四起，众人目光中对磐门的怜悯之意变淡了许多。有林焱帮忙，白帮恐怕也不敢造次，毕竟"疯斧林焱"的名声，可不是白程等人可以相提并论的。

那白程在瞧见林焱后，脸色也微微变了变，特别是见到他与萧炎笑谈后，脸色更是难看。林焱可是强榜排名第十的顶尖强者，实力自然远远超过白程这个排在三十多名的人。

"林焱，这是我白帮与磐门之间的私事，你……"脸色难看归难看，白程却不愿就此退缩，向前走了一步，对着林焱拱手沉声道。

"不用废话了，我欠萧炎人情，自然要帮他们。你要动他们，就只能问下我手中的离火斧了。"林焱撇了撇嘴，也没有什么客套话，手掌一翻，一柄足有半丈长的红色巨斧便出现在手中。他随意地挥动了一下巨斧，锋利的斧刃似乎把空气都划破了，在半空留下淡淡的红芒。

"你……"被林焱一口堵死，白程一愣，有心想要发怒，可一想到林焱的实力，只得将喉咙里的话语咽了下去。他将目光转向萧炎，怒笑道："萧炎，你什么时候能够不依靠别人？上次是韩月，这次是林焱，下次你还请谁？"

"我说你这家伙究竟要不要脸？你进入内院多长时间了，萧炎他们又进入内院多长时间了？你在这刚刚成立的磐门面前倒是挺牛的，你有本事的话，现在去找林修崖的狼牙拼一拼。你敢去，小爷也不挡你收拾磐门；没胆子，就一边去，叽叽歪歪，还想激萧炎和你单挑？若是你们俩在内院待的时间相同，小爷同样不会在这里碍事。"林焱脸色一沉，有些尖刻的骂声将白程气得脸色铁青。

广场上围观的人也心中暗道，这家伙果然不愧是内院最疯的人，说起话来，竟然如此不给人留情面。

萧炎被彪悍的林焱搞得有些哭笑不得，这个家伙说话确实挺恶毒的，不过让自己感觉如此舒心。

"哟，果然不愧是疯斧林焱啊，这骂人撒泼的境界，在内院还的确是无人能及。"忽然有讥讽的冷笑声从人群外传来。众人目光急忙移动，只见人群之中分开了一条道，一大群身着炼药师袍服的人，大摇大摆地走进了广场。在这群人的领头位置，一名男子嘴角正挂着些微讥诮的笑容，显然，先前的冷笑便是他发出的。

"这不是药帮吗？他们怎么也掺和进来了？"

"领头的那人难道就是药帮的首领韩闲？没想到他也出现了。"

"听这韩闲的口气，好像是来帮白帮的啊，这下可真有好戏看了，磐门有林

焱，白帮有韩闲。"

瞧见走进广场的这群炼药师，白程铁青的脸上顿时流露出一抹喜色。药帮在内院拥有不低的地位，平日里与很多强榜高手都有关联，若说这内院最不好惹的势力，除了强榜前几的那些变态家伙组建的势力外，便是药帮无疑了。

"嘿，原来是你这个卖假药的。"韩闲的出现，让林焱微皱了一下眉头。

韩闲并未理会林焱的讥讽，目光与他身后的萧炎的目光碰在一起，火花四射。

"哈哈，这位，想必便是磐门的首领，炼制那三种丹药的萧炎吧？真是没想到，阁下竟然也是一名炼药师。"对视片刻，韩闲笑道。

萧炎淡淡地看着面前的韩闲，目光在其胸口处的四条银色波纹上扫过，眼中闪过一丝讶异，没想到这个家伙竟然是一个四品炼药师。他冷笑着说道："韩闲学长，那雇白帮来砸我磐门场子的人，应该便是你吧？"

萧炎的话，让韩闲微微挑了挑眉头。他并未承认，也并未否认，只是慢条斯理地道："磐门有这下场，为何不想想自己犯了什么忌讳呢？作为新生，在头一年中，还是应该安分守己一点儿，胃口太大，最后只会把自己给撑死！"

"多谢学长提醒，不过是撑死还是撑肥，只有做了才知道。"萧炎冷冷一笑，回敬道。

"一个白帮就能将你们磐门弄得名誉扫地，你还想撑肥？"韩闲轻笑道。

"韩闲，听你话里意思，还真是你让白帮对磐门出手的？"一旁，林焱皱了皱眉头，道。

"林焱，我劝你还是不要多管闲事。虽然你在强榜排名第十，但是你要清楚，第十并非第一，比你强的人，前面可还有九位呢。若你真要替人强出头，那我也只能请排在你前面的人来收拾你，虽然价码很高，但是我药帮还付得起！"韩闲脸色微沉，冷喝道。

闻言，林焱阴沉着脸，刚欲喝骂，萧炎却一把拉住了他。

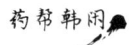

"林焱大哥,这些事,先交给我吧。"萧炎冲着林焱轻笑了一声,在众目睽睽之下缓步走出,直视着韩闲,淡淡地笑道,"我知道你是怕我们磐门断了你们的财路,你们这些打压,只能取到一时之效,只要我萧炎有手有脚,就能够继续炼制,而且磐门与药帮的丹药优劣,众人自会分辨,到时候,你们药帮的这些手段依然无用。"

"是吗?"韩闲嘴角微翘,眼神却是如冰般寒冷。

"不过,你想要我们磐门彻底收手,不沾丹药销售这一块,也不是不可以!只要你答应我的一个提议。"萧炎脸上涌上些许冷笑,望着对面的韩闲。

第十五章
比试炼丹

"提议？什么提议？"听得萧炎这话，韩闲有些出乎意料，半晌，才有些警觉地道。

"既然大家同为炼药师，若是像常人一般真刀真枪明干，未免有些不符身份，我们大可用炼药师的方式一决高下。若是我输了，日后磐门不沾半点儿丹药销售，但若是你输了，那些暗地里的东西，就请好好收回去吧，怎样？"萧炎一掸衣袖，正视着韩闲，朗声笑道。

"你想和我比试炼丹？"韩闲戏谑道。他的炼丹术别说放眼整个内院，就算是在整个炼药系中，也是名列前茅，四品炼药师的等级，足以让他傲视同龄的炼药师。

"当然，若是韩闲学长喜欢使用斗气比试，我也绝不会拒绝。"萧炎嘴角挑起一抹冷意，笑着道。虽然韩闲的实力在斗灵级别，但是观其气息，与雷纳相差不多，真要硬干的话，萧炎能使用小型佛怒火莲将雷纳骇得失去战斗力，那么韩闲也好不到哪里去。

对于萧炎战斗力惊人的传闻，韩闲同样有所耳闻，所以他自然不会答应和萧炎使用斗气作战。比拼炼丹术，这个他倒是不惧，但是这个提议从萧炎口中说出来，不得不让他提防，一时间，他竟不知作何回答。

"这个家伙炼制的回气丹、复体丹、冰清丹，虽然药效不错，但是炼制手法略显粗糙，若是给我这三种丹药的药方，我炼制出的丹药，成色肯定比他要好上一些。"韩闲心中念头飞转，但是他忘记了，萧炎一个人炼制那么多的丹药，再精妙的炼制手法，也会变得粗糙许多。

"怎么？韩闲学长，你是不敢吗？哈哈，这话若是传了出去，恐怕对你们药帮的名声并不怎么好啊。"瞧见脸色变幻、迟疑不定的韩闲，萧炎冷笑着讥讽道。

"你也不用激我，没用。"韩闲冷冷地瞥了萧炎一眼，他也不是傻瓜，一眼就瞧出萧炎的用意。

"想要和我比试炼丹术，那也行，但是赌注太小了。"心中闪电般地转过几个念头后，韩闲道，"这样，若是你比试输了，不仅日后磐门不准再销售丹药，并且你还得将回气丹、复体丹、冰清丹的药方交给我；若是我输了，不仅不会堵你路子，还会将内院之中五处人流最多的交易地点，让予磐门！这五处交易地点当初可是花费了我们药帮八百天火能，方才从内院手中购买的，远比你们那些随意找的交易地点好，所以你也不算吃亏。"

"没想到韩闲学长看上了我手中的药方，当真是好算计啊。"萧炎嗤笑道。

"那你是敢，还是不敢？"韩闲冷笑着喝道。

"好，既然韩闲学长这么说，那我萧炎也只能奉陪了。"萧炎一挥手，淡淡地道，"只是不知，韩闲学长想要如何比试？"

"按照同一个药方，同时开鼎炼制，看丹成之后，谁的丹药品质更胜一筹！"韩闲沉声道。

"行，但是这药方，用谁的？"萧炎微眯着眼睛，道。

"用我们任意一人的药方,恐怕对方都会心有不甘,"韩闲平淡地道,"所以我建议使用内院所藏药方。正好我与药方管理库的郝长老有过一面之缘,这次便从他老人家手中借一张药方,顺便再请他做裁判,如何?"

"郝长老?与你认识?"萧炎微微一皱眉头,问道。

"你不用怀疑这位长老是否会与我串通,我还没那本事。郝长老品性如何,你身边的林焱再清楚不过,整个内院中,恐怕就属这位长老最为公正严明。"韩闲冷笑道。

"嗯,他说得没错,郝长老绝对是最佳人选,作假舞弊,是他最厌恶的东西。"林焱点了点头,道。

"这样,那好吧。"萧炎略一沉吟,抬头向着韩闲笑道,"待会儿我们一起去找郝长老,一切事情谈妥后,明日北广场,炼丹一决高下,如何?"

"我很期待你的三种药方。"韩闲嘴角掀起一抹淡淡的不屑,一挥手,转身便向着广场之外行去。

"我也很期待你药帮的销售场地。"萧炎冷笑,目光忽然转向白程,淡淡地道:"白程学长,你砸场的'恩情',我磐门记住了,日后,会来一并要回。"

"嘿嘿,只要到时候你别又依靠其他人帮忙,我随时奉陪。"白程翻了翻白眼,讥讽道。

萧炎淡淡一笑,知道了事件的始作俑者,自然是要先找药帮算账,这白帮只能向后靠靠了。

萧炎等人在离开广场后,便与韩闲一起去了药方管理库,在将比试之事与郝长老说了之后,郝长老表现出很大的兴趣。这内院中真枪明刀的战斗几乎每天都在发生,这种炼丹比试却极少出现。在听到萧炎和韩闲要从他这里借一张药方后,郝长老没有丝毫犹豫便答应了下来。

不过,郝长老提出,药方要由他亲自挑选。对此,萧炎与韩闲在愣了一下后，都只能无奈点头，然后便各自回去，约定明日在北广场一决高下。

"萧炎哥哥，那个韩闲，似乎有几分底气啊。"在回去的路上，薰儿有些担心地道。

"他自然是有底气，堂堂四品炼药师，随便放到哪里，都能够享受到斗王强者的待遇，而且他在炼药系中也是佼佼者。来到内院三年，前两年他还经常炼丹，最近一年，已很少有人能够请得动他出手炼丹了。"林焱撇了撇嘴，道。

"嗯，如此年龄便是四品炼药师，这般炼丹天赋，的确算是优秀了。"萧炎微笑着点了点头，并未反驳。

"那你有胜算吗？"吴昊皱了皱眉头，问道。尝过丹药高额利润的甜头，他们自然都不愿意放弃这巨大的利益。

在几人的注视下，萧炎只是抿着嘴，双手负于身后，缓缓地踱着步子，许久，方才笑了一声，轻声道："不就是四品炼药师嘛，有何可惧？明日，等着看他脸色吧。"

听到萧炎那自信得有些狂妄的话语，林焱几人都停下脚步，面面相觑了一会儿，苦笑着点头。事到如今，还有其他办法吗？

短短一夜之间，磐门萧炎要与药帮韩闲比试炼丹的消息，便犹如长了翅膀，传遍了整个内院。这种炼丹比拼难得一见，几乎所有学员都抱有极大的好奇心。一些在内院闲得无聊的长老在听说这个比试之后，也十分好奇，这段时间萧炎这个名字，他们可是极为耳熟啊……

清晨的第一缕晖光，在无数人的期盼之下，终于缓缓地从天际倾洒而下，将这座隐藏于深山结界之中的庞大内院尽数包裹。

内院之中，设有东、南、西、北四大广场，每个广场都足以容纳千人，而萧炎和韩闲的比试地点，便设在北广场之中。

今日，原本人影寥寥的北广场，变得人山人海，人声鼎沸，竟比竞技场还

要火爆。望着广场上黑压压的人头,一些偷偷来此观看的长老都忍不住感叹,这内院除了交易区、竞技场等几个特殊地方之外,好久没有这么热闹了。

当!清脆的钟声缓缓地在广场中响起,广场上顿时安静了许多。在无数人的注目下,一道苍老身影忽然从天空中降下,看其面貌,正是郝长老。

郝长老的目光缓缓地从黑压压的人头上扫过,视线偶尔会在一些地方停顿一下,眼中浮现一抹笑意:"这些老家伙,果然都按捺不住。"

一道身着炼药师袍服的人影忽然蹿上台,站在郝长老身旁,看那胸口上极其显眼的四条银色波纹,正是药帮首领韩闲。韩闲一露面,下方就响起阵阵喝彩声,看来这个家伙在内院的确拥有不小的声望。

在韩闲上台之后不久,人群忽然让开一条通道,一脸微笑的黑袍青年在周围一道道目光的注视下,缓缓登上石台,冲着众人微微弯腰,神态从容而淡然。

石台之上两道人影昂首而立,身材挺拔,气宇轩昂,一时间竟使得下方广场中不少内院女子的眸子微微发光。

站在两人中间的郝长老一身朴素衣衫,虽然头发已经花白,但是从外表看,有不输于年轻人的硬朗,布满皱纹的脸上略有些笑意,但从那对隐隐泛着凌厉之色的眼睛来看,这位郝长老还真是铁面无私。

郝长老轻轻咳嗽一声,蕴含着雄浑斗气的声音将全场声音压下,目光环视全场,慢条斯理地从纳戒中取出一卷略微偏黄的古朴卷轴,淡淡地笑道:"老夫素来对炼丹极感兴趣,但是因为成为炼药师条件苛刻,所以只能黯然放弃。今日能够给这内院难得出现的炼丹比试主持公道,倒也极为欢喜。诸位应该知道老夫平日的名声,因此还请将心中一些对比试公平与否的疑惑抛去。"

听到郝长老的话,下方广场中顿时响起阵阵喝彩声,显然,郝长老在内院中所拥有的公正声誉,是众所周知的。

"今日的比试药方,是由老夫亲自挑选的,至今为止,萧炎与韩闲,都不清楚他们需要炼制什么。"郝长老的手掌轻轻地拍打在卷轴上,在众人的注视下,他偏头向着萧炎和韩闲笑道,"事先说好,这药方可是有些难度的,不知两位可敢接下?"

闻言,萧炎与韩闲皆是一怔,互相对视了一眼,韩闲率先抱拳笑道:"不管长老选的是何种药方,韩闲都会竭尽全力。"他是四品炼药师,偶尔状态达到巅峰时,甚至能够勉强炼制五品丹药,只是成功率太低。他自忖,就算炼药不成功,也会比萧炎更胜一筹。

一旁,萧炎微微一笑,同样点了点头,并未反对。

"好,两位气势不弱。作为这内院药方管理库的管理者,我也有权力取出这药方。今日为了感谢两位展示让我们大开眼界的炼药术,这药方便送给你们了。"郝长老捋着胡须笑了笑,将卷轴冲着两人扬了扬,笑着道,"谁先看?"

"韩闲学长先吧。"萧炎笑道。

"既然如此,那就多谢萧炎学弟了。"韩闲淡淡一笑,从郝长老手中接过卷轴,缓缓摊开。他闭上眼睛,灵魂力量破体而出,侵入卷轴之中,获取其中那繁复至极的药方资料。韩闲脸上的笑意缓缓收敛,到最后,甚至有些畏难的意味。

"似乎有点儿不对啊。"广场上,琥嘉皱了皱眉,向着身旁的薰儿等人道。

"先看看。"薰儿心中也闪过些许忐忑。

广场上,萧炎的眉头也因为韩闲的神色微微皱了起来。看这情况,似乎那药方有些问题啊,难道真如郝长老所说,这药方极其高深,连韩闲这个四品炼药师都畏难?

半晌,韩闲终于从药方中收回了灵魂力量,将药方递还郝长老,勉强地笑道:"长老所选的药方果然很难,韩闲只能尽力而为了。"

"年轻人总是要挑战一下极限嘛。"郝长老笑了笑,笑容中却有一丝奸诈,握着药方,转身递给萧炎。

接过药方,萧炎并未迟疑,将之展开,灵魂力量飞速侵入其中。

韩闲幸灾乐祸地望着萧炎,期待着萧炎脸色变得难看,然而两分钟时间过去了,萧炎脸上并未出现犹如他先前那般狼狈的神色,只是多了一份凝重与惊异。

"这小子城府很深啊。哼,不过虚张声势而已,到炼丹时,自然真相毕露。"韩闲皱了皱眉,在心中讥讽道。

"看来情况并不是很糟。"薰儿见到萧炎脸上流露出的些许郑重,心中松了一口气,微笑道。

一旁,琥嘉、吴昊、林焱三人皆摊了摊手,炼丹未到最后,现在说什么都有些早。

在全场目光的注视下,几分钟后,萧炎也从药方中收回了灵魂力量。他揉了揉被这么庞大的信息塞得有些发涨的脑袋,将药方退还给一旁的郝长老,微笑道:"郝长老还真是有些为难我们啊,这五品丹药,就算是一般的五品炼药师,也没有多高的成功率啊。"

"五品丹药?"听到萧炎的话语,台下众人不由得一阵惊呼,这才明白为什么先前韩闲的脸色会那般难看。五品丹药,对于身为四品炼药师的韩闲来说,失败率会在百分之七八十以上。

"哈哈,这五品丹药的炼制的确有些难度,不过顶多只是炼制失败嘛。"郝长老笑道。

萧炎无语。药方中所记载的丹药,名为龙力丹。这种丹药能够让服用者在短时间内拥有极其强横的力量,这种力量与斗气无关,而是极其纯粹的肉体力量,所以炼制起来比普通五品丹药还要困难一些。他没想到面前这位郝长老竟然会选择如此有难度的药方,就算在炼药系中,能够将其成功炼制出来的,怕也是凤毛麟角吧。

郝长老淡淡地笑了笑,也不管两人的脸色,敞开卷轴,将龙力丹的等级以及有关介绍朗声读了出来。下方的众人听到这丹药竟有增强力量的效果之后,都不由得眼睛微亮，心中暗道，不愧是五品丹药，竟然有这般神奇的效果。

"这个老家伙是来主持公正的，还是来捣乱的？竟然让两个小辈炼制五品丹药。"场中一些长老暗中嘀咕。

"既然比试内容两位已经知晓，那么就请开始吧。"郝长老收好卷轴，手掌一挥，那广场之中的两块黑布便被一阵狂风刮飞，露出了下方的两处石台，以及石台上摆满的各种药材。

"每人的药材都准备了三份，因此，每人都有三次机会，谁先炼制成功，谁便胜出。"郝长老指着石台，缓缓说道。

"那如果都失败了呢？难道来个不分上下？"闻言，韩闲微微一皱眉头，反问道。对于炼制龙力丹，他可没有多大的把握，若是两人都炼制失败，岂不是不分胜负？他认为这对他来说有些不公平。

"若双方都未能炼制成功，那也总有炼丹的失败品吧？由此也能够一辨双方实力。"郝长老笑着道。因为对炼药术感兴趣，所以他对炼丹的步骤也极为清楚。

听到郝长老这么说，韩闲略松了一口气。他自信就算炼制不出成丹，失败品也绝对会比萧炎的更好。

"萧炎，你可还有异议？"郝长老向着萧炎询问道。

萧炎微笑着摇了摇头，偏头与韩闲对视了一眼，一挑眉梢，转身向着广场中的一处石台走去。

韩闲冲着下方广场上的人群潇洒地微微弯腰，随后转身快步走向另外一处石台。在路过萧炎身旁时，他脚步略微顿了一下，轻声笑道："佯装镇定的家伙，我等着看你失败。"

"彼此。"萧炎微笑。

见双方都已经准备就绪，郝长老脸上的笑意也浓郁了许多。他转过身来，面向着人头攒动的广场，琅琅之声在广场中响亮回荡："比试，现在开始！"

全场目光霍然转向石台后的两人，广场上变得安静了许多。

萧炎的视线缓缓地从石台上的药材中仔细扫过，发现并未有所遗漏，方才微微点头，手掌轻挥，暗红色的药鼎便出现在面前的石台上。

萧炎所使用的药鼎并不高级，而且由于这段时间使用次数太多，药鼎表面的颜色略有些黯淡，一眼看去，灰不溜秋的，犹如一个普通的火炉。

萧炎的药鼎刚刚出现，旁边不远处一直注视着萧炎的韩闲便忍不住嗤笑出声，他摇了摇头，心中道："看来自己倒是有些高看这家伙了。"在炼药界，好的药鼎就犹如战士手中称手的利器，能够大大提高炼丹成功率，韩闲瞧见萧炎所使用的药鼎竟然如此破烂，心中不免有几分不屑。

韩闲收回目光，手掌一挥，一尊通体呈金黄色的药鼎凭空出现。阳光照射在鼎身之上，反射出刺眼的光芒。

光是从两尊药鼎的外表来看，一个犹如田园土狗，另一个则如同浑身镶金戴银、极为艳丽招摇的宠物狗。

萧炎没有理会那些讥笑的目光，视线扫过面前的药鼎，片刻后，他轻轻地抚摸着药鼎表面的一条肉眼难以见到的缝隙，微微一皱眉头，在心中无奈地道："异火威力实在太大，这些低阶的药鼎的确难以承受这种温度，应该想办法弄个称手的药鼎了，希望这东西还能坚持到炼制完吧。"

心中轻叹了一声，萧炎忽然感受到一阵炽热的波动，当下微挑眉头，偏过头去，却瞧见韩闲正托着一团火焰。火焰与药鼎颜色相仿，金灿灿的，吸人眼球，细细看去，火焰之中好像有金色岩浆在流动，颇为奇异。

"咦？"盯着那团金色火焰，萧炎心中惊叹了一声，没想到这个家伙竟然还拥有这等宝贝。萧炎以灵魂力量探查，这金色火焰虽然远远比不上异火，但也颇为奇异，并且看其炽热程度，恐怕比自己的紫火更胜一筹。

"这韩闲，并不是毫无本事之人嘛。"萧炎略有些惊讶地将目光扫向韩闲，却从其眼角处寻出了一抹得意，当下无奈一笑。

在萧炎这等内行人眼中，韩闲手中的火焰算不得太过稀奇，下方那些学员却大感奇异。实质火焰，虽然光是依靠斗气也能够具象化，但是至少需要斗王级别的实力。何况韩闲手中的这团金色火焰极具观赏性，其中流动的金色岩浆，让人感到不可思议。

"我这火焰，名为幻金火。在七阶幻火蝎龙兽的幼兽破壳而出后，这种幻金火会残留在壳中，壳会在三天之内被残留的火焰烧成灰烬。想要得到这种幻金火，只能在幻火蝎龙兽幼兽出壳后三天之内，找到它的壳。"感受到下方射来的一道道目光，韩闲虚荣心大盛，竟然忍不住朗声笑道。

"七阶幻火蝎龙兽？"这名字一出口，不仅下方的学员脸色大变，就连郝长老等一干长老，也微微有些动容。七阶，那可是足以媲美斗宗强者啊，没想到这极为绚丽的金色火焰，居然有如此来历。

"难怪会比紫晶翼狮王身上的紫火更加凶悍，原来是来自更高一阶的幻火蝎龙兽，这家伙倒是好运。"萧炎听了韩闲的介绍，眼中也不由得闪过一丝惊讶。这大千世界，果然无奇不有，种种火焰令人炫目惊讶，这种兽火便如此绚丽，真不知道那异火榜上的火焰，又会有何等风采？

萧炎轻笑了一声，手指微晃，一小团青色火焰便出现在掌心，他屈指轻弹，火焰便在半空划出一道弧线，最后落进药鼎之内，在药鼎内升腾而起。

萧炎手中的青莲地心火自然引起了韩闲的注意，韩闲眼中划过一丝诧异：这个萧炎果然掌握着一种不明底细的青色火焰，很是霸气，与情报所说无二。

"火焰仅仅是辅助，最主要的还是得看个人的炼药术。"韩闲淡淡一笑，手一挥，金色火焰也落进金黄药鼎之中。金色火焰加上金色药鼎，吸引了众人的眼球，而萧炎那边已没有多少人关注。

萧炎的目光紧紧盯着药鼎之内，手指缓缓地从石台上的药材上掠过，偶尔指尖随意点下，便有一株外形奇异的药材被夹在指间。

在紧盯药鼎之时，萧炎在脑海中急速地翻阅着那张药方上所记载的各种资

料。炼制这龙力丹所需要的材料众多,林林总总加起来怕是有四十多种,若不按照药方按部就班地炼制,几无可能成功。

虽然萧炎两人都仔细看了药方,并且把其中的资料牢牢记在脑中,却依然感到困难。毕竟五品丹药不是寻常之物,这种级别的丹药,就算放在黑角域,也能够拍卖出一个天价。

在场的一些懂得炼药术的长老,都抱着看热闹的心态。韩闲的等级不过才四品左右,至于萧炎,虽然这些长老都知道这个小家伙拥有一种青色异火,但是拥有异火又不代表他炼药术有多杰出。让这两个小家伙炼制五品丹药,是个极其错误的决定,真当那些珍稀药材不要钱啊?

此时两人都遇到了第一道难题,那便是因为步骤烦琐,不知道究竟该从哪一步开始。场下众人便只能看见台上两个家伙傻傻地瞪着鼎中火焰,一些不明所以的学员还当这是炼丹的起始步骤。

发呆了两三分钟后,萧炎先回过神来,微皱着眉头吸了一口气,那夹满药材的手指微微一颤,便将两种犹如枯叶的药材投入药鼎之中。萧炎右掌隔空对准药鼎,指尖灵活地跳跃着,药鼎中升腾的青色火焰随着其指尖不断地扭曲,散发出来的温度时高时低。

脸色凝重的萧炎右手控制着火候,左手却在石台上舞得令人眼花缭乱,一种种药材被抛上半空,然后落进药鼎之中,被火焰一口吞噬。瞧见萧炎这边一气呵成的动作,下方广场顿时响起惊叹声。一旁正在沉思的韩闲将头转向萧炎,神情不由得呆滞起来。

广场中,负手而立的郝长老此刻也是眼睛微微放光,萧炎的这般手法,行云流水,没有丝毫停滞,看上去极具观赏性。

噗!忽然有一个极为沉闷的细微声响从石台中传出,旋即萧炎手掌猛然一顿,眉头微皱,闪电般地将半空中即将落进药鼎的一株药材接住,瞟了一眼空空如也的药鼎,微微摇了摇头。先前一心二用,一个不慎,火候偏高了一点儿,

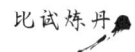

导致原本融合了将近一半的药液彻底蒸发。

"唉……"萧炎的首次失利,令下方目不转睛的众人惋惜地叹了一口气。

一旁,瞧见萧炎第一次炼制失败,韩闲冷冷一笑,心中暗道:"让你得意。"

暗暗在心中讥讽了萧炎之后,韩闲不再理会沉思中的萧炎,转头将目光投向自己的药鼎,脸色逐渐凝重。片刻后,他深呼吸了一口气,手掌一挥,便将一株药材投进药鼎之中。

随着韩闲一株接一株地将药材丢入药鼎,场中的注意力集中在他身上。察觉到那些投射而来的目光,韩闲嘴角微微扬起一丝得意的笑容,然而这笑容并未持续多久,便在第八株药材投入药鼎后所发出的一个细微的扑哧声响中,陡然凝固。

"噗……"广场中,众人瞪大眼睛望着脸色僵硬的韩闲半晌,响起了嗤笑声。韩闲第一次提炼融合药材,明显比萧炎失败得更加彻底——萧炎是在提炼了二十多种药材后,方才因为分心而前功尽弃,而韩闲刚刚提炼到第八株便已失败。这个差距,就算不懂炼制丹药的外行人,都能够看出来。

第一次炼制,两人都以失败而告终,不过似乎萧炎显得更加潇洒一些。

听得广场上的笑声,那韩闲脸色明显难看了许多,一声压抑着怒意的"哼"从喉咙间传出,眼睛直直盯着药鼎中依然升腾的金色火焰,快速地再次抓起石台上的药材,向着药鼎之内掷去。韩闲明显比先前更加专注,但是心境因为第一次的失败而有些波动。

一旁的萧炎已经完全闭上眼睛,瞧见他这般诡异姿态,广场上的人群不由得有些诧异。

石台上的药材被韩闲一株株投入药鼎之中,在其凝神操作之下,短短五分钟,便提炼了二十多种药材。见他这次的状态竟然这么好,那些前来替他助威的药帮成员喝起彩来。

"这韩闲不愧是四品炼药师,的确有些底子。萧炎这家伙,究竟在干什么?"

琥嘉微微皱眉，有些担心地低声问道。

薰儿点了点头，望着闭目的萧炎，轻声道："不急，还有时间，而且萧炎哥哥也还有两次机会。"话虽如此，可她心中也有些焦虑。关于炼药师这个职业，薰儿知之不深，所以并没有平常对萧炎那般强烈的信心。

见韩闲炼制速度越来越快，场中的笑声完全消失了。不过一些眼光毒辣的长老在沉吟了许久后，微微摇了摇头。

"炼丹并不讲究速度，而是需要一颗不为外物所动的心。韩闲的心境因为先前的失败而有所波动，虽然现在形势良好，但……或许并不能持久。"台上，郝长老双手负于身后，望着那极其忙碌的韩闲，微微皱了皱眉头，在心中低声叹道。

"这一点，萧炎做得极好，而韩闲，则是落了下乘。萧炎不愧是大长老点名要求关照的人啊，如此年纪，便有这般心境、定力，潜力的确不凡。"目光转向闭目的萧炎，郝长老能够从其越来越平和的呼吸声中感觉到，先前的失败并未令他的心境有半分波动。

噗！低沉的声音陡然在广场上响起，众人心头猛地一沉，目光向发声处望去，见韩闲脸色苍白，身影摇摇欲坠，当下一片叹息声响起，没想到看起来极其顺利的炼制，竟然又出现差错。

"怎么会……又失败了？"韩闲脸色苍白，眼睛死死地盯着药鼎，喃喃道。他已经将所需要的药材全部提取成功，接下来小心融合就行，然而在这紧要关头，心境稍稍波动了一下，火焰爆发出炽热高温，将辛辛苦苦提炼出来的药材精髓，尽数焚化成漆黑灰烬。

接连两次失败，并且还是在大庭广众之下，韩闲苍白的脸色中多了一抹铁青。

就在韩闲还沉浸在失败的懊丧之中时，一旁，忽然有长长吐气的声音响起。韩闲偏头一看，原来那闭目沉思了十几分钟的萧炎，此时已经睁开了眼睛，还伸了一个懒腰，那模样就如刚刚睡醒一般。

瞧见韩闲望过来，萧炎冲着他微微一笑，然后也不管他那难看的脸色，手掌一挥，一团青色火焰涌进药鼎之内，接着左手拎起一种药材，丢进药鼎之内。他这副平和的模样，与先前的如临大敌判若两人，仿佛他所炼制的并非五品丹药，而仅仅是一些低阶丹药。

薰儿等人松了一口气，望着萧炎那微笑从容的脸，他们虽然并不知道发生了何事，但觉得现在的萧炎，似乎与先前有些不一样，却又说不出哪里不一样，颇为玄异。

台上的郝长老，瞧见萧炎那般气质，略感惊讶，"咦"了一声，旋即不动声色地与几个老家伙对视，他们都从对方眼中瞧出了一丝诧异。先不说萧炎究竟能否炼制成功，仅凭这种波澜不惊的心境，就足以让他获益匪浅。

韩闲在看了一眼石台上所剩的最后一份药材后，伸出的手停顿了一下，旋即收了回来。这最后一次机会，可不能再浪费了。韩闲再度将目光转向萧炎，在心中恶狠狠地道："装蒜的家伙，你也肯定会失败的。"

或许是韩闲的诅咒起了效果，就在萧炎将最后几种药材丢进药鼎中时，由几十种药材的精髓凝聚而成的一团淡红色药液，忽然剧烈地翻滚起来，爆发出极为强横的冲击力，嘭的一声，药鼎盖子冲天而起，而药鼎里面的药液也洒落一地。

"唉……"广场中，众人望着萧炎这边的动静，都不由得张大了嘴，惋惜地叹了口气。

"嘿嘿……"见到萧炎失败，韩闲这才松了一口气，笑了笑，转头将目光投向自己这边石台上的最后一份药材，心中笑道，"看来这龙力丹是都炼制不出来了，我也不用炼制成功，只要炼制出来的失败品能够比萧炎的好，那就行了。"

心中闪过这般念头，韩闲再度生火，开始最后一次炼制。像韩闲这样炼丹前就已经抱着失败的心态，还能炼制出真正的丹药吗？

　　萧炎并未在意下方的叹息声，探出手掌，一股吸力暴涌而出，将即将落在地面的药鼎盖子吸回，然后轻轻地盖在药鼎上。他漆黑眸子里的青色火焰，微微跳跃着。

　　"原来如此。"盯着升腾的青色火焰，萧炎轻轻一笑。经过前两次的失败，他已隐隐掌握了一些炼制龙力丹的诀窍。这一次，他再没有丝毫迟疑，右手掌控着鼎内火焰，左手在石台上缓缓移动，手掌猛然一颤，紧接着手臂化为道道虚影，一株株药材呈首尾相接之势，源源不断地被投入药鼎之内。这般速度，比他第一次炼制时，还要快上几分。

　　瞧见萧炎这般恐怖的炼制速度，广场上的众人目瞪口呆：先前那般小心翼翼地炼制都失败了，现在还敢这么快？这个家伙是打算破罐子破摔吗？薰儿等人同样被萧炎的举动搞得有些错愕，面面相觑，只能保持安静，不敢出声打扰。

　　全神贯注的两人皆开始了最后的炼制，石台上的药材也在逐渐减少……时间悄然从指缝间溜走，短短十几分钟时间，在众人眼中却是如此漫长，广场中间一青一金两团火焰，各自升腾。

　　薰儿等人紧紧地注视着萧炎，紧握的手心不知不觉被汗水浸湿。就在他们目不转睛时，广场中忽然飘起一股淡淡的药香，几人一怔，脸色微变，目光顺着药香传来的方向，转移到韩闲面前的药鼎中。一时间，一道道惊诧的目光都集中在韩闲身上，他似乎快要炼制成功了！

　　郝长老微眯着眼睛，片刻后，无奈地摇了摇头。这个家伙，竟然放弃了成功炼制丹药的机会，反而退而求其次，炼制失败品。他明白韩闲所想，韩闲肯定是认为萧炎也不可能炼制出龙力丹，既然大家都炼制不出，那便来比比谁的失败品更出色吧。这种想法真是令人无语。

　　嘭！又过了两三分钟时间，韩闲手掌猛地一挥，药鼎盖子自行脱落，一枚颜色斑驳、略显椭圆的丹药从药鼎中飞出，被他抓在手中。

　　低头望着手中这枚丹药，韩闲的脸色有些泛红，不过一想到有个半成品，

总比完全失败来得好，这才好受一点儿。韩闲快步走出石台，将丹药交给郝长老。接过韩闲手中的丹药，郝长老有些哭笑不得，这东西也叫丹药？

"唉……"郝长老叹了一口气，随手握着丹药，不再理会韩闲，而是将目光投向正全神贯注地注视着药鼎之内的萧炎身上。半响，他瞥了身旁的韩闲一眼，淡淡地道："恐怕这次萧炎的胜算比你大。"

闻言，韩闲脸色略有些难看，眼睛死死地盯着萧炎，冷笑道："那可不一定。"

"那家伙炼制成功了？"吴昊对炼丹一窍不通，眉头紧皱。

"应该没有吧，据说五品丹药成形时，会有一些异象。先前除了一股普通药香，并未出现半点儿异象，而且看郝长老脸色，也不像是见到五品丹药的样子。"薰儿略微思忖了一下，微微摇头，轻声道。

听了薰儿的分析，吴昊等人点了点头，将目光转向依然全神贯注炼制的萧炎，低声道："就算韩闲没有炼制成功，可好歹有东西交差，若是萧炎还如前两次那般两手空空，就算最后两人都没成功，那胜利依然会归到韩闲头上啊。"

"那就祈祷萧炎哥哥能够炼制成功吧。"薰儿苦笑了一声。

萧炎紧紧地盯着药鼎之中，在那熊熊的青色火焰上，一大团淡红色的精纯药液正在急速翻滚。即使隔着厚实的药鼎，萧炎依然能够通过延伸到鼎内的灵魂力量，清晰地感觉到这团药液之中蕴含的巨大能量。

"提炼已经完成，接下来，就该融合了……"死死盯着翻腾的淡红色药液，萧炎在心中呢喃道。

上一次便失败在这里，这一次，清楚了失败原因的萧炎，将灵魂力量分为两股，尽数涌入药鼎，一股死死地压制着火焰，另外一股则闪电般地将药液包裹起来，然后爆发出极其强大的压缩之力。似是感受到来自周围的压缩力量，淡红色药液忽然剧烈地波动起来。随着它的每一次波动，都会有极其强横的能量涟漪从中暴涌而出，最后与灵魂力量形成的无形大手碰撞在一起。

嘭！石台上，药鼎忽然微微一颤，一阵清脆的碰撞声响从里面传出。萧炎脸色微变，猛地一跺地，隔空向着药鼎的手掌突兀地朝前狠狠一握。药鼎之中剧烈翻腾的药液陡然停滞了一下，周围灵魂力量所形成的无形大手力量暴增，原本一大团的药液，此刻只有杏子大小，不过药液开始剧烈反抗，无论如何都不肯进入最后一步。

萧炎白皙的脸变得通红，他没想到这龙力丹竟然如此难以炼制。萧炎心中清楚，如果自己这一次能够将这龙力丹炼制成功，自己怕是能够直接晋级五品炼药师。

萧炎脸色的变化，被广场中的众人收入眼底，众人皆将心提到了嗓子眼，眼睛眨也不眨。

"炼制五品丹药便已这般困难，真不知道炼制更高品阶的丹药，会是何等艰难？"在灵魂力量与药液中所蕴含的力量僵持期间，萧炎心中快速地闪过一个念头，旋即深呼吸了一口灼热的空气，瞬间涨红了脸，隔空向着药鼎的右手掌先是逐渐张开，然后再度颤抖着缓缓握紧，低沉的喝声自其喉咙间传出："凝！"

随着其手掌的握紧，药鼎之中杏子大小的药液猛地一阵颤抖，随后以肉眼可见的速度迅速缩小，眨眼间，药液已然不见，取而代之的，是一枚拇指大小的淡红色丹药雏形。

丹药成形，最艰难的一步已经完成，萧炎额头上的冷汗滴落而下。他急促地呼吸了几口空气，那被死死压抑的青色火焰，开始缓缓地释放出炽热的温度，烘烤着那枚不规则的丹药雏形。

与韩闲拿出的那枚半成品不同，萧炎药鼎之中的丹药，才是真正的丹药雏形。这枚丹药雏形的外表同样不甚规则，色泽却与韩闲的半成品截然不同。韩闲的那枚半成品，人若是吃了，究竟是会得到短时间内强大的力量，还是会被其中杂糅的药材力量冲击得爆体而亡？这没人知道，因为没人敢吃那东西。

萧炎药鼎中的这枚丹药雏形，已经初步具备了龙力丹的药效。服下它，虽然力量的增幅肯定比不上正品丹药，但是至少不会对生命产生威胁。从这点来看，这场比试，其实现在胜负已分。

望着气喘吁吁的萧炎，郝长老微笑着点了点头，手掌缓缓捋着胡须，偏头望了一眼脸色有些苍白的韩闲。看来韩闲也应该清楚，光凭他那枚半成品，已经胜不了萧炎的丹药雏形。

"哈哈，韩闲，我说得没错吧？"郝长老抛了抛手中韩闲的那枚半成品，笑道。

韩闲嘴角微微抽搐，极其难看地勉强笑了笑，道："长老，比试可还未到最后呢，凝丹的确是最困难的步骤，但是后面还有不少让人头疼的步骤，只要萧炎错上半点儿，恐怕啥也不剩，而我至少还有枚半成品。"

"那我们便继续观看吧。"见韩闲依然嘴硬，郝长老笑了笑，也不再多说，转头将目光再度投向萧炎。

药鼎之中，青色火苗不断蹿动，那枚外形不太规则的丹药雏形，则在烘烤之中缓缓变得圆润起来，其表面的光泽也越来越璀璨，遥遥看去，就犹如一枚散发耀眼光芒的红色宝石。

凝丹成形之后，烘烤、润色等步骤，萧炎皆完美地完成，但是这般精细的操作，令萧炎额头上的冷汗越来越密，呼吸急促，脸上也多了一丝苍白之色。这一切都显示着，萧炎快要达到极限。

原本脸色难看的韩闲，在瞧见萧炎的脸色后，脸上浮现一抹冷笑，心中不断地诅咒着萧炎，让其灵魂力量快快枯竭。

韩闲的诅咒自然不可能次次灵验，并且他也低估了萧炎的韧性。萧炎那对漆黑眸子依然清亮，并未因为外界因素而有所动摇。他目光死死地盯着药鼎之内，那青色火苗之中，一枚暗红色的丹药若隐若现。此时的丹药已经敛去了先前的耀眼光芒，看上去非常普通，外表已近乎圆润。萧炎心中清楚，这枚五品龙力丹，即将真正成丹！

　　火焰之中，暗红色丹药开始滴溜溜地旋转。随着其旋转速度的加快，青色火焰中的炽热温度，汇聚成扭曲的无形热流，源源不断地灌输进丹药之中。铛！暗红丹药之中，忽然有一圈暗红色的能量涟漪暴涌而出，重重地砸在药鼎内壁之上，发出清脆而响亮的声音。

　　萧炎脸色逐渐凝重，他清楚，这是五品丹药成形而造成的能量混乱，当年在加玛帝国飞往塔戈尔大戈壁的途中，药老在飞行兽上炼制五品丹药，也出现过这种异象！

　　咔嚓……清脆声音落下后，忽然有一道极为细小，在萧炎耳中却犹如惊雷的声音悄然响起。眼瞳微缩，萧炎将目光转移到药鼎表面，发现了一条缓缓蔓延的细小裂缝，心中不由得哀叹一声，这是第几次炼丹炸炉了？

　　又是一道能量涟漪从丹药中扩散而出，那一条裂缝迅速分叉，缓缓地蔓延至药鼎全身。裂缝越来越密，到最后，连广场中的人也发现了药鼎的变故。望着那裂缝中透出的淡淡青色火焰，所有人倒吸了一口凉气，一些女学员更是捂住了嘴：谁都没想到，在最后关头，竟然会出现这种令人无语的变故。

　　郝长老的脸色也变了变，眉头紧皱，目光紧紧地盯着药鼎，片刻之后，他抬头看了看药鼎之后那嘴角噙着一抹无奈笑容的青年。

　　韩闲先是一阵错愕，紧接着，错愕转变成幸灾乐祸。特别是在清晰地听到一声咔嚓后，他的笑意更是浓了许多。

　　咔……在所有人的注视下，药鼎上的裂缝忽然停止了蔓延，所有人刚欲松一口气，却又再度见到，药鼎之内，那枚暗红丹药又爆发出一股狂暴的能量涟漪。能量涟漪扩散而出，砰的一声与药鼎相触，众人便听见一道低沉的爆炸声响，药鼎碎片漫天飙射。

　　"功亏一篑。"望着那因为炸炉而升腾起淡淡白雾的石台，郝长老极其惋惜地叹了一口气。若是萧炎的药鼎品质再高一些，这个家伙一定能够将这龙力丹炼制出来。

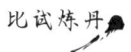

"唉——"广场中,所有人长叹了一口气,为这最后的失败而感到惋惜。

韩闲望着那爆炸的药炉,嘴角溢出了浓浓的笑意,然而就在他忍不住笑出声时,一个咳嗽声从白雾中传了出来,随着脚步声的响起,外形有些狼狈的黑袍青年缓步从白雾中走了出来。此时的萧炎,脸上有些黑斑,黑袍也被烧出了不少黑洞,殷红的血液从紧握的手掌中滴落至地板上,溅出朵朵血花。

韩闲上前一步,冲着萧炎耸了耸肩,笑着道:"萧炎学弟,炼丹失败是常有的事,你可不要介怀,那三种药方——"

萧炎冷淡地瞥了一眼这个幸灾乐祸的家伙,缓步上前,傲然与他擦身而过,丝毫没有理会他。

萧炎的无视,让韩闲脸色微沉了一下。韩闲摊了摊手,嘀咕道:"失败的人都这样。"他脸带笑容地转过身来,紧接着,笑容逐渐变淡,直至最后凝固。

萧炎来到郝长老面前,郝长老还在想着如何安慰这个潜力不凡的小家伙,萧炎却伸出那沾满鲜血的手掌,然后缓缓摊开——一枚沾着一丝血迹的暗红色圆润丹药,出现在无数道震惊的视线中!

"哈哈,郝长老,幸不辱命。"萧炎那轻缓的声音在广场上徘徊,令无数人对那黑袍青年,由心底升起了一分敬畏。

见到黑袍青年手中那枚暗红丹药,广场上的人立刻安静下来,许久之后,安静终于被一声怒吼打破。只见那韩闲快步冲着萧炎走去,犹如输得倾家荡产的赌徒一般双眼泛红,吼道:"不可能,一定有诈!这个家伙肯定是趁先前白雾升起时作了弊!"

听到韩闲这失态的怒吼,不仅广场中大多数人皱起了眉头,就连郝长老脸上也闪过一丝不悦:萧炎是在自己眼皮底下炼制的,若说他成功作弊,岂不是暗讽自己老眼昏花?

"韩闲,请注意自己的言辞,是否作弊,你说的不算。"郝长老冷冷地瞥了韩闲一眼,喝道。

瞧见郝长老那不悦的脸色，韩闲连忙弯腰道歉，他非常清楚在内院这些长老有着何等权势。

见到韩闲道歉，郝长老的脸色这才略微缓和，目光转回到萧炎身上，眼睛里有不加掩饰的赞赏。如此天赋，如此心性，谁若是能将其收为弟子，真是幸事啊。

"郝长老请验收一下吧，免得有人不服。"萧炎冲着郝长老微微一笑，扬了扬手掌。

闻言，郝长老略一迟疑，旋即笑着点了点头，伸出手指，小心翼翼地拈起这枚五品丹药，放进掌心中，眼中有着些许火热。这种五品丹药对他们这种斗王级别的强者有颇为显著的效果，与人战斗时，吃上一枚，会取得出人意料的奇效。

在郝长老检验时，广场上，忽然间有人影闪动，旋即几道苍老身影出现在台上。他们冲着萧炎笑了笑，然后围着郝长老，惊奇地望着那枚暗红色丹药。

"你们这些老家伙，"瞧见围过来的几人，郝长老翻了翻白眼，无奈地摇了摇头，举了举手中丹药，道，"瞧瞧吧，刚刚出炉的龙力丹，还带着点热度呢。"

"嗯，假不了，这龙力丹我看炼药系的火老头儿炼制过，的确是这般成色和气味。"一名长老捋着胡须点了点头，笑着赞叹道。

"没想到啊，这个小家伙进入内院不过三个月，竟然能够将这龙力丹炼制出来。就是在炼药系中，也只有寥寥几人能够炼制成功啊。"其他几名长老也赞叹着附和道。

听到这些长老的交谈，韩闲的脸色更是难看了许多。

几位长老簇拥在一起嘀咕了一会儿，方才转身离开广场，在经过萧炎面前时，都停下脚步拍着他的肩膀，满脸和煦地道："小家伙，以后我们若是需要炼制丹药，恐怕还得找你帮忙啊。"对于四品丹药，这些实力强横的长老不会在意，但是五品丹药不同。见萧炎竟然能够成功炼制五品丹药，他们的态度自然是和善了许多。

"哈哈，只要长老能够自备药材，萧炎定会竭尽所能。"对于这些长老，萧炎自然不会回绝，笑着应和道，将这些长老哄得满脸笑容地离开了。

望着最后一名长老走下台，萧炎这才松了一口气，转过头来，却见到郝长老那张笑眯眯的脸，当下嘴角一抽，笑着拱手道："郝长老日后若是有需要帮忙的地方，尽管找我，力所能及，定不会推辞。"

"哈哈，那便先谢过了。"听得萧炎这般说，郝长老脸上的笑意更浓了，心中道自己这公证人没当错。

"韩闲，你已经听到诸位长老的评价了，现在可还有异议？"转过头来，郝长老脸上的笑意瞬间消失，面无表情地对韩闲淡淡地道。

韩闲脸上呈猪肝色，半响，他才摇了摇头，咬着牙道："没有。"

微微点头，郝长老转头面向广场众人，朗声道："比试已经结束，我宣布，萧炎胜！"

"噢！"郝长老的声音刚刚落下，磐门众人就高声欢呼了起来，受他们感染，广场上的其他围观者也在头顶上使劲地拍起手来，广场上顿时响起排山倒海般的掌声。

萧炎与广场下方的薰儿等人对视了一眼，瞧见他们竖起的大拇指，他忍不住轻笑了一声。

"既然你已经认输，那么在三天之内，将许诺的五处交易地点，交接给磐门，并且，你药帮暗中对磐门的辖制，也得撤去。"郝长老向着脸色阴沉的韩闲淡淡地道。

"是。"韩闲只得打碎了牙齿往肚里咽，低声应了一句，然后便一拂袖，向着广场之下走去。在与萧炎擦身而过时，他冷冷地撂下一句话："这事可没完！"

萧炎望着走下广场，带着药帮成员怒气冲冲离开广场的韩闲，他的目光缓缓变冷。

"哈哈，萧炎放心吧，既然这次你们请我做公证人，我肯定会保证赌注完全兑现。"郝长老拍了拍萧炎的肩膀，笑着道。

"多谢长老了。"

郝长老笑了笑，把玩了一下那枚暗红色的龙力丹，略微迟疑了一下，将其递给萧炎，道："这也是你的战利品，你带回去吧。"

虽然郝长老仅仅迟疑了一瞬，但是依然未逃过萧炎的眼睛，萧炎笑着推辞道："郝长老给的龙力丹药方的价值可比这一枚龙力丹高多了，这枚便送给郝长老吧。"

听到萧炎的话，郝长老略微心动了一下，他沉吟了片刻，依然摇了摇头，将药丸塞进萧炎手中，苦笑道："算了，这龙力丹那些老家伙也都眼热呢，我若是收下，怕是要被他们嘲笑一番。你若是有心，日后再给老头儿一枚，我自然会记着。"

闻言，萧炎只得接过龙力丹，塞进纳戒中，笑道："只要我寻找到足够的药材，并且炼制出来，第一时间就给长老送去。"

"哈哈，有心就好，至于药材嘛，内院这些年不知道收集了多少，那药材库刚好是我掌管，哪天若是有需要，你可以来参观一下。"郝长老说完后，轻轻拍了拍萧炎的肩膀。

听得郝长老此话，萧炎眼中掠过一丝惊喜，冲着郝长老点了点头。想必内院收集了不少稀奇药材，这些东西对萧炎来说，可拥有着莫大的吸引力。

"哦，对了，"郝长老将丹药交给萧炎后，忽然想起了什么，皱眉道，"既然如今你们磐门要正式出售丹药，按照规矩，在内院大批地出售丹药，每月需要缴纳销售所得的十分之二给内院。也就是说，如果你们当月获得一千天火能，就得上缴两百天。"

闻言，萧炎满脸错愕，这算什么？纳税？而且税还这么高？十抽二？

"你也别这样瞪着我，这是内院早就定下的明文规定。"见到萧炎的模样，郝长老无奈地摇了摇头，道，"销售丹药，你也知道，是一本万利，所以内院也得有一些管制措施，不然全院火能都流到出售丹药的势力了，那成什么样？这些年，对药帮也是这么收税的。"

萧炎苦笑了一声，低声道："可这也抽得太狠了吧？郝长老又不是不知道，药材如今价格也高，并且炼丹不可能次次成功啊。"

"这我也知道，但规矩就是这样。"郝长老摊了摊手，瞧着萧炎紧皱的眉头，略微迟疑了一下，道，"唉，这样吧，日后，你磐门只缴纳十分之一就行，不过此事不要张扬，不然被药帮知道，那韩闲怕是会不乐意。"

"长老能够随意调节税率？"见郝长老一句话就降了一成，萧炎不由得有些惊诧。

"哈哈，内院之中，药材和丹药，刚好由我掌管。"郝长老笑了笑，心中却暗道："大长老说了对你要格外关照，我这并不算违规。"

"如此，那便多谢长老了，来日炼制好了龙力丹，定然先给长老奉上。"萧炎感谢道。

郝长老笑着点了点头，道："好了，今日炼丹你怕也是到了极限，还是先回去休息吧，明日派人去接收药帮的交易地点，那些可是好地方啊。"说完，他便率先转身，向着广场外走去。

萧炎微微点头，走下广场，向着薰儿等人挥了挥手，然后和磐门众人，在周围一道道火热目光的注视下，欢呼着拥出了广场。

第十六章
招　纳

　　炼丹比试已经过去三天了，在这三天里，萧炎那令人惊羡的炼药术已经在大部分内院学员的口中传诵了一遍。

　　此时萧炎在内院的声望，已经能够和强榜前十的那些顶尖强者相媲美。一个能够炼制出五品丹药的炼药师，不管身在何处，他所能享受到的待遇，能与斗王甚至斗皇强者相媲美，这从内院长老对萧炎表现出的温和态度便可窥见一二。

　　虽说大长老吩咐要给予萧炎关照，可之前这些长老也只是将其当成一个潜力不错的学员，如今却是真正地平等相待。毕竟这些长老心中也清楚，一个能够炼制五品丹药的炼药师，他的价值远远高于一个斗王级别的强者。

　　不仅萧炎的声望在内院大涨，而且几乎所有内院学员都听闻磐门正在销售丹药，不少人都对磐门丹药大感兴趣，甚至经常游荡在新生区之外，想要抢先购买。

　　另外，在这三天内，药帮许诺的五处交易地点，也陆续被磐门接收。对于这些极具人气的交易地点，药帮极其不舍，找各种借口拖延，但是在郝长老的干预之下，药帮只能咬牙切齿地望着磐门成员将交易地点的药帮徽章涂抹掉，转而涂上磐门的徽章。

在这五处交易地点到手之后，萧炎等人便真实地感受到人气的火爆。仅仅一天时间，将近两百枚丹药便被一抢而空，望着火晶卡上暴涨的火能，萧炎几人有些傻眼。

丹药售尽，而且如今药帮对药材的封锁也被解开，萧炎自然又要开始忙碌。然而，没日没夜地炼制了两天，丹药却依然供不应求，萧炎只得苦笑着罢手，然后对薰儿等人提出了一个酝酿许久的建议。

"我们应该去拉拢一些炼药师了。"大厅中，带着黑眼圈的萧炎，对着薰儿三人无奈地摊了摊手，"我一个人可承受不了这么大量的炼制作业，所以我们必须请人。"

"请人？可这样的话，岂不是会将药方外泄？"听到萧炎的建议，薰儿也有些惊诧，沉吟了一会儿，轻声道。

"这是没办法的事，我总不能每天关在屋里炼制丹药吧？"萧炎苦笑着摇了摇头，道，"药方我们不能保密一辈子，更何况你们也太高看这三种药方了。"

闻言，薰儿三人略一迟疑，便点了点头。萧炎说得对，他不能成天在磐门里炼丹。

"至于寻找炼药师的事情，就交给你们去办吧。记住，这事要私下进行，并且每一个进入磐门的炼药师，都必须调查清楚他以前是否与药帮有关联。"萧炎郑重地提醒道。

"萧炎哥哥担心韩闲会让人偷偷潜进磐门？"薰儿笑道。

"那家伙可不是什么光明磊落的人。"萧炎淡淡地道。

"嗯，知道了，这事就交给我们吧。"

薰儿等人的办事效率让萧炎咋舌，在他提出建议后的第二天，他们便寻到

了三名三品左右的炼药师。听薰儿说，他们由于一些原因，并未被炼药系录取，所以在内院中，他们不仅没有与药帮纠缠在一起，反而经常被药帮成员欺负。如今听得磐门有意吸纳炼药师，他们没有犹豫便答应了下来。

或许以前这些炼药师不会对磐门这么一个新兴势力有兴趣，如今却不同，磐门虽然没有斗灵强者，但是有一名能够炼制五品丹药的炼药师。这些炼药师正是冲着萧炎这个内院第一炼药师的名头来的。

萧炎对薰儿的识人能力并未怀疑。萧炎与这三名炼药师见面，瞧见他们那满脸崇拜的样子，有些哭笑不得。在经过一番考核之后，发现三人有着不俗的炼药经验，所以萧炎当场便拍板，将三人吸纳进磐门。

萧炎并未立刻将药方交给三人，而是在暗中观察了两天三人的言谈品行后，方才把三人叫到密室，将三种丹药的药方交给他们，并且严厉叮嘱不可外泄。

入门仅仅三天，便被传授这等药方，三个炼药师被萧炎的大气震惊了，脸色凝重地对着萧炎躬身行礼。不说其他，光是萧炎的这份信任，便足以让在内院受药帮打压而过得有些凄惨的他们心怀感激。

将药方递与三人，瞧见三人脸上的惊喜与感激，萧炎心中悄悄松了一口气，至少从现在来看，这三人是值得信任的。

有了三名帮手，萧炎清闲了下来，偶尔指点三人炼制丹药。在前几日的热销之后，那种丹药一摆上货架，便被抢购一空的火爆情况已经很难出现，不过以如今的销售情况，已经足以和药帮分庭抗礼了。

在经过一周后，炼丹比试引起的热潮，开始慢慢退去。对此，萧炎倒是松了一口气，如今再走出去，那些如芒在背的炽热视线与指指点点少了许多。

现在磐门算是彻底步入正轨，薰儿等人也开始抽出时间进入天焚炼气塔中修炼，所取得的修炼效果连萧炎都感到有些惊诧。按照这种修炼速度，薰儿、琥嘉、吴昊三人，都有望在半年之内突破至斗灵级别，到那时，磐门的实力将会飞涨！

或许是上次在天焚炼气塔中闭关时间太长的缘故，萧炎现在并不想进入那空气流通不畅的塔中，而且他也清楚，对于刚刚突破不久的他来说，现在进入塔中修炼，效果不会很好。

空闲期间，萧炎陪着吴昊去了几次竞技场，那种极其火爆的角斗气氛，令每个进入其中的人都热血沸腾。

手掌扶着栏杆，萧炎懒散地望着下方场地中激烈无比的战斗，强横斗气弥漫此间，偶尔有攻击落在坚硬墙壁上，便会溅起漫天碎石。

淡淡地看着场中选手施展各种身法斗技，萧炎心头忽然动了动，缓缓地抚摸着纳戒，在纳戒里面，有一卷足以让很多人眼红的地阶身法斗技：三千雷动！

"似乎到修炼它的时候了。"嘀咕了一声，萧炎的心突然变得火热起来。

"看来又要独自进入深山了。"低笑了一声，萧炎也没和等着出场的吴昊打招呼，径直向着竞技场外走去。休息了将近半个月，他也该为自己的实力增添一份厚重的筹码了。

因为不能在内院修炼三千雷动，所以萧炎打算独自进入茫茫深山，直到将这三千雷动修炼成功！

第十七章
三千雷动

  茫茫深山，葱郁的绿色延伸到视线尽头，犹如一片无边无际的绿色海洋。狂风一起，树动枝摇，一波波绿色浪潮由远而近地席卷而来，壮观得令人咋舌。

  林海之上，忽然有破风声响起，旋即一道影子从远处掠来，最后双翼微微振动，身体悬浮在半空中。望着下方那望不到尽头的林海，萧炎微微苦笑，没想到这内院之外的森林竟然如此辽阔，连横穿了加玛帝国的魔兽山脉，也无法与之相比。

  轻叹了一声，想起药老提过的苛刻修炼环境，萧炎有些无奈，这茫茫大山，去哪儿寻找沼泽啊？

  萧炎在四处巡视了一遍，听见森林深处响起低沉的魔兽嘶吼声，背后紫云翼轻轻一振，身形再度化作一道黑影，在连绵的山脉中穿行。

  为了寻找符合要求的修炼之地，萧炎足足花费了一天的时间在山脉中四处游荡。不过好在他的运气并不是太糟，在第二天中午，一处理想的修炼之地，终于出现在他面前。

这是两山夹缝之处，格外潮湿，特别中心地带，完全变成被青草覆盖的沼泽。

身体借助着紫云翼悬浮在这片沼泽之上，萧炎随手将一块石头丢入其中，望着溅射出来的泥水，他脸上涌上些许喜色，这处沼泽的面积正好符合药老的要求。

萧炎手指上的那枚漆黑的古朴戒指微微波动，药老虚幻的灵魂体飘荡而出，扫了一眼下方掩藏在青草之下的沼泽，脸上露出一丝满意的神色，笑着道："不错，这里用来修炼三千雷动再合适不过。"

"沼泽里面似乎潜藏着一些魔兽。"沼泽中偶尔下沉的青草并未逃过萧炎的眼睛，他皱眉道。

"一些小家伙罢了，无碍，修炼身法斗技正需要拿它们练手。"药老轻笑了一声，身体轻飘飘地落在一旁的一棵大树上，对着萧炎道，"你试试能否毫不受阻地在这片沼泽地上穿行。"

闻言，萧炎略一迟疑，点了点头，身体缓缓落下，在即将踏上沼泽时，肩膀微微一颤，背后的紫云翼嗖的一声收了回去，他的身体便直接落向沼泽。

在脚掌接触到沼泽泥水的一刹那，一股汹涌冲击力自脚掌处爆发而出，清脆的炸响在这片沼泽上。脚掌之下，大团的黑泥被炸了出来，但是萧炎的身体并未前冲，反而因为脚下黑泥旋涡的出现，径直地落了下去。

脚掌被黑泥包裹，萧炎脸色微微一变，黑泥之中蕴含着不小的吸力，将他的身体使劲地向下拉扯。双掌微竖，旋即重重虚拍，凶猛的无形劲气涌出，只见沼泽表面瞬间出现两处凹陷，而萧炎也借助着吹火掌的推力，将脚掌从黑泥中拔了出来，背上一颤，紫云翼闪电般地扑腾而出，急忙振动，欲将身体带上半空。

就在萧炎脚掌刚刚脱离沼泽的那一刻，一支支漆黑的水箭自沼泽中狠狠射出，目标正是飞在半空中的萧炎。突如其来的攻击令萧炎大为惊诧，不过好在

他并非完全没有准备,双手再度狠狠虚拍,无形的劲风在半空中与水箭碰撞在一起,将其震成漫天黑色水雾。

双翼急速振动,萧炎的身影悬浮在沼泽上方十几米的空中,他表情凝重地望向沼泽,沼泽之中有不少蛇形生物在不断游动,其中一条黑蛇正好从沼泽中探出面目狰狞的脑袋。

"嘿嘿,怎么样?"瞧着腿上都沾满了黑泥的萧炎,药老笑道。

"暴步并不适合这种地形。"萧炎苦笑着摇了摇头。在这种地形中,暴步被限制得死死的,不仅没有取得相应的效果,反而差点让自己陷进沼泽。

"你那所谓的暴步,算不得多高明的身法斗技,不过是借用斗气爆炸所形成的冲击力加快速度罢了。"药老淡淡地笑道,"若是你将三千雷动修炼成功,那么这沼泽对你来说,就如履平地了;若是修炼到炉火纯青的地步,光凭借这身法,你便能够在空中进行短距离的飞行与停留。

"当年风雷阁阁主,曾经凭借这三千雷动,在三名斗宗强者的联手围杀中顺利脱身,并且重伤一名斗宗强者。虽说它仅仅是地阶低级,但若是论起速度,它足以和地阶中级的身法斗技相媲美。你要是真学会了这东西,凭你现在的实力,就算遇见斗王强者,也能够全身而退。"

闻言,萧炎心中激荡,若是真的将这三千雷动修炼成功,那么日后夺取陨落心炎,无疑成功率会大大提高。

萧炎手指轻弹纳戒,一卷银色卷轴凭空出现在他手中。轻轻抚摸着卷轴,他似乎能够隐隐听见一点点风雷之声。

"老师,这三千雷动如何才能修炼成功?"萧炎目光转向药老,迫切地问道。

"三千雷动,是令无数人眼馋的身法斗技。当年我也有意向风雷阁借这斗技一览,却被拒之门外。"药老淡淡地笑道,"这是风雷阁的镇阁之宝,每一张卷轴的制造,都得耗费极大的心血,因为这每一张卷轴之中,都有其阁主封印的一丝风雷之力。只有将这丝风雷之力纳为己有,才能够真正学会这奇异的三千雷动。在那风雷阁之中，只有一些长老以及为风雷阁做出极大贡献的优秀弟子，才有资格修习。"

"风雷之力……"萧炎轻笑道，"难怪握着卷轴就能听见一些风雷声响，原来如此。"

"这风雷之力是风雷阁得以在斗气大陆上经久不衰的最重要原因。据说只有在天空乌云密布、雷霆闪动时，坐于山峰之巅，才能够侥幸吸收游离在空中的一丝风雷之力。不过这风雷之力颇为霸道，心智不坚者，怕是难以操纵，甚至一个不慎，还会被其反噬，风雷阁不知道有多少优秀弟子，在这一步中魂飞魄散。可一旦成功，就算以攻击力强横著称的雷属性斗气，也比不上风雷之力。这一点，倒是与焚诀吞噬异火而使斗气威力大涨有些异曲同工之妙。"药老笑着道，"你如今那夹杂着青莲地心火的斗气，无疑也比普通火属性斗气强横许多。"

"嗯。"萧炎点了点头，冲着药老扬了扬手中银色卷轴，再度笑问道，"那我现在，该如何修炼？"

"等！"药老笑着道。

"等？等什么？"萧炎惊诧地道。

抬头望着那略有些暗沉的天空，药老笑道："等大风起，等雷电闪，然后吸纳卷轴中的风雷之力，如此，方才能够初步修习三千雷动，看这天色，会等很久。"

闻言，萧炎抬起头，将目光投向犹如一块看不见尽头的暗沉帘布的天空，微微点头。

大山之中，天气变幻莫测，令人难以捉摸。这一次的等待，并未持续多久。就在萧炎来到这里的第二天，前一刻夕阳斜挂的天空，突然乌云密布，狂风从乌云中席卷而下，将山林中的树木吹得哗哗作响，低沉的雷鸣声响从乌云中传出。在这般天地之威面前，整片山林都陷入狂乱。

一道闪电从乌云中穿出，刺眼的光芒将山峦照得犹如白昼。一处山峰之巅，

黑袍青年盘坐在一方青石之上，任由狂风吹拂，犹如磐石般纹丝不动，闪电落下，映照出一张清秀冲淡的脸。

萧炎抬头望着头顶上那黑压压的云层，微微一笑，手掌一旋，一个卷轴凭空出现，卷轴之上古朴的字体，在闪电中迸射出淡淡的银色电光：

"三千雷动！"

厚实的乌云布满整片天空，偶尔有闪电犹如银色巨蟒冲破乌云，撕裂天空，刺眼的强光将整个山脉都笼罩在煌煌天威之中。在这种风雨天气里，连深山中的魔兽都不敢随意出现，全部缩在洞穴之中。

暴风将萧炎身旁不远处的一棵小树连根拔起，重重地摔下山峰，许久，都没有半点儿声响传出。盘腿坐在青石之上，萧炎紧紧握着银色卷轴。在这般雷电交加的恶劣天气中，这张平日古朴无奇的卷轴，却散发着温热，还有一丝丝银色电芒从中闪烁而出。

抬起头来，望着被乌云笼罩的天空，萧炎长长地吐了一口气，右手搭在大腿上。他能感受到自己手掌那轻微的颤抖，在这种随时会有一道极其恐怖的闪电砸下的恶劣天气中，他的心境明显不像表面上那般平和。

"老师，我们什么时候开始？"萧炎紧握着银色卷轴，此时上面"三千雷动"四个古朴大字，犹如要跃出卷轴一般，正不断地释放着淡淡银芒。

"可以了，小心一点儿，这风雷之力虽然没有异火那般恐怖，但是也极其霸道，一个不慎，会有性命之虞。"药老郑重的声音在萧炎心中响起。

"嗯。"萧炎微微点头，心中清楚，想要获得力量，自然不可能一帆风顺。他当年遇见药老，得到了焚诀这种能够吞噬异火的神秘功法，他需要一次又一次地用自己的性命去赌博，才能使焚诀进化，现在的危险还吓不倒他。

"将卷轴打开，放于双腿之上。此时天地间的风雷之力最盛，不用引导，隐藏在卷轴之中的那丝风雷之力便会自动涌出。在其涌出的一刹那，你将其抓住，吸进体内炼化便可。"药老将炼化的步骤一口气全部说出。

萧炎在心中默念了一遍，方才重重地一点头，双手握着卷轴，然后猛地撕开了卷轴表面的封布。随着封布被撕开，刺眼的银色强光猛然自卷轴中暴射而出，化为一道粗大的银色光柱，直接插进了厚实的乌云之中，即使在百里之外，也能够清楚瞧见。

这异动令萧炎大惊失色，不过好在光柱并未持续太久时间，便哧的一声从乌云中急速回缩，最后完完全全地缩进了卷轴之内。见卷轴恢复正常，萧炎松了一口气，抹了一把额头上的冷汗。这里距离黑角域不远，若是动静太大，恐怕又要横生枝节。

黑角域那些家伙的贪婪程度，萧炎可是极其了解。当然，最让萧炎担心的，还是这卷身法斗技有些见不得光。自己与那血宗的关系已经达到了不可调和的地步，萧炎可不相信自己在杀了血宗宗主的儿子之后，血宗宗主会轻易地放过自己。如今那血宗宗主并不知道自己便是凶手，不然就算自己躲在迦南学院之中，那个疯狂的家伙也会强行将自己揪出来干掉吧？

萧炎收回思绪，看向面前的卷轴，微微一怔。或许是先前那番异动的缘故，此时的银色卷轴，被包裹在一层淡淡的银色毫光之中，毫光表面，隐隐有奇异的图像浮现，萧炎细细看去，没有丝毫头绪。

心中谨记药老先前的吩咐，萧炎深呼吸了一口气，开始凝神聚气，灵魂力量破体而出，将这方青石牢牢笼罩。在这个范围之中，就算是一粒沙石的滚落，都逃不出萧炎的灵魂感知。

在萧炎进入凝神状态之后不久，那卷轴上的银色毫光变得越来越亮，卷轴竟然自动地缓缓悬浮，最后在萧炎胸口处停了下来。

在银色毫光越来越亮时，那毫光里若隐若现的图像也逐渐清晰，竟然是一个个以各种形态奔走的人，他们的脚下都被一道如同细小电蟒的银色闪电包裹。毫光微动，人影竟然像活了一般，空间微微波荡，一道道人影猛然冲破毫光的束缚，径直向着天空暴冲而去。这些人影的速度快得恐怖，只是一瞬间，便冲

出了萧炎的灵魂感知范围。

虽然萧炎早已进入凝神状态,并且在那些人影刚刚冲出毫光的一刹那便有所察觉,但是察觉到是一回事,没能力阻拦又是另外一回事。当萧炎体内斗气刚刚从手掌中喷薄而出时,那些人影却已经冲出了其控制范围。

"凝!"就在萧炎震惊与懊恼之际,药老那熟悉的声音猛然响起。这道苍老声音之中蕴含着极其强横的灵魂力量,声波所过之处,那肆虐的狂风都陡然静止下来。

狂风静止,那即将冲上天空的人影也凝固了,这些人影停滞在半空中,呈现出各种各样的奇异姿势。

"回!"药老的低沉喝声再度响起,几乎将这座山峰完全笼罩的强横灵魂力量向萧炎涌回,那些人影犹如受到极其强大的力量的牵扯,一路疾飞而下,最后全部灌进萧炎的脑袋之中。

心中尚震惊于药老那强大得恐怖的灵魂力量,萧炎清醒的脑袋猛地一震,旋即便觉得昏昏沉沉。隐隐约约间,他能够看见一些极其玄异的人影闪掠图像,不过昏沉之中,并未记住多少。昏沉仅仅持续了一会儿,萧炎便苏醒过来,在脑海中浮现的人影图像也随之消失。天空上闪电依旧,黑沉沉的乌云犹如压在人的心头,令人喘不过气来。

"老师的灵魂力量真是强大,恐怕这斗气大陆没有多少人的灵魂力量能比他更强横,难怪他仅凭借着灵魂力量,便能够与斗宗强者相抗衡。"萧炎脑中忍不住闪过一丝惊讶。

"别胡思乱想,风雷之力已经顺着那些图像进入你体内,赶紧炼化!"药老的低喝声,突然在萧炎心中响起。

药老的喝声刚刚落下,萧炎的身体就猛地僵硬,脸涨得紫红,漆黑的眼睛里竟然闪过一道缩小了无数倍的闪电。双手迅速结出深入骨髓的修炼手印,萧炎的心神闪电般地进入身体之中。随着心神的入体,体内气旋中的斗气急速颤抖起来,一股股强横的青色斗气暴涌而出,犹如洪水一般汹涌地流淌在一道道经脉之中,呈围追堵截之势,在体内一处经脉交界点,将一丝银色的朦胧能量包围起来。

由于药老提醒得及时,这暗藏在体内的风雷之力,还未产生多大的破坏,便已被萧炎的青色斗气团团围住。瞧见那丝银色能量散发出愈加强横的波动,萧炎感到有些庆幸。

朦胧的银色能量不断扭曲,并且不断散发出奇异的呲呲声响,犹如一条银蛇。萧炎有些惊异地发现那包围着银色能量的斗气竟然在颤抖,像是有些惊惧,犹如一大群绵羊在包围一头将死的凶猛无比的巨蟒,担心巨蟒会突然临死反扑。

那丝朦胧的银色能量似乎也察觉到周围斗气的颤抖,猛然蹿动,银芒所过之处,青色斗气连忙退缩。瞧见斗气的举动,银芒的呲呲声越来越剧烈,犹如在狂笑。萧炎惊讶之余,忍不住冷笑了一声,一丝风雷之力,竟然也如此嚣张吗?

"哼!"低哼声在体内响起,那些包围着银色能量的斗气剧烈地波动起来,旋即,斗气微微扭曲,一缕缕青色火焰,悄悄地从中弥漫出来。

随着青色火焰的出现,银色能量犹如受到很大的惊吓,急忙回缩。面对银色能量的退缩,青火斗气犹如从绵羊变成饿狼,步步紧逼,跃跃欲试,随时准备强扑而上!

呲呲!面对着青色斗气的步步紧逼,银色能量有些不甘地再度爆发强横光芒,犹如受到威胁的刺猬竖起浑身尖刺,想要以此来吓退敌人。

然而斗气在掺杂了青色火焰之后,银色能量蕴含的威压,对斗气再没有丝毫压制力。斗气之中的青色火焰犹如受到挑衅一般,噗的一声涌出。

两种能量乍一接触,能量涟漪便急速扩散,不过好在周围有斗气阻拦,未在体内造成破坏。青火与银色光芒交织在一起,片刻后,银色强光便开始出现败象,光芒不断地回缩……

不到一分钟的时间，银色能量在与青火的交锋中，便一败涂地了。在萧炎的操控下，青火乘胜追击，最后将包围圈缩小成只有拳头大小。此时的风雷之力，其外围的强光被青火熏烤殆尽，失去了银色光芒的遮掩，其本体便清清楚楚地出现在萧炎心神的注视之下。

这道闪电只有半寸长，并且极细。失去了外围强光的保护，这道银色闪电正小心翼翼地盘着身体，犹如一条细小电蛇，蛇嘴大张时，竟然隐隐传出一点儿风雷之声。

"这就是风雷之力吗？果然与寻常能量不同。虽然并未具备灵智，但是能够凭借一丝本能行事。"萧炎心中略有些惊诧地道。

"嗯，毕竟是天地间产生的能量，而斗气这种人为修炼的能量，若非修炼到极精深的地步，还真难以和这些天地能量相抗衡。"药老的笑声在萧炎心中响起，"没想到异火竟然凶悍成这般模样，连霸道的风雷之力都对其畏忌三分，有了青莲地心火的压制，你想要吸纳风雷之力，就不会太困难了。所以抓紧时间吧。"

微微点头，萧炎心神缓缓凝定，那包围着银色闪电的青火猛然一颤，汹涌地扑了上去，一口便将银色闪电吞噬……

山峰之巅，萧炎盘坐在青石之上，身体上偶尔闪过一缕宛若实质的电光。此时天空中的闪电倒是少了许多，但是豆大的雨点，在漆黑夜空的遮掩下，噼里啪啦地怒砸而下，整片山脉都笼罩在狂风暴雨之中。

虽然暴雨倾盆，萧炎周身三尺却很干燥。所有雨滴在靠近萧炎时，便会被炽热温度蒸发成水汽，升腾而起。

萧炎紧绷着脸，结出修炼手印的手掌微微颤抖，偶尔有一缕电光从指间喷薄而出，紧接着便消失不见。时间在修炼之中迅速流逝，天空中黑沉沉的乌云，不知何时淡了些微，暴雨在肆虐了一晚之后，也逐渐显出疲态，再没有先前的那般声势。

　　黑沉沉的天空中，突然间有一缕光束从乌云中穿出，射在那无边无际的茫茫林海之中。第一缕光束出现后，一缕接一缕的光束将乌云射得千疮百孔，最后终于将其撕裂开来。一时间，刺眼的阳光倾洒而下，将这一夜饱受恶劣天气摧残的森林，笼罩其中。

　　温暖阳光照耀在盘坐于山巅的黑袍青年身上，仿佛是感受到外界的天气变化，青年紧闭的眼睛微微颤动了一下，指尖萦绕的一丝银色闪电也悄然入体，最后消失不见。

　　随着银色闪电的消失，黑袍青年的睫毛颤动得越发剧烈，片刻后，终于犹如挣脱了束缚，猛然睁开双眼，银色闪电带着些许霸道凌厉的气势，从其眼中暴射而出，足有寸许长！眼中射出的银色闪电只持续了一瞬便突兀消散，那对漆黑眸子也恢复平和。

　　撤去手中印结，萧炎抬起头，望着天空中那散发着温暖光辉的耀日，胸口一阵起伏，一口浊气顺着喉咙吐出，萧炎的脸上顿时多了一丝淡淡的光泽，在日光的照耀下，他的脸犹如一块玉石。

　　萧炎身体轻颤，盘坐的身体犹如弹簧一般径直站起，扭了扭身体，骨骼间的脆响令他嘴角扬起的弧度大了一点儿。缓缓地伸出手掌，萧炎双指轻轻搓动，顿时，一缕极淡的银色电光，便带着细微的嗞嗞声响，从指间出现。

　　"难道是炼化成功了吗？"望着指间的那缕细小电光，萧炎眉宇间忍不住地跳出一丝欣喜。这风雷之力的炼化，并没有他想象中的那般困难与危险，难道那些风雷阁的优秀弟子，就是在这一环节上止住了脚步？

　　"你当人人都有异火来镇压风雷之力吗？"药老没好气的声音忽然在萧炎心中响起。风雷之力颇为霸道，平常斗气怎可能将其压制？若非萧炎拥有青莲地心火，凭他的实力，想要如此轻易地便将风雷之力纳为己用，无疑是痴人说梦。

　　萧炎讪讪地笑了笑，散去指尖的那缕电光，搔着头道："老师，现在风雷之

力也被我炼化了,那三千雷动,想必可以修炼了吧?"

"这是自然。"

闻言,萧炎脸上再度涌现欣喜。他低头将青石上的银色卷轴拿起来,却是一怔,此时的卷轴已经变成一片空白,别说里面的图像,甚至连卷轴表面的"三千雷动"四个字都消失了。

"东西呢?"瞧着空空如也的卷轴,萧炎脸色微变,急忙道。

"东西早就进你脑袋了,怎么可能还留在这卷轴上面?静下心回想昨天晚上的那些图像,它们便是修炼三千雷动的要诀。如今你有了风雷之力,只要勤加练习,再加上你的天赋,迟早能够进入大成境界。"药老无奈地道。

被药老这一提醒,萧炎方才恍然大悟,苦笑了一声,在暴雨中修炼了一个晚上,似乎变傻了许多。轻轻呼吸了一口清晨清新的空气,萧炎抬头望向那片茫茫森林。经过一夜暴雨的洗刷,这片森林已经焕然一新,萧炎那略微有些波动的心境,也逐渐安宁。

萧炎缓缓闭上眼睛,眼前并未出现黑暗,反而出现了一片银色地带。在萧炎面前,一个个活灵活现、姿势奇异的人影急速浮现,被萧炎牢牢地印在心中,再没有上一次那种恍惚的感觉。

扫视这些人影,萧炎发现,它们的脚下都有一缕银色光芒在伸缩吞吐。

"以身化雷,以心御之!"在萧炎牢牢记住最后一张图像时,忽然那些图像急速汇聚,在其面前凝固成八个银光闪闪的古朴大字。

紧紧地注视着面前的八个银字,半响,萧炎似有所悟,心随意动,体内那缕被炼化的风雷之力开始渗透而出,形成一缕缕电光,包裹在其身体表面。然后电光向下涌动,仅仅片刻,便汇聚成一团银色光芒,把萧炎的双脚包裹了进去。

低头望着银色光芒,萧炎微微前倾,右脚带着一丝怪异的弧度,轻轻抬起,形成了和先前一幅图像中完全相同的姿势。脚掌轻落,他猛然感到一阵眩晕,银色空间也陡然破碎，目光再次四顾时，却有些惊愕地发现，自己此刻身处山峰之外的半空中，先前轻轻一跨，竟直接从山巅冲上了天空。

萧炎低头望着山峰下深不见底的深渊，脸色忽然一白，有些惊恐地转过头，却并未见到紫云翼，在这空当，在其脚掌处闪烁的银色光芒似乎能量不足，微微颤抖了几下后霍然消散，其身体犹如断了翅的鸟儿，径直向着深渊掉落。

"啊，救命啊！"清晨的深山中，忽然响起凄惨的哀号。

布满翠绿细草的沼泽之上，弥漫着淡淡的白色雾气，微风吹拂，白雾顺着风儿涌上天空。

平静的沼泽之中，忽然有细微的哧哧声响起，一道黑影带着璀璨银色光芒猛然自沼泽中掠来。脚掌每一次落在沼泽之中时，不断伸缩吞吐的电芒便将沼泽中的稀泥搅弄得犹如开水一般沸腾，而那哧哧声正是由此传出。

黑影的速度极快，在沼泽中划出了一道足有两尺宽的沟壑，许久之后，这长长的沟壑才在沼泽的蠕动间被填平。而在人影后面，一大群密密麻麻的黑色毒蛇破水而出，张开狰狞大嘴，一支支腥臭的水箭带着尖锐劲风，向着人影后背狠狠射去，不过这些水箭的速度远远不及黑影的速度，因此没有一点儿水渍射中其身体。

咚！

身影忽然猛地一停，双腿微微弯曲，前身倾斜成怪异的弧度，然后在一道低沉声响中暴射而上，旋即双脚一震，竟然不依靠任何外物地停留在半空之中！

虽然黑影停留在半空仅仅十秒，但若是外人看见，定然会满脸惊骇：不借助斗气之翼或者其他外物而短暂地停留在空中，至少也需要斗皇级别的实力，而长时间滞留于天空，那只有斗宗以上的超级强者才能做到。

黑影脚掌处闪烁着一道银芒，身体一扭，嗖的一声就出现在十几米外的一棵大树上。若非空中还隐隐残留着一道模糊黑线，任谁都会以为他已经突破了

空间阻碍，达到了瞬移的恐怖境界。

"哈哈，好，不愧是地阶身法斗技，这般速度，真是畅快！"黑影双脚稳稳地落在树干上，惊喜的笑声响了起来。

"这三千雷动分三层境界，雷闪、雷瞬、三千雷，当你修炼到最后一层三千雷境界时，划过空间，无声无息，和瞬移毫无两样。这种速度，即使是斗宗强者，也不敢有丝毫小觑。瞧瞧你，一路飞奔而来，就跟发春的公牛犁田没什么两样，别说三千雷了，就算是第一层的雷闪境界，都还没有真正入门。"药老缓缓地飘荡在树干上，瞥了一眼满脸兴奋的萧炎，淡淡地道。

药老这盆冷水泼下来，萧炎不由得翻了翻白眼。他自我感觉挺不错的啊，先前那般速度，就算是在全盛时期施展暴步，也不可能达到，他修习三千雷动方才三天，便有这般成果，算是不错了吧？

"你瞧瞧自己脚下。"见到萧炎那不服气的模样，药老摇了摇头，无奈地道。

闻言，萧炎一低头，不由得嘴角一抽，只见脚掌上竟然已经沾满稀泥，黏黏糊糊的，还混着一些细碎的草屑。

"三千雷动，静如磐石，动如奔雷，不求华丽喧哗，只求出其不意，借势伤敌。"药老淡淡地道，"但你瞧瞧先前搞出的那般动静，人还在百米之外，声势就传了过来，这可与修炼三千雷动的本意不符。"

见药老带着严厉之色，萧炎摇了摇头，讪讪笑着，不敢回嘴。

"因为灵魂力量强横，你对体内能量的控制，算是出类拔萃，这种初学者才会犯的毛病，对你来说有些愚蠢了。记住，压制住风雷之力那毫无节制的外放，让它们集中于一点，借此爆发出来的力量，才会令你成为斗王之下的速度第一人。只有达到这个地步，你才算是真正踏入三千雷动第一层的雷闪境界。"药老摇了摇头，沉声道。

"当然，我说得颇为简单，其中的玄奥却需要你自己去理解，我只能引导你走最有效的路。"药老逐渐放松语气，轻声道。

"嗯。"萧炎微微点头,向药老一抱拳,旋即退后一步,盘腿在树干上坐了下来。三千雷动虽然能够让他的速度暴增,但是极为消耗斗气。萧炎暗自测算过,以自己现在这八星大斗师的实力,若是片刻不歇地使用三千雷动的话,只能维持三到五分钟,然后便会因为斗气的衰竭而难以再次施展。

望着闭目修炼、恢复斗气的萧炎,药老悄悄地松了一口气,嘴角也扬起一抹淡淡的笑意。仅仅三天时间,萧炎便能够勉强施展三千雷动,虽然仅仅是极其粗糙地将风雷之力催发出来,但是所展现出来的速度,已经赶超萧炎全盛时期所施展的暴步,这种修炼进度,其实已经极为喜人了。但是为了不让萧炎心生虚浮狂傲之意,药老也只能唱一次黑脸,让他静下心来修炼。

药老的这番举动,效果的确不错。当萧炎恢复斗气,再次修炼三千雷动时,脚掌上汇聚的风雷之力,明显比先前内敛了许多,而且掠过之处所造成的破坏,也在逐渐减少。

沼泽之上,黑影不知疲惫地来回闪掠,一道银色电光犹如电蛇,不断在黑影脚下急速穿行……

随着萧炎这般艰辛苦练,在沼泽中响起的哧哧声响越来越弱,沼泽上那道黑影的速度却越发恐怖,若非沼泽之中有无数黑蛇涌动,倒还真难以分辨萧炎的确切方位。

将近一个半月的时间,匆匆而过。

萧炎双手负于身后,脚掌踏在充满异样吸力的沼泽之上,却犹如踩着结实的平地,没有丝毫下沉的迹象。细细看去,原来其脚掌处有两个巴掌大小的银色光团。光团微微闪烁,一道道犹如触手的电芒不断从中射出,偶尔触到稀泥,便会令那处稀泥沸腾起来。

沼泽微微蠕动,几条浑身漆黑的毒蛇悄悄地向着萧炎行去,然而就在它们到达目的地,张开狰狞大口时,萧炎脚掌处的银芒微微一颤,几道银色电丝暴射而出,径直插进沼泽中,轻易地就将这几条毒蛇的脑袋洞穿了。

萧炎淡淡地瞥了一眼从沼泽中浮上来的蛇尸,撇了撇嘴,缓缓抬起右脚,迟疑了片刻,深呼吸了一口气,旋即重重地踏下,其脚掌心的银色光团猛然暴缩了一半有余。缩小只维持了不到一秒的时间,就在萧炎踏下右脚时,缩小的银色光团霍然膨胀,一阵低沉的风雷声响扩散开来,将附近几米以内的沼泽震得微微波荡。

咻!脚掌落下,银光闪烁,萧炎的身体突然诡异地虚幻起来。若是眼力毒辣之人,便能够瞧见,在萧炎身体虚幻的那一霎,一道黑色光线从空间之中掠过。

约莫二十米之外,沼泽稀泥忽然凹陷,出现两团小旋涡,而在旋涡之上,黑色人影犹如鬼魅,悄悄地浮现出来。现出身形,萧炎便急忙转身。他瞧见身后二十多米处,有一道极淡的虚幻的黑色影子,细细看去,竟然是一道残影!

"成功了!"望着那道极淡的黑色影子,萧炎苍白的脸上忍不住涌现一抹狂喜。五十多天废寝忘食的苦练,嘴里不知溅进多少黑泥,身体不知被毒蛇咬中多少次,种种困难未让他有半点退缩,如今终于到了收获的时候啊。

药老虚幻的身形飘浮在半空,低头望着那一脸狂喜的黑袍青年,脸上忍不住露出一抹欣慰的笑容。五十多天,萧炎勉强达到三千雷动的第一层雷闪境界,这般修炼速度,即使在风雷阁中,那也是数一数二的。药老心中清楚,这五十多天,这个倔强的小家伙付出了何等艰辛的努力。

一座山峰之巅,黑袍青年盘坐其上,双手结出修炼手印,呼吸平稳而悠长,伴随着其每一次吐纳,其周身空间便会出现细微的波动,一缕缕火热的能量侵入其体内……

安静的修炼持续了将近两个小时,黑袍青年身上无风自鼓的衣袍,方才缓缓落下,而那紧闭的眸子也微微颤抖着睁开了。

"两个月的深山修炼,收获不小。"萧炎扭动着脖子,感受着体内如春水汩汩般流转不停的斗气，嘴角忍不住溢出一抹笑意，轻声自语道。

两个月苦修，萧炎不仅将三千雷动修炼到了第一层的雷闪境界，而且其体内的斗气也愈加凝聚、精纯。按照萧炎的猜测，现在的自己，已经在修炼三千雷动时，不知不觉地达到了八星大斗师的巅峰。当然，两个月时间方才达到八星巅峰，这速度与在天焚炼气塔中的修炼速度的确不可同日而语，但萧炎已经非常满意。能够将三千雷动修炼到第一层，还能精进斗气，也算意外之喜了。

从青石上站起身子，萧炎负手而立，远眺着那茫茫林海。此时，一阵轻风在林海上刮起，林海波荡，近百丈的巨大树浪从远处涌来，一波接着一波，连绵不尽，这大自然的威力真是浩瀚磅礴。

身处山峰之巅，萧炎怔怔地望着那已经见过许多次的滔天树浪，内心忽然有所触动。双手负于身后，萧炎的眼睛缓缓地眯了起来。半响，背间一颤，紫云翼弹射而出，双翼轻振，身体便在半空划出一道弧线，双脚稳稳地落在那茫茫无边际的林海之中。

收回紫云翼，萧炎立于这林海之中，放眼望去，尽是翠绿，而他则是这翠绿之中的一个墨黑小点，虽然渺小，可极引人注意。萧炎缓缓张开双臂，远处呼啸的树浪迅速席卷而来，带着巨大的哗哗声响。双脚犹如鹰爪一般，牢牢地抓住树顶，萧炎的身影在这滔滔不绝的树浪之中如一片随风飘荡的树叶，急速飘荡，却始终没被树浪带走。

百丈树浪持续了十来分钟，方才逐渐远去。

"这种意境……"缓缓伸起右手，一柄硕大的漆黑巨尺凭空出现，萧炎紧握着玄重尺，呢喃道，"若是能够使攻击如浪潮一般滔滔不绝，那定然绝妙吧？"

萧炎微微偏着头苦思，眼中充斥着一种异样的茫然，身体如同完全凝固了一般。但若是眼光毒辣之人，就能够隐隐发现，萧炎那握着玄重尺的右手，正在以一个极为微小的弧度颤抖着，就像是在调节着什么……

一个小时过去了，萧炎一动不动，脑海深处不断回放着先前树浪涌过时乍

现的一抹灵光。树浪涌来，消失，再次涌来，再次消失，如此反复，如此循环，经久不息……

药老那强横的灵魂力量从萧炎手指上的漆黑古朴的戒指中悄然弥漫而出，将附近几十米的空间尽数囊括，之前从远处传来的魔兽低吼声，彻底地消失。这片区域陷入了绝对的安宁，再不会出现任何意外情况让萧炎从这奇异状态之中退出来。

时间缓慢流逝，从萧炎进入静止状态已经足足过去了三个小时。在这三个小时中，萧炎的身体动也不动，若非其手中的黑尺颤抖的弧度稍稍大了一些，任谁都会以为这是一具没有生命的黑色石雕。

全身僵硬的黑袍青年忽然轻轻地一颤，那漆黑眸中的茫然以及苦思迅速退散。右手紧握着尺柄，萧炎的身体如枪杆般笔直，一股凌厉之气悄然散发，他紧绷着脸，缓缓抬起手中黑尺，然后颇为缓慢地在身前轻轻地劈、撩、挥、扫……

随着手掌的抖动，挥尺的速度逐渐加快，到最后，萧炎的整个身体都包裹在一个黑色圆球之中！狂风呼呼地在林海之上刮起，一个大黑球在林海上急速地滚动着，树叶偶尔落进黑球之中，顷刻间便化为粉末。

然而萧炎挥尺的速度陡然变缓，他的心中犹如堵了什么东西，颇为难受。闷哼声从黑球中传出，萧炎的脸色忽然苍白了许多。即使脸色苍白，萧炎也并未停止挥尺，脑海深处不断地回想着那抹灵光，手中的玄重尺在不知不觉间，改变了一点儿轨迹与弧度。

玄重尺挥动的速度颇慢，在外人看来，这种尺法到处露着破绽，只要随意一击，就会令挥尺之人重伤而退。随着尺身的舞动，漆黑眸子再度涌现奇异的光芒，萧炎那略有些僵硬的挥尺动作，突然极为流畅，玄重尺舞动成一个牢不可破的圆球，没有丝毫可攻之处！

这种尺法，与萧炎之前那种只知凭借本身力量与速度而进攻的混乱尺法相比，几乎是天壤之别！

萧炎自从得到玄重尺以后，从未修习过尺法。在力量与速度上，萧炎的确颇强，招式却是其弱项，若是遇见与其实力相仿的对手，定然是要吃不小的亏。而现在这突然到来的领悟，将令他彻底克服这一弱点。

咻！挥动的玄重尺猛地停滞，一股凌厉劲风自尺顶暴射而出，只听得一阵咔嚓声响，十余米外的大树尽数被削平了树顶。

"这……"萧炎张了张嘴巴。他发现自己掌握了一种颇为玄妙的尺法，虽然现在这尺法只是初具雏形，但是其威力已展现冰山一角。日后只要勤加修炼，它将会成为萧炎的一大助力！

"不用惊讶，这并不是意外所获，而是一种机缘。你碰见了它，并且还侥幸地掌握了它，这是你的幸运。"药老的声音缓缓地在萧炎心中响起，"这种机缘，很多人都能碰见，但是大多数人并没有抓住，你能抓住，便证明你有这本事与天赋。"

闻言，萧炎轻轻点头，心中的愕然缓缓淡去。

"这尺法有着一丝浪潮般的连绵意境，想必与先前的树浪有些关系吧。这只是开始，只要日后好好磨炼，我想，你迟早会创造出一种属于你自己的尺法斗技。"药老的笑声中有一些欣慰。虽说创造斗技是很困难的事，但是对于这个经常创造奇迹的小家伙，药老有着绝对的信心。

萧炎笑着点了点头，反手将玄重尺插在身后，从纳戒中取出一枚回气丹，塞进嘴中。感受着体内升腾而起的一丝热气，他刚欲寻找地方休息一下，一道震耳欲聋的兽吼猛地自远处山峦之中响起。

"光听这声音，至少也是斗王级别的魔兽吧？"萧炎急忙抬起头望向远处山峦，惊诧地道。

"嗯，的确是一头斗王级别的魔兽，在其周围还有一些不弱于它的气息，双方应该是在战斗吧。"药老淡淡地笑道。

"竟然还有人敢打斗王级魔兽的主意?"脸上闪过一丝讶异,萧炎略有些好奇,笑着道,"过去看看?"

"嗯,随你。"药老道。

闻言,萧炎一笑,紫云翼从背后弹射而出,微微一振,身影向着兽吼声响起的地方飙射而去。

第十八章
地心淬体乳

  召唤出紫云翼,萧炎风驰电掣般疾飞,仅仅十来分钟的时间便到达了目的地。他还能感应到好几股颇为强横的气息,与林焱不相上下,或许其中一两人比林焱还要强一些。

  萧炎有些惊异:那林焱已经是步入斗灵巅峰的强者,比他还强……这里竟然还有斗王强者?萧炎警惕起来,小心翼翼地压制着自身斗气波动,呼吸也逐渐放缓,背后紫云翼微微一振,悄悄地飞进茂密森林之中。

  进入林中,萧炎迅速将紫云翼收回,然后身手敏捷地在树林中闪掠,如此小心前行不久,萧炎将目光扫向森林外的一处小山谷,脸上的惊诧愈加浓重。

  山谷口犹如葫芦嘴,在这山口处,一头高三四丈的壮硕白色巨猿浑身散发着凌厉的冰寒气息,粗重的气息从硕大的鼻孔中喷出,犹如两道白色烟雾,其双臂颇为修长,手爪也足有两个成人脑袋大小,偶尔挥动,便有几股劲风狠狠射出,将一旁的巨石劈得碎片四溅,一对血红的眼睛满溢着狂暴与杀意,正恶狠狠地盯着周围的六道人影。

"竟然是雪魔天猿,这些家伙胆子不小,成年雪魔天猿的力量足可裂山,虽然面前的这个大家伙似乎方才进入成年期,但是也能够媲美三星斗王啊。"萧炎在心中惊讶地道。

"那几个家伙也不弱。"药老的声音淡淡地响起。

闻言,萧炎急忙将目光扫向那包围着雪魔天猿的六人,当其瞧见一人胸口的徽章时,脸色微变:"这些家伙竟然都是内院的学生?怎么实力这般强横?咦,韩月学姐竟然也在?"

最左边那个穿着银色裙袍、披着一头银色长发的曼妙女子,正是萧炎与白程争斗时,帮了萧炎的韩月。

"他们怎么都聚集在这里?"萧炎微微皱了皱眉头。他虽然并不认识除了韩月外的其他人,但是从那徽章上也能够瞧出一些端倪。在内院之中,除了强榜前十的顶尖高手,还有哪个学员有这般魄力来围剿斗王级别的魔兽?

"嘿,这个大家伙可真是难缠。韩月,山谷中真有你所说的那东西?你可不要诓我们来给你当免费打手。这个雪魔天猿,内院的一些长老都打不过,若是单打独斗,我们之中没人打得过它。一旦它发疯,我们可是麻烦不小啊。"忽然一个粗豪的声音响起,萧炎眼睛一瞟,发言之人是一名身材壮硕、脸上略带着一些胡楂儿的男子。他足足比常人高出两个脑袋,庞大的体形,令其充满了压迫感。最令人在意的,还是他右手紧握的一柄巨大铁锤。铁锤呈乌青色,在阳光照耀下,反射着一种厚沉暗光。从男子手臂上微微鼓起的青筋来看,这乌黑铁锤的重量,怕是不会轻。

"严皓学长放心吧,我清楚其中的危险,所以不会拿这种事当儿戏,若是出了差池,严皓学长要来问罪,韩月不会推脱。"韩月的声音如清冷山泉,令人有一种冰水从心间流淌而过的奇异感觉。

"哈哈,严皓,你也不用怀疑。若是山谷之中真有那东西,对我们的好处可是不小。再有四个月便要举办大赛了,要是我们的实力能够再进一步,那长老之位便指日可待了。"清朗笑声响起，萧炎顺着声音望去，心中赞叹了一声。那说话之人是一名容貌俊逸、身着青色衣袍的青年，二十六七岁，一脸笑意盈盈的模样令人心生好感，一袭青衫，云淡风轻，有让人惊诧不已的风采。

"严皓？"萧炎心中嘀咕了一下这名字，觉得有些耳熟。

"林修崖，你说得倒是轻松，这可是斗王级魔兽，就算是我们，一个不慎，当场重伤毙命也不是没可能。严皓也只是想确认一下，毕竟谁也不想费了这么大的功夫，到头来却落得个两手空空。"一名皮肤黝黑的男子翻了翻白眼，开口道。

"林修崖？没想到这人便是林焱嘴中的林修崖，看这般气质，也难怪连性子狂傲的林焱在提起他时，都隐隐带着一些忌惮。"萧炎的心头再次微微一跳。这个名字他倒是听过不少次，内院之中的大多数学员在提起这个名字时，都带着一丝仰慕尊崇。或许这人实力并非内院最强，可论人格魅力，整个内院无人能与其比肩。

"哈哈，能够进入强榜前十，谁没有个压箱底的东西？虽说我们的实力的确比不上这头雪魔天猿，但真要打起来，恐怕还是它吃亏。"林修崖轻笑了一声，修长手指轻轻弹在手中所握的一柄青色长剑上，随着一道清脆声响，一个个风旋忽然凭空在其身旁出现，呼呼地转个不停。

"几位，现在做这些无谓的争辩显得幼稚了一些。既然你们都已经跟我来到这里，就说明那东西对你们同样有极大的诱惑，所以现在的首要事情，还是先将这头雪魔天猿打败。你们都清楚那东西的珍贵，一旦消息传出去，恐怕黑角域中会有不少人前来抢夺，到那时候，后悔都来不及了。"韩月微微蹙眉，冷淡地道。

一旁几人笑了笑，耸了耸肩，转头将目光投向了那头雪魔天猿。

"待会儿我们五人出手将它拦住，各位有什么手段，就只管用出来吧，这家伙可不是省油的灯。韩月实力弱了一些，还是不要参加围剿，你帮我们注意一下周围的动静吧。"林修崖将手中长剑斜指地面，轻笑道。

"嗯。"韩月略一迟疑,便轻点下巴,脚尖在巨石上一点,身形翩然而退,最后笔直地矗立在一处视野开阔的树顶上。

"哈哈,诸位,好久未曾联手,不知道有没有长进?"林修崖淡淡一笑,青衫微颤,一股强横气势猛然自其体内暴涌而出。

"没想到你这家伙都半只脚踏进斗王了,真不愧是我们这届新生中的冠军。"身材高大的严皓惊叹道。

"你不也已经触摸到那层界限了吗?"林修崖翻了翻白眼,道。

"只是极其模糊地触摸啊,比不得你。"严皓苦笑着摇了摇头,紧握着乌黑铁锤,狠狠地在面前一抡,恐怖的劲气将空气撕裂,发出了尖锐的声响。

在林修崖与严皓爆发出气势之后,另外三人也将气势爆发到极致,而这三人竟然也是斗灵巅峰的强者,气势丝毫不比林焱弱。

"内院不愧是大陆天才云集之地,这些家伙都不过二十五岁左右,却已经要达到斗王了。"感受着场中五股强横气势,萧炎在心中惊叹道。

那头雪魔天猿巨眼中的赤红浓郁了许多,黑铁一般的手爪重重地砸在布满白色毛发的胸口之上,一股肉眼可见的劲气涟漪猛然扩散,咔嚓……周围巨石被震出了不少裂缝。

"愚蠢的人类,不要妄想夺走地心淬体乳,现在退去,我可以不杀你们!"雪魔天猿抬起巨大头颅,血红目光死死地盯着面前几人,低沉狂暴的声音犹如炸雷。

"咦,这头雪魔天猿不过是斗王级别,竟然能够开口说话?"萧炎先是为雪魔天猿的举动感到惊诧,继而猛地一怔,"地心淬体乳?"

萧炎念叨了一下这个名字,片刻后,身体猛烈颤抖了起来,脸上充斥着愕然和狂喜:"这里竟然有地心淬体乳这种大地之灵物?"

地心淬体乳,生于大地之下,本为精纯的大地之力,百年成雾态,称之地心雾,有固体之奇效;千年凝合,成液态。品质较高者,被称为地心淬体乳,有洗髓炼骨之神效，甚至还能帮助一些人突破晋阶的障壁。

这种地心淬体乳成形的条件非常苛刻，因此，很少有人能遇见它，萧炎也只是某一次听药老随意提起。当时他听说这地心淬体乳的馋人神效，便将其记在心中，没想到，今日居然会在这里遇到这个天灵地宝。

萧炎脸上的狂喜持续了好一会儿后，方才逐渐收敛，他小心翼翼地压抑着自己的气息以及呼吸，视线不由自主地射进山谷之中，在心中喃喃道："那地心淬体乳就在这里面吗？"

"怎么，动心了？"药老的笑声在萧炎心中响起。

"嘿嘿，对这等奇宝，说不动心那是假的。若是我能得到一点儿地心淬体乳，估计一两个月内便能突破到斗灵级别。而且，您不是说过吗？这地心淬体乳还有洗髓炼骨之功效。若是我能得到，想必对我日后突破至斗王，也有着难以估量的好处。"萧炎倒是没有掩饰自己对那地心淬体乳的垂涎。他背负了不少重担，父亲失踪，被云岚宗追杀，逃出帝国，以及因为药老，日后说不定还要和那个极为神秘的魂殿对抗，这些都促使他必须具备极强的实力。不然，别说寻找父亲、庇护药老，就是连加玛帝国他都不敢回去。一个连家都不能回的丧家之犬，还有何脸面在外逍遥？

"嗯，在这里能够遇见地心淬体乳的确出乎意料。能够得到它，对你的好处自是不言而喻，只不过这头雪魔天猿也不是省油的灯。一般来说，斗王级别的魔兽虽然已经具备灵智，但还远远达不到开口说话的程度，我想，它会说话应该和它守护的地心淬体乳有关。"药老笑了笑，说道。

萧炎微微点头，连吞天蟒这种远古异兽，在斗王级别时尚不能说话，面前的雪魔天猿虽然也是一种罕见的异兽，但是与吞天蟒不能相提并论，它灵智如此之高的唯一原因，便只有这传说中的地心淬体乳了。

"现在怎么办？我们趁他们战斗时，偷偷潜进去？"萧炎在心中轻声问道。

"想要从谷口进入不太可能，飞行的话，空气中的振动难免会引起他们的注

意,这些家伙实力都不弱,在他们眼皮底下,很难潜入山谷。"药老无奈地道。

"那如何是好?"

"等,看看能不能再做一次渔翁。"药老轻笑道。

"老师又想等他们两败俱伤?"萧炎讪讪地道。若是都不认识还好,可那韩月,萧炎觉得她人还挺不错。听他们先前的谈话,似乎还是她先寻到这里,自己若是当个渔翁把他们的战利品抢了,那还真是有点儿……

"哈哈,你倒是高看了这群家伙。虽然这头雪魔天猿才进入成年期不久,但是这种魔兽体内有一条狂暴血脉,若是这条狂暴血脉没有觉醒倒还好,可一旦觉醒,就算是五星斗王强者也只能暂避锋芒。他们这群人之中连一个斗王强者都没有,怎么可能战胜它?说不定到时候还会出现伤亡。"药老笑着道。

闻言,萧炎眼中划过一丝惊异。没想到这雪魔天猿如此恐怖,似乎韩月他们取胜的机会并不大啊。

在萧炎与药老交谈之间,谷口处的战斗陡然爆发。五道身影化为模糊影子,各自夹杂着凶悍无比的劲气,犹如几道颜色各不相同的闪电,向着那傲然而立的雪魔天猿狠攻而去。

见林修崖等人依然不肯退去,雪魔天猿眼睛里的血红与杀意更加浓郁了,令人心生寒意。它硕大的锋利手爪猛地一拍胸口,血盆大口一张,发出足可震裂巨石的刺耳吼声。

受到雪魔天猿的大吼影响,林修崖几人的速度略微缓了缓。雪魔天猿狠狠一跺地面,整个山谷都在此刻颤了一颤。借助着强猛的推力,雪魔天猿犹如一枚白色炮弹冲上半空,眨眼之间,便出现在冲在最前面的严皓面前,一握爪子,寒气急速在爪上凝聚,寒冰转瞬间将爪子覆盖。

寒冰爪子径直向着严皓的心脏抓去。这般狠戾手段,看来这头雪魔天猿从一开始便下了必杀之心。

雪魔天猿那与巨大身形丝毫不相称的敏捷,明显大大超出了严皓的意料,

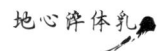

不过他也并非毫无战斗经验的弱者，将手中乌黑铁锤狠狠抡了出去，铁锤撕裂空气，发出的尖锐声响甚至令躲在树林中的萧炎微微皱了皱眉。

嘭！爪子与铁锤狠狠撞在一起，冰屑四溅，严皓的身形急速倒退，在撞断了十几棵巨树后，他方才停了下来，抬起头，嘴角竟然隐隐有一丝血迹。

"哈哈，好，不愧是以力量见长的雪魔天猿。不过想要一击杀了我，你还是差了点。"抹去嘴角血迹，严皓咧嘴一笑，也不在乎体内的伤势，再次握紧铁锤，向着已经被林修崖四人纠缠住的雪魔天猿冲去。

谷口之中，几道人影急速闪掠，形成的阵形将中央位置的巨大白影牢牢封锁。狂猛的斗气喷薄而出，各种威力强横的斗技，也在一阵阵低喝声中，带起凌厉劲风，重重地劈砍在雪魔天猿身体之上，溅起一片四散的冰屑及白色毛发。

林修崖几人的攻势之猛，有些出乎萧炎乃至药老的意料，看来这些家伙的确都有着一身不俗的本事。不过他们的攻击虽猛烈，雪魔天猿的防御同样坚固，其毛发之下被极为结实的冰层完全笼罩，任何攻击都只能带起一片冰凉的冰屑，始终难以给它带来实质性伤害。这样下去，林修崖等人或许支撑不了多久，毕竟雪魔天猿的恢复能力可比人类要强得多。

战斗随着时间的流逝越来越白热化。遍布谷口的凌乱巨石，在双方的对轰下，几乎被能量余波震得粉碎，地面上，一道道裂缝像蜘蛛网一样蔓延。这般破坏力，令隐藏在暗处的萧炎有些咋舌，他们不愧是即将进入斗王级别的强者。

一振手中青色长剑，脚尖轻点凭空浮现的风卷，林修崖升至半空，原本云淡风轻的面孔，此刻多了一分凝重。望着下方在严皓四人的包围中，依然生龙活虎、不见疲态的雪魔天猿，他紧皱眉头，手中长剑微微一振，斗气顺着经脉急速涌进剑身之中。青色长剑忽然变得若隐若现，其体积也暴增了十几倍，剑身之上萦绕着风卷，其周身空间急速波荡了起来。

"严皓，拦住它！"林修崖紧握着青色长剑，沉声喝道。

感受到半空中的恐怖劲风，严皓等人明白林修崖正在施展他的拿手好戏，

皆一点头，攻势越加狂猛，努力牵制着雪魔天猿，不让它去打断林修崖凝聚斗气。

雪魔天猿同样感受到天空上凝聚的恐怖劲气，它浑身毛发竖起，一声厉吼从口中冲出，一股雪白色的冰寒能量涟漪急速扩散，一些巨石被能量涟漪波及，顷刻间便化成冰块。

雪魔天猿的陡然发作，令严皓等人急忙后撤。一击逼退严皓等人，雪魔天猿兽脸上出现了一抹狰狞，猛地一踏地面，庞大身体直冲天际，转瞬间便出现在借助着风旋之力勉强停留在空中的林修崖面前。它冲着林修崖咧咧嘴，血红眼睛之中杀意暴涌，锋利爪子恶狠狠地对着林修崖的脑袋拍去。看这架势，若是被拍中，任凭林修崖实力如何强横，怕也只会落得个脑浆四溅的下场。

躲在树林之中的萧炎望着那被雪魔天猿步步紧逼的林修崖，忍不住摇了摇头，这个倒霉的家伙，这下恐怕凶多吉少。然而，就在萧炎暗叹之时，处于半空中、无处借力的林修崖背间一颤，一对青色能量双翼猛地弹出，随即一振双翼，敏捷地避开了雪魔天猿的攻击，并且还再度升了几丈，手中长剑急速颤抖着，不断地发出清脆的剑鸣，周身空间更加猛烈地波荡起来。显然，林修崖那凌厉的斗技已经酝酿完成！

"这……斗气化翼？这个家伙……进入斗王级别了？"

林修崖背后忽然出现的斗气双翼，不仅令萧炎一脸惊讶，就是与之熟悉的严皓等人也满脸惊愕。好一会儿，他们才回过神来，互相对视了一眼，眼中掠过一抹凝重。

所有人都清楚，只要能够斗气化翼，就意味着进入了那个令无数人止步的级别：斗王！这是无数天赋杰出之人毕生努力修炼的目标，但是大多数人在成功之前黯然停下了脚步。

斗灵与斗王，虽然只有一阶之隔，但是其中的差距，比前面的都要巨大。成为斗王之前的修炼者，与人战斗，都只能消耗体内斗气。像萧炎这种修炼者，体内斗气比常人要更加雄浑或者精纯，但是再雄浑精纯的斗气，也有枯竭之时。只要进入了斗王这个级别，体内斗气就能与天地间无穷无尽的磅礴能量呼应，进而将之调动，化为己用。

"青炫风杀！"半空中，冷厉的喝声猛然自林修崖口中响起，众人随即感到山谷之中流动的风陡然凝固，紧接着，狂风大作，一股极强的力量在半空中急速凝聚，眨眼间力量便已汇聚完毕，尖锐的破风声响犹如鸣笛，在众人耳边盘旋不散。

咻！一道蕴含着强横劲风的青色模糊影子自半空暴射而下，众人隐隐辨认出这是一把能量化的青色长剑，只不过，这把长剑快得有些恐怖，而且其表面不停涌动的风旋，似乎还是由狂风凝聚而成。

青色长剑向着林修崖下方几丈处的雪魔天猿激射而去。雪魔天猿无处借力，没有办法躲避，只能一张獠牙大口，发出一阵低吼声，一个淡白的能量光罩自其体内涌出，最后凝固成一个庞大的寒冰圆球，将其身体尽数包裹其中。

冰球刚刚凝聚，尖锐的破风声响便瞬间而至，青色长剑和冰球猛烈碰撞，发出一阵轰然巨响，旋即那巨大的冰球急速坠落，最后重重地砸在谷口的碎石之中。落地的瞬间，恐怖的冲击力生生地将地面砸出一个巨大坑洞，一道道手臂粗细的裂缝向四面八方蔓延，延伸进森林之中。

瞧见那被轰进地面的冰球，严皓急忙催动身形，掠至冰球周围的乱石上，体内斗气急速涌动，提防着受伤的雪魔天猿趁机逃离。

众人死死地盯着冰球，半空中，一道青色影子掠下，最后稳稳地落在一处树顶上。众人望去，见林修崖脸色略有些苍白，他背后的那对斗气双翼在一个细微的咔嚓声响中，化为漫天光点，缓缓消散。

"这个大家伙的确很强，没想到这么多人封锁，都没拦住它，若不是我功法奇异，勉强凝聚出这对斗气之翼，恐怕还真得被其一爪击杀。虽然逃过了一劫，但是这斗气的消耗实在太大了。"林修崖紧握着手中的青色长剑，冲严皓几人苦

笑道。

"功法奇异?"严皓等人一愣,恍然大悟,心中悄悄地松了一口气。

"原来依靠的是功法。"萧炎心中暗自嘀咕。如此说来,林修崖还没真正地跨过斗灵与斗王之间的那一道天堑。

"林学长,战斗可是结束了?"战圈之外,韩月轻声问道。

听到韩月此话,严皓等人也回过神来,急忙将目光投向坑洞,附耳倾听了一会儿,发现没有什么动静,当下脸上都隐隐有一抹喜色和疑惑。

林修崖微皱着眉头望着毫无动静的坑洞,他清楚自己先前那记攻击的强度,是能够让雪魔天猿受一些伤,但并不足以将其击杀。

紧紧地注视着幽幽深坑,林修崖忽然目光一凛,他发现坑洞中隐隐散发着淡淡的诡异红光。

"有点儿不对,大家小心!"林修崖心头紧了紧,沉声提醒道。

林修崖的提醒让严皓等人的神色变得凝重了起来,严皓等人体内斗气暴涌而出,将身体尽数包裹,远远看去,犹如几个颜色不同的光团,强横的能量正不断地从光团中释放出来。

萧炎隐藏在暗处,盯着那漆黑坑洞,凭借敏锐的灵魂感知力,他隐隐察觉到坑洞中似乎有什么恐怖的东西。

"小心点,雪魔天猿的能量正在急速增强,看来我所料不差,这畜生的狂暴血脉已经觉醒,那些家伙的围剿怕是要失败了。"药老幸灾乐祸的声音忽然在萧炎心中响起。

闻言,萧炎一怔,旋即苦笑了一声,不再言语,只是小心翼翼地压抑着气息,关注着场中的动静。

随着时间的推移,那黑洞中的诡异红芒越来越盛,到最后,简直红艳得犹如鲜血一般。林修崖等人心中泛起一丝不安,若非那地心淬体乳诱惑力实在太大,他们早已撤离。

站在一处树顶，韩月紧握的玉手满是冷汗。虽然她距离战场颇远，但是不知为何，她感到那泛着红芒的黑洞中有一双充满杀意的眼睛正盯着自己，或许那个灵智不弱的畜生也知道，若不是她发现此处隐藏着地心淬体乳，它也不会面临这些麻烦。

轰！就在韩月胡思乱想间，一道冰屑爆裂的声音自黑洞中传出，众人心中一紧，旋即便隐隐看到黑洞处有一道极其模糊的红芒掠出。众人脸色大变，一个个像受惊的兔子，急忙后撤。

红芒率先出现在林修崖身前，林修崖连对方确切形貌都未曾看清，便感到一股极其冰寒的劲风狠狠袭来。林修崖急忙舞动手中长剑，以极快的速度在面前构建出一道风网。然而当那股冰寒劲风袭来时，风网仅仅坚持了一会儿，便轰然爆裂，而未被完全化解的冰寒劲风狠狠地轰在林修崖的身体上，他口吐鲜血，身体宛如一枚炮弹，重重地射进了森林之中。

仅仅一个回合，最强的林修崖便被击败，严皓等人的脸色都变得极其难看。

雪魔天猿在击退林修崖之后，却并未追击严皓等人，一对赤红的巨眼，看向了远处树顶上银发飘飘的韩月，充满杀意的低吼声响彻整个山谷。

"韩月，快走！"严皓等人急忙喊道。

树顶上，韩月也发现了那急掠而来的雪魔天猿，冷艳的脸略微有些苍白，然而她并未仓皇逃窜，她清楚，连林修崖都来不及逃走，她若是转身逃跑，只会被当场击杀，若是放手一搏，或许还有生机。

纤手一握，白色寒气在玉手中急速涌现，然而还未等她将斗气凝聚，雪魔天猿已经奔至，一张狰狞的兽脸布满杀意，霍然出现在那对美丽瞳孔之中。充满杀意的吼声响彻天际，一股比先前追杀林修崖时更加凌厉的寒风，向着一脸苍白、娇躯摇曳得犹如风中花朵的韩月砸了下去。

不远处，严皓等人眼瞳之中皆涌上怒火以及不忍，他们来不及出手，只能眼睁睁看着一朵美丽的冷艳雪莲，以最凄凉的方式凋落。

韩月放弃了无谓的挣扎，缓缓闭上美目，冷艳动人的脸上呈现一抹令人心碎的凄然。

然而，就在劲风即将与韩月的脑袋接触时，一道黑影闪过，雪魔天猿的凌厉劲风直接扑空，韩月瞬间消失。

不远处，严皓等人都被这变故惊呆了，急忙转移视线，却见到左面百米之外的一处树顶上有一道黑影，而那韩月正软绵绵地躺在其怀中，似乎被吓坏了。

树顶上，黑影低头望着怀中的韩月，帮她扶直身子，轻笑道："韩月学姐，没事吧？"

听到声音，韩月微微颤抖了几下眼皮，睁开了眼，待她瞧清面前的那张清秀年轻的脸时，怔了一下："你……你……是萧炎？"

萧炎笑了笑，道："你没受伤吧？"

"没。"韩月摇了摇头，惊异地望着面前的萧炎，脸上红晕动人，轻轻地谢了一声，旋即叹息道，"这才两三个月时间没见，你变强了很多。刚才那般速度，恐怕内院学员之中没人比得上你。"

以变异之后的雪魔天猿的速度，即使是林修崖也躲避不及，而萧炎却能够在电光石火间将她救出，这与几个月之前的他相比脱胎换骨，也难怪韩月会有这般感叹。

萧炎再度一笑，并未说什么，转过头，面色凝重。此时的雪魔天猿，浑身雪白的毛发已经完全转变成血红之色，猩红的巨眼之中杀意与暴躁更强烈，一股股血色雾气不断地从其体内渗透而出，而这些血色雾气，一旦沾染到任何东西，便会将其侵蚀成一片虚无。观其气势，它的实力比先前暴增了一倍有余。

"韩月学姐，这大家伙似乎越来越强了，我看还是尽早撤吧，不然……"萧炎皱着眉头提醒道。药老说过，觉醒了狂暴血脉之后，雪魔天猿能够在短时间内与五星左右的斗王强者抗衡，如今林修崖受伤，凭借他们这些人，不可能再对它造成威胁，而且一个不慎，还会出现不小的伤亡。

"嗯。"韩月苦笑着点了点头。如今以他们这个队伍的实力，不足以将雪魔天猿击败，她对获得地心淬体乳已经不抱什么希望了。

不远处，严皓瞧见似乎陷入调息状态的雪魔天猿，赶忙一挥手，吩咐一人闪进森林中寻找受伤的林修崖。他和其余几人小心翼翼地来到韩月两人身旁的树顶上，旋即惊奇地打量萧炎。先前萧炎展现出的速度，足以让这些在内院拔尖的强者收起小觑之心。

"哈哈，这位朋友，难道你也是内院的学生？为什么以前从未见过？"严皓上下打量了一下萧炎，不由得有些疑惑，此人应该也是强榜高手才对，可为什么这般面生？

"严皓学长，他叫萧炎，是几个月前才进入内院的新生。"韩月微笑着介绍道。

"新生？"闻言，严皓几人顿时一阵惊呼。一个进入内院不到半年的新生，竟然有这等实力？难道现在的外院，已经强到这种地步了？

几道视线在萧炎身上来回扫视，片刻后，他们更加疑惑了。看萧炎的气息，也就是大斗师级别，可为何先前爆发的速度，比他们更快？

对于严皓等人的疑惑，萧炎只是一笑，并未解释什么，向着几人抱拳，颇为客气地打招呼。不管怎么说，面前的几个家伙可都是内院顶尖的强者，实力比白程那等货色强上许多。

"萧炎？我似乎听说过这个名字，前段时间不是传闻新生在火能猎捕赛上把老生队伍全部打败了吗？好像那新生队伍的领头人，便叫作萧炎吧？"一名面色黝黑、眼睛却异常明亮的黄衣男子，在沉吟了一会儿之后，忽然出声道。

听到这话，严皓等人一怔，随后也记了起来，笑着道："原来那个萧炎就是你，这名字可真是如雷贯耳啊！当年我们进入内院时，我和林修崖还败在白煞队手中。没想到长江后浪推前浪，这届新生更加彪悍，居然直接把黑白双煞全

部干掉，果然有本事啊。"

萧炎苦笑了一声，道："只是运气好而已，当年严皓与林修崖学长可是两个人对上黑白双煞，我却是依靠整个新生队伍，这如何能比？"当年的事情，萧炎也听说过一些。严皓与林修崖都是高傲之辈，那一届的其他新生难以入他们法眼，所以两人组了一队，然后一路横冲直撞，直到最后才败在白煞队手中，可谓当年的一段佳话。

"管他什么手段，能赢就好。我们当年也是太傲了点，不然这第一次打破火能猎捕赛诅咒的队伍，也不会今年才出现。"严皓撇了撇嘴，笑道。

在几人谈话时，两道人影也从森林之中冲出，不一会儿便出现在众人身旁，原来是先前被打进森林的林修崖以及前去寻找他的人。

"这位是？"林修崖脸色苍白，嘴角还有血迹，一身青衣也破破烂烂，虽然形象狼狈，但是那气质依旧出众，他先是冲着众人苦笑了一声，然后瞧见萧炎，有些愕然地道。

"你没事吧？"严皓先是询问了一句，然后便将萧炎的来历简略地说了一遍。

"原来是萧炎学弟，哈哈，这名字倒是不陌生。"听完严皓的介绍，林修崖也感到有些惊异。先前那雪魔天猿的速度是何等恐怖，他可是亲身体验过的，没想到面前这个进入内院不到半年的新生，竟然能够从其掌下救人，这般本事，倒是有资格与他们平起平坐。

"哈哈，林学长，我正巧在山中修炼，听得这边动静才赶了过来，见到你们正与这大家伙对峙，再瞧见韩月学姐有难，倒是不好隐匿一旁，只能出手，若是有打搅之处，还望见谅。"萧炎瞥了一眼远处暂时没有动静的雪魔天猿，对林修崖笑着道。

"这有什么好见谅的，既然萧炎兄弟救了韩月一命，那也不用对你隐瞒什么。我们在此围剿这头雪魔天猿，只是因为想要得到其守护的奇物。见者有份，若是真能够将奇物弄到手，定然也少不了萧炎兄弟那一份。"林修崖说这个话，明显是认为萧炎的实力有资格和他们分这一杯羹。但是他并未点明是地心淬体乳，这种东西太过宝贵，第一次遇见萧炎，自然不可能轻易便将这个秘密说出来。

见林修崖竟然主动邀请萧炎加入，严皓等人都愣了一愣，对视了一眼，旋即默然。萧炎先前展现出来的速度，让他们不能小觑。再者这地心淬体乳是韩月最先发现的，萧炎还救了她一命，恐怕她也不会反对林修崖的这个建议。因此他们几人心中在转了转念头后，并未反对。

萧炎同样因为林修崖的坦诚而一怔，这等奇宝，别人巴不得独自占有，这个家伙倒能够压制贪欲，做出最清醒明智的判断。但是自己的一些秘密，绝不能在外人面前显露，所以这个邀请，只能拒绝了。

萧炎摇了摇头，苦笑道："多谢林学长的好意，但是这雪魔天猿可不是省油的灯，据说这种异兽体内有一种狂暴血脉，一旦觉醒，实力将会在短时间内暴增。我看这畜生已经觉醒了狂暴血脉。现在，别说普通斗王，就算是五星斗王强者，也拿它没有办法，我并不觉得我们几人能够合力将其打败。"

"狂暴血脉？"林修崖等人都是一怔，旋即变了脸色。虽然他们也认识这种异兽，但是对它的了解，自然不可能有药老那般深厚。众人的脸色都有些难看，他们自然清楚，一个能够与五星斗王强者相抗衡的魔兽，凭他们的实力，是斗不过的。

"那现在怎么办？难道要放弃吗？"严皓皱眉问道。地心淬体乳对他的诱惑实在太大。

林修崖苦笑了一声，沉吟了好一会儿，方才咬着牙道："算了，就相信萧炎兄弟一次吧，而且这次我受伤不轻，恐怕至少得休养半个月才能康复，所以这次围剿，只能放弃了。"

听到林修崖有暂时撤退之意，严皓等人都有些不情愿，不过当他们视线扫过远处那散发着恐怖气息的雪魔天猿后，心中皆是一寒，只得无奈点头。

"先撤吧，等将伤养好之后，再想办法。"林修崖叹息了一声，旋即向着萧

炎拱手道，"萧炎兄弟，你要和我们一起回内院吗？"

萧炎略一沉吟，摇了摇头，道："我来山中是修炼斗技，如今斗技未成，不想回去。"

"哈哈，既然如此，那我们就先行回去。今日之事，还请萧炎兄弟不要与任何人说起。"林修崖看了萧炎一眼，抱拳道。

"什么该说，什么不该说，我自有分寸。"萧炎笑了笑，道。

"那便多谢了，日后若是萧炎兄弟有需要帮忙的地方，可以来找我，在内院之中，卖我林修崖面子的人，倒还不少。"林修崖含笑道。他未对萧炎产生怀疑，虽然萧炎的速度令人惊讶，但是光凭大斗师的实力，不可能单独闯进被雪魔天猿守护的山谷。

"走。"林修崖一挥手，便率先转身疾行而去，有些不甘心的严皓等人只得紧跟而上。

"萧炎学弟，在深山中修炼可得小心一些。"韩月向着萧炎微微一笑，关切地提醒了一声后，方才银发飘飘地向着远处行去。

望着逐渐消失在视野之中的林修崖等人，萧炎轻叹了一声，苦笑着低声道："实在抱歉，劝你们离开的确是为你们好，若是继续纠缠下去，一旦雪魔天猿彻底爆发，恐怕你们没人能离开这里。"经过药老的提醒，萧炎清楚地知道觉醒血脉之后的雪魔天猿有多恐怖。

随着林修崖等人离去，萧炎转过头来，将目光投向暴躁气息逐渐减弱的雪魔天猿，悄悄地松了一口气，温柔地抚摸着袖口的一条正微微扭动着的美丽小蛇，有这个小家伙在，他倒是能够与雪魔天猿搏一搏。

萧炎一挑嘴角，紧盯着雪魔天猿，喃喃道："你这畜生，等你晚上到了衰弱期时，再来收拾你。你那地心淬体乳，我可是要定了。"

轻轻一笑，萧炎身影一动，一抹电光在脚底迅速成形，然后身体化为一道黑影，在低沉的闷雷声响中进入茫茫森林之中，旋即消失不见……

第十九章
美杜莎女王再现

满天繁星,冰凉的月光从天际洒下,整个山脉都包裹在一层淡淡的银光之中,显得朦胧而神秘。

深夜,山中除了一些晚上觅食的魔兽,大多数鸟兽都已经归巢熟睡,整个森林一片寂静,每隔许久才会有悠长的低吼声从远处传来。漆黑的夜空中,背上有一对巨大飞翼的一道黑影悄悄掠过,没有惊动任何东西。

咻!山谷外的一处树顶之上,一道人影凭空出现,目光灼灼地望着漆黑的山谷。因为白日的激烈战斗,山谷口一片狼藉,大大小小的坑洞凌乱地散布着。

望着幽深的山谷,萧炎轻笑了一声,轻挥袍袖,一道七彩影子自袍袖中蹿出,欢快地围绕着萧炎的身体不断盘旋,不断发出咝咝声。

"真是个馋嘴的家伙。"见吞天蟒紧紧盯着自己的纳戒,萧炎无奈地摇了摇头,手掌一晃,一瓶伴生紫晶源出现在手中。

紫晶源刚刚出现,吞天蟒就快若闪电地冲了上来,趁着萧炎不备,细长的身子直接将他的手掌连同瓶子都缠了起来,蛇信一吐,脑袋便探进了瓶中,狠

狠一吸，玉瓶中的紫晶源便少了将近三分之一。

扯开吞天蟒的脑袋，萧炎急忙抢回玉瓶，心疼地咂了咂嘴。这个贪吃的家伙，现在胃口越来越大了，以前只要几滴就能满足，现在却要喝这么多。按照它现在的食量，那仅剩的几瓶紫晶源可不够它喝的。

吞天蟒满意地吐了吐蛇信，游动着细长的身躯，盘在萧炎肩膀上，七彩蛇鳞在月光的照耀下，反射着绚丽光泽，极为漂亮。

将紫晶源收好，萧炎微微偏头，刚好与那对隐隐泛着七彩的蛇瞳对视，心头猛地涌上一股感觉——妖艳，和当初见到美杜莎女王是一个感觉。

萧炎苦笑着叹了一口气，温柔地抚摸着吞天蟒的小脑袋，吞天蟒温顺地眯着妖艳的蛇瞳，蛇信轻轻吐在他手掌中，湿湿软软的，令萧炎感觉痒痒的。

"小家伙，你可得坚持住啊，不要被那女人吞噬了灵魂，不然，我们俩都没啥好下场。"萧炎叹息着摇了摇头。只要一想起美杜莎女王他就头疼。似是听懂了萧炎的话语，吞天蟒发出了一阵嗞嗞声，妖艳蛇瞳中闪烁着光泽。

"唉，这些都是日后的问题，现在你吃饱了，可得给我干活了。若是敢偷懒，以后就别想吃到紫晶源啦。"萧炎拍了拍吞天蟒的脑袋，笑着道。萧炎的威胁明显对吞天蟒很有用，这个小家伙急忙点点脑袋，尾巴一振，身体化为七彩光影，在萧炎面前来回闪掠。

萧炎背后的紫云翼缓缓振动，其身体逐渐升空，然后悄然向着山谷之中飞去，在其周身，吞天蟒来回穿行，保护着萧炎。

萧炎将飞行速度放得极缓，整个山谷没有半点儿声响，安静得可怕。然而，就在萧炎距离谷口还有十几米时，游荡在其身旁的吞天蟒，浑身鳞片陡然竖起，略有些尖锐的嗞嗞声从其口中传出。

瞧见吞天蟒这般举动，萧炎心头也是一惊，急忙停下身体，体内斗气急速涌动，紧紧地盯着这幽深的山谷。漆黑的山谷中，有一对猩红光点若隐若现，光点逐渐变大，最后在低沉的脚步声中，化为一对红色巨眼，出现在淡淡月光之下。

望着出现在月光下的雪魔天猿，萧炎悄悄松了一口气。此时的它，毛发已经变回雪白，其散发的气势也比先前减弱了许多。显然，它在血脉觉醒之后陷入了衰弱状态。

雪魔天猿的一对猩红巨眼死死地盯着半空中的萧炎，或者说盯着萧炎身边的吞天蟒。同为魔兽，雪魔天猿对吞天蟒的气息并不陌生。这股气息，令它感到有些不安和恐惧。

月光下，一蛇一猿互相对视，在两股强悍雄浑的气势压迫下，萧炎感到有些窒息。

一股无形的灵魂力量从手指上的漆黑戒指中探出，将萧炎包裹住，也隔绝了吞天蟒与雪魔天猿的气势压迫。药老的声音在萧炎心中响起："让吞天蟒拦住雪魔天猿，你抓紧时间进入山谷，寻找地心淬体乳。"

"嗯。"萧炎微微点头，偏头向着一旁的吞天蟒低喝道，"小家伙，拦住它。"

接到命令，吞天蟒发出一阵咝咝声，淡淡的七彩光芒从体内暴涌而出，它的身体以肉眼可见的速度膨胀着。眨眼工夫，那原本还迷你袖珍的吞天蟒，变成十来丈长的庞然大物。夜空之下，吞天蟒缓缓蠕动着巨大的身躯，一对妖艳蛇瞳盯着下方的雪魔天猿。

"沉睡了这么久，这个小家伙的实力又强了许多，果然不愧这吞天之名，等你达到巅峰，恐怕还真有毁天灭地的力量。"萧炎惊叹道。

"吞天蟒的确是上古异兽，但是正常情况下，想要达到巅峰，至少需要百年。而这头吞天蟒，若不是因为美杜莎女王灵魂不断侵蚀与同化，也不可能进化得这般迅速。与其说它正在变强，还不如说它在挥霍美杜莎女王的力量。"药老淡淡地道。

萧炎默默点头，又是美杜莎女王，这女人实在太恐怖了……

长长地吐了一口气，背后双翼猛然一振，萧炎身体化为黑影，向着山谷中

暴射而去。

萧炎身体刚动，那雪魔天猿便有所察觉，发出一声怒吼，一跺地面，庞大的身躯犹如一颗炮弹，径直向着萧炎冲去，尖锐的破风声在山谷口响起。

虽然雪魔天猿速度极快，但是吞天蟒比它更快。雪魔天猿还未到萧炎面前，七彩光芒大盛，一条巨大的尾巴狠狠地从天而落，重重地砸在雪魔天猿的身体上，将它砸向山壁。

嘭！雪魔天猿背后坚硬的山壁凹陷了一大块，巨石爆裂，一道道裂缝犹如蜘蛛网，从其背后蔓延开来，最后几乎扩散至半个山壁。

遭受这般重击，雪魔天猿愤怒了起来，眼睛越发赤红，冰寒的能量涟漪在雪魔天猿的身体表面凝聚，空气似乎都被冰冻了起来。雪魔天猿张着长满獠牙的巨口，寒气猛然汇聚，转瞬间便凝成一个直径足有半丈的冰寒旋涡。

雪魔天猿的爪子拍打在胸口之上，蕴含着恐怖寒气的旋涡猛然射出，直指天空中的七彩吞天蟒，所过之处留下了一道长长的淡白色痕迹。

天空中，七彩强光乍然爆发，宛如夜空中的一个七彩耀日，与那冰寒旋涡重重相撞，巨大的爆炸声在山谷中犹如惊雷般响起。

借助着吞天蟒的阻拦，萧炎终于顺利地冲进山谷之中。听得爆炸声，他停下脚步，转头望向谷外，只见天空几乎被七彩光芒笼罩，吞天蟒那庞大的身形在光芒中若隐若现，散发着一股极为强横的威压。而在七彩光芒之下，还有一股同样极为强横的雪白寒气，即使身在谷中，萧炎也忍不住打了个寒战。

"放心吧，虽然吞天蟒要击杀雪魔天猿有点儿难度，但是将它拖住，倒是没有丝毫问题。你还是尽快寻找地心淬体乳吧。"药老出声安抚道。

"嗯。"萧炎点了点头，不再犹豫。他转过头来，望向黑漆漆的谷中，眉头微皱，手指轻轻搓动，几缕青色火焰从指尖飘出，散布在其周围，犹如一盏盏灯笼。

借助着火光，萧炎方才发现这山谷竟然如此宽敞，谷中树木丛生，乱石林立，并没有其他活物，显然都已被雪魔天猿驱逐。

"这谷中环境颇为复杂，想要找到地心淬体乳怕是要花一些时间。"萧炎在心中嘀咕了一声，背后紫云翼微微振动，身体再度悬空而起。那些细小的青色火焰随之而动，盘旋在其身边。

放慢了飞行速度，萧炎逐渐向山谷深处掠去，沿途静悄悄的，没有半点儿声响。借助着火光，萧炎看见地面上有一些裸露的森森白骨，犹如死地般的景象，令人毛骨悚然。

"看来不仅人对这地心淬体乳有想法，就连一些魔兽，同样有抢夺之意啊。"瞧见那些庞大的骨骼，萧炎叹息了一声，轻声道。

"地心淬体乳的洗髓炼骨之效，对魔兽的吸引力，远远比对人类的吸引力强。若是能够得到这东西，魔兽日后修炼成人形，要容易许多。"药老淡淡地道。

萧炎微微点头，忽然记起当年在加玛帝国魔兽山脉遇见的紫晶翼狮王。当初云韵想要紫灵晶，那家伙就提出拿化形丹来换。如今萧炎今非昔比，在炼药这一道路上已经登堂入室，自然清楚那化形丹的珍贵，同时也明白魔兽想要脱离兽体是何等困难。

脑中忽然闪过的那个名字，令萧炎一顿。他紧抿着嘴，一张雍容华贵的美丽容颜自记忆深处浮起，那如水的眸子，带着身为加玛帝国最强宗派之主的威严。

"云岚宗……云韵……"呢喃了一下这两个给萧炎截然不同感受的名字，他自嘲地一笑，使劲地甩了甩头。现在双方因为各种变故，已经站到了对立面。她是云岚宗的宗主，而他也与云岚宗之间有着不可调和的矛盾，等他日后回到加玛帝国，说不定还要与她兵戎相见。

萧炎使劲地搓了搓脸，将嘴角的自嘲抹去，前方不远处已是山谷尽头，借助着火光，他看见尽头处有一个漆黑山洞。

"是这里?"自言自语了一声,萧炎轻振双翼,片刻后落在山洞外的一块巨石上。

萧炎轻嗅了一口从山洞内飘出的空气,有一点儿雪魔天猿的味道。

"这里应该是雪魔天猿的巢穴吧?既然它将地心淬体乳看得这般重要,想必这地心淬体乳就在这巢穴之中。"心中闪过一个念头,萧炎手一挥,那盘旋在身边的一缕青色火焰飘进山洞,探查了一圈后,他这才放心地抬脚走入其中。

山洞面积颇大,不然也难以容纳雪魔天猿的身体。山洞中,乱石散布,白色毛发随处可见。萧炎脚步迅捷地向着山洞之中行去,片刻后,皱着眉头站在山洞尽头的山壁之前,喃喃道:"难道地心淬体乳不在此处?"

不一会儿,萧炎来到了山壁角落处。这里的地面凹陷了极大的一块儿,凹陷处布满了白色毛发,周围的大脚印比其他任何地方都要多上许多。萧炎走上前去,蹲下身细细观察了一下,发现这里似乎是雪魔天猿歇息的地方,而那处凹陷,应该是被它庞大的身体压出来的。

依然未发现有任何奇怪的地方,萧炎有些失望地摇了摇头。他刚欲站起身来,心头微微一动,袍袖向着那堆白色毛发轻轻一拂,顿时一股劲风涌现,将那堆白色毛发吹开,下面出现了一层泥沙,这层泥沙与其他地方的泥沙相比颜色要深一些,就像被翻过一样。

微眯着眼睛,萧炎缓缓退后了一步,手掌弯曲,旋即猛然一握,一股强大吸力涌出,将泥沙吸入掌中,最后泥沙在萧炎掌心凝聚成一个不小的球体。

随手将泥沙球丢开,萧炎又吸了几次,半响才将泥沙吸尽,一个黑黝黝的地底洞口出现在其视线之中。

以萧炎的体形,刚好能够进入这个洞口。他笑眯眯地拍了拍手,手一挥,悬浮周身的青色火焰飘进洞中。他凑上前一望,洞中的通道宽敞得出乎他的意料,当下嘿嘿一笑,纵身跳入,然后沿着弯曲的地下通道快速前行。

因为担心通道中暗藏玄机,萧炎谨慎地将青火召唤至极限,二十多盏青火散布在其周围，不断地在前探路。

在这般安静的气氛中行走了十几分钟，萧炎忽然发现，远处漆黑的通道尽头，出现了淡白光点，当下心中一喜，速度加快了许多。随着他越走越近，白点也逐渐地放大，到最后，一个发着白光的洞口出现在他面前。

站在洞口，萧炎深呼吸了一口气，然后一脚踏了出去。萧炎猛然感到眼前一亮，稍微适应了之后，方才举目四望。他瞧清周围环境之后，脸上浮现了一抹惊愕。

出现在萧炎面前的，是一片布满钟乳石的地底世界。放眼望去，乳白色的钟乳石连绵不绝，散发着淡白色的光芒，将这里的黑暗尽数驱逐。钟乳石随处而生，大小不一。一滴滴白色的液体不断地从钟乳石上滴落，在地面上溅起乳白色的水花。

"好一处地底世界！"萧炎咂了咂嘴，旋即苦笑道，"地心淬体乳就在这里？这要怎么寻找？到处都是一模一样的钟乳石。"

"往大地之力最浓郁处去。"药老的身影从漆黑戒指中飘出，指了指左边，道，"这边。"说完，他便率先催动身影，向着左边飘去，萧炎赶忙跟上。

在这钟乳石世界中穿行了十来分钟后，药老率先停下脚步，抬头望着出现在面前的庞大无比的钟乳石，饶是以他的阅历，也忍不住发出惊叹。这块钟乳石一头连接着穹顶，一头竖垂而下，足有百米长，有两人合抱之粗。淡白光芒萦绕着这块钟乳石，将其渲染得犹如一根水晶柱子。这块钟乳石犹如皇者，接受着周围无数钟乳石的朝拜。

在这根钟乳石之下，有一方极为庞大的青石，青石有一大半埋在地底。石面上有一个不到半尺深的凹槽，凹槽正对着上方钟乳石的尖端，而那凹槽之中，正盛着两寸深的乳白液体，液体之上飘荡着淡淡的白雾。萧炎轻吸了一口雾气，顿时有种浑身骨头都酥麻了的奇异感觉。

眼睛死死地盯着凹槽中的乳白液体，萧炎的喉咙忍不住滚动了一下，脸上

涌上一丝激动。他心中清楚，那久寻而不得的地心淬体乳，终于出现在他的面前。

在萧炎发呆之际，巨大的钟乳石之尖忽然涌出淡淡白雾，白雾之中，钟乳石之尖的光芒逐渐强盛了起来。一滴犹如光斑的乳白液体陡然凝聚，这滴液体在钟乳石尖端一阵摇晃，最后终于脱离了束缚，轻轻地砸进了青石顶的凹槽之中，令液体表面泛起一阵涟漪，好在未有丝毫液体溅出。

望着犹如一个碧绿小碗的凹槽中荡漾的乳白液体，萧炎忽然明白，这个青石凹槽，竟然是被那钟乳石滴落的液体生生凿出来的，这当真是水滴石穿。

"如果我记得不差的话，这液体怕是要一年时间才能凝结一滴，这小小的一汪，不知道需要多少年才能形成。"药老轻叹了一声，有些感慨。

闻言，萧炎有些骇然，没想到那毫不起眼的一滴乳白液体，竟然是凝聚了一年的精纯能量，大自然果然玄妙无比。

"老师，这应该就是地心淬体乳吧？"萧炎眼睛直直地盯着凹槽中的液体，嘿嘿笑道。

"嗯。"药老随意地瞥了一眼那散发着奇异白雾的液体，微微点头。

见药老点头确认，萧炎不再迟疑，迅速地从纳戒中取出一个玉瓶，想把地心淬体乳灌进其中，然而一旁药老忽然响起的声音，让他有些错愕地停下了手中的动作。

"这些东西虽然珍贵，但此处还有更加珍稀的奇宝。"药老双手负于身后，笑着道。

"还有更珍稀的?"萧炎一脸茫然。

"常人若是遇见地心淬体乳，怕也只会像你这般，以为滴落之物便是精髓。殊不知，他们错过了最大的宝贝。"药老戏谑地道。

"跟我上来。"药老抬头望着那倒挂在山穹中的庞大钟乳石，向着萧炎招了招手，旋即缓缓地向着巨大钟乳石飘去。萧炎连忙召唤出紫云翼，小心翼翼地跟了上去。

两人沿着那百米多长的庞大钟乳石向上飞行，几分钟后，便飞到了穹顶，萧炎四下张望，看见周围有一些同样悬挂在穹顶的钟乳石，淡淡的光芒给整个地底世界带来光明。

药老并未理会周围的钟乳石，而是将飘浮的身子停在了这根最为庞大的钟乳石基底。淡淡的荧光从钟乳石之内透出，钟乳石犹如透明的水晶，极为漂亮。

萧炎振动双翼来到此处，顺着药老的视线一看，并未发现有何不对劲的地方，嘴巴动了几下，却并未说出话来。

"有玉片吗？拿玉片从这里轻轻地挖进去。记住，不要用大力，否则会损坏这根万年才能成形的钟乳石。"药老向着钟乳石凌空一挥，其底部便出现了一个巴掌大小的圆形痕迹，上下打量了一眼这个痕迹之后，他才转头对萧炎郑重地道。

萧炎心中满是疑惑，点了点头，从纳戒中取出一枚上佳的青色玉片，将斗气小心翼翼地包裹在其表面，然后才轻轻地沿着药老在钟乳石底部划出的圆形痕迹切了进去。

在斗气的包裹下，玉片变得颇为锋利，玉片尖端在细微的扑哧声中，没入了犹如水晶般的钟乳石之内。手掌紧握着玉片，萧炎不敢令它有丝毫颤抖。玉片分毫不差地沿着药老所划的痕迹缓缓移动着，细微的哧哧声在安静的高空中不断回荡。

咔……当手中玉片走完了一圈，一块钟乳石碎片便从本体脱落，萧炎眼疾手快地一把将其抓住。抬起头来，一道强光猛然自碎片脱落处暴射而出，刺眼的光芒令他急忙闭上眼睛，背后双翼下意识地急速振动，身体接连退后了十几米方才停下。

"哈哈，没事，不用担心。"药老的笑声在身旁响起，萧炎这才放松紧绷的心，睁开眼来，抬头望着那强光暴射处，皱了皱眉头，再度飞向钟乳石。

接近这根庞大的钟乳石后，萧炎望向那切开的口子处，惊讶地发现，钟乳石之内，竟然悬浮着一团翠绿色的黏稠液体。这团液体好像具有灵性，在钟乳石之中缓缓流动，始终没有一丝越过切口处。

翠绿色黏稠液体中蕴含的那股精纯能量，令萧炎大为震惊。这股精纯能量，足足比下方青石凹槽中的地心淬体乳浓郁了十倍不止啊。

"这是什么东西？"有些口干舌燥的萧炎咽了一口唾沫，目光滚烫地望着那团翠绿色的黏稠液体，开口询问道。

"这才是真正的地心淬体乳。"药老笑了笑，缓缓地道。

"下面那些不是？"萧炎一怔，有些难以置信地问道。

"下面的也是……不过那些都是从这本体中流出去的、被稀释后的地心淬体乳。大陆上只有极少数的人知晓真正的地心淬体乳其实隐藏在钟乳石的根部。"药老指着下方的青石，笑着道，"这或许是这种天地灵物的一种保护自己的障眼法吧。一般人就算能够寻到此处，恐怕也只会将下方那些地心淬体乳收走，却将真正的宝贝留下。"

萧炎不由得咂了咂嘴，大千世界，果然是无奇不有。

"这真正的地心淬体乳极其脆弱，只有用最为温润的玉器，才不会损坏它。若是使用铁器等物，这团不知道凝聚了多少年的地心淬体乳，恐怕会当场化为一摊废液。"药老郑重地提醒道。

点了点头，萧炎抹了一把额头上的冷汗，暗自庆幸，还好有万事俱知的药老在身边，不然光凭自己，就算侥幸找到这真正的地心淬体乳，最后也会因自己的莽撞而前功尽弃。

"现在怎么办？"望着那在钟乳石之内缓缓流动的黏稠液体，萧炎不敢有任何动作，向药老询问道。

"用玉器把它弄出来，记住，千万不要直接用手触摸。"药老道。

闻言，萧炎赶忙点头，在纳戒中翻找了半天，找到一个玉制的勺子。身为炼药师，玉可是最好的盛丹器皿，因此他纳戒之中存放着各种各样的玉器。

小心翼翼地将玉勺探进钟乳石之中，萧炎灵活地转动着手腕，将一大半地心淬体乳舀了出来。就在他准备把所有液体都弄走时，药老忽然出声道："凡事留一线，炼药界有一个不成文的规定，但凡遇见天材地宝，不可断其根。这地心淬体乳极难成形，若是全部被我们拿走，这万年才成形的钟乳石会因此逐渐崩裂，还是留一点儿吧。"

萧炎略有些惭愧地点了点头，当年取得青莲地心火时，药老也这般说过，自己确实是有些贪心了。

萧炎取出玉勺，然后把手中的钟乳石碎片再度贴了上去，顿时，强光消失，钟乳石再度回到先前的那般模样。

将玉勺中的液体倒进一个品质上乘的玉瓶之中，瞧着那在瓶中依然犹如活物一般自行流淌的液体，萧炎长长地松了一口气，辛苦了这么久，这东西总算是到手了。

从穹顶飞下来，萧炎再度落在那块青石之旁，望向那凹槽之中的乳白液体。这液体即使没有洗髓炼骨之效，对身体也有不小的淬炼效果。

"这东西也收取一点儿吧，或许日后炼制丹药时用得上。"药老的声音在头顶上响起。

闻言，萧炎点了点头，从纳戒中取出两个玉瓶，小心翼翼地将那乳白色的地心淬体乳盛入其中。将两个玉瓶装满之后，那凹槽中的乳白液体已经少了一半。瞥了一眼剩下的乳液，萧炎略一沉吟，并未继续拿取。日后林修崖等人说不定还会再来抢夺这地心淬体乳，若是辛苦半天，最后一无所获，他们难免会怀疑有人率先取走了这东西。虽然萧炎并不害怕他们，但不管怎么说这地心淬体乳也是韩月先发现的，自己平白无故得了个大便宜，若还贪心地将所有东西全部取走，有些过分了。

萧炎将两个玉瓶收入纳戒之中，便不再停留，转身沿着来时的路飞快行去。

因为已经走过一次，所以萧炎此次不到二十分钟便出了山洞。

振动双翼，萧炎向着谷外飞去，目光向着远处眺望，黑夜之中还能够看见谷口时隐时现的七彩毫光，听见宛如惊雷的能量炸响。萧炎松了一口气，双翼急速振动，身形化为黑影，在黑夜之中无声无息地穿行。半晌，他出现在谷口的半空，目光向着战场一瞧，不由得有些咋舌。

此时的谷口，已经被破坏得不成模样，原本平坦的地面变得坑坑洼洼，从山壁上掉落的巨石随处散落着，两边的森林也被摧毁了不少，树木横躺，将谷口的通道遮掩了一半。

吞天蟒蜷缩着身子盘踞天空，七彩光芒自其体内源源不断地涌出，强横的威压令方圆十里内潜伏的魔兽瑟瑟发抖。细细看去，七彩蛇鳞之上有一些深深的爪印。显然，在与雪魔天猿的战斗中，吞天蟒并非总是占着上风。

当望见地面上的雪魔天猿时，萧炎的脸上忍不住闪过一抹惊愕。它一身雪白的毛发已有一半被吞天蟒那具有强烈腐蚀性的蛇酸腐蚀掉了，巨大的脑袋上鲜血直流，令那本来就颇为难看的头颅显得更加狰狞，那对灯笼般的猩红巨眼透出了一丝畏忌与疲倦。显然，面对吞天蟒这般强敌，本就在虚弱状态的雪魔天猿已经彻底失去了斗志。

"没想到这小家伙竟然这般强悍，不愧是上古异兽。"萧炎在心中嘀咕了一声。

萧炎的出现引起了吞天蟒与雪魔天猿的注意，吞天蟒颇有些兴奋地向着萧炎吐了吐蛇芯，而雪魔天猿却不安地发出一声愤怒咆哮。

"小家伙，走！"萧炎没有理会雪魔天猿，对着吞天蟒一声吆喝，旋即便率先振动双翼，径直向着山脉深处急速飞去。

吞天蟒一甩巨大的尾巴，身形急速缩小，最后化为一道细小光影，飞快地追上了前方的萧炎。两道影子消失在黑夜之中，只留下愤怒得发狂却又无可奈何的雪魔天猿。

黑夜之中，一大一小两道影子忽然自天空中落下。在一处峰顶，萧炎回头望了一眼那已经消失在视线尽头的山谷，这才彻底松了一口气。转过头来，萧炎望着那悬浮在面前的吞天蟒，它身体上的七彩光芒黯淡了一点儿，看来先前与雪魔天猿的那番恶战使其消耗颇大。轻轻地抚摸着吞天蟒的小脑袋，萧炎从纳戒中取出一瓶紫晶源，笑着道："来，小家伙，今天晚上干得不错，这次让你吃个饱。"

之前吞天蟒一见到紫晶源，就会立马扑上来，这一次吞天蟒却诡异地停在半空动也不动，一对妖艳蛇瞳瞥了萧炎一眼，冰冷的声音忽然自吞天蟒嘴中传出："你还真把本王当作宠物了？"声音中蕴含着一种令萧炎小腹升起邪火的酥麻之感。

然而小腹之中的邪火刚刚升腾，萧炎便骤然感到一股寒意，他骇然地盯着面前的吞天蟒，愣了一瞬，身体犹如触电，急忙后退，说道："美杜莎女王？"

吞天蟒的身体再度爆发出七彩光芒，身形蠕动，片刻之后，便变幻成一个妖娆尤物。修长的身姿，衣着随意，下身一条紫色皮裙，皮裙之下，露出两条圆润长腿。

明知道面前有一条会吃人的美人蛇，但是萧炎依然有点心猿意马。不过这点心猿意马在那两道冷若寒冰的目光射来时，顷刻间烟消云散，只留下防备与警戒。萧炎的目光最后停留在那张挑不出一点儿瑕疵的冰冷妖艳的脸上，他干笑了一声，却发现自己的声音都变得嘶哑了。

"女王陛下，真巧啊，又见面了。"对面前这个女人，萧炎比对云岚宗的云山还要忌惮。

"是挺巧的，不过还得感谢你，若不是你让吞天蟒与雪魔天猿战斗，消耗了吞天蟒不少力量，我还是会被它给压制住。"美杜莎女王瞥了萧炎一眼，红润嘴角挑起了一抹嘲讽的意味。

萧炎嘴角一咧，想扇自己一耳光，没想到这"引蛇出洞"的罪魁祸首竟然

是自己。

"炼制融灵丹的药材,你可凑齐了?"美杜莎女王没有理会萧炎那难看的脸色,声音淡漠地问道。

萧炎眼角一跳,一阵苦笑,凑齐个屁啊,他根本就没把这事放在心里,他自己的事都忙得焦头烂额,哪儿有时间去给她寻找融灵丹的药材?而且就算有时间,他也肯定是能拖就拖,不然,这女人一得到融灵丹,把吞天蟒的灵魂融合了,第一个倒霉的就是自己,这个女人从一开始就没掩饰过对自己的杀心。

不过萧炎也能理解,美杜莎女王身份,如今却成了萧炎豢养的宠物兼打手,以她那傲气,怎么忍受得了?若不是因为融灵丹以及吞天蟒灵魂不断反弹的关系,她早就把萧炎撕成碎片了。

瞧见萧炎默然无语的模样,美杜莎女王的脸上浮现一抹冷笑与杀意:"看来你并未将这事放在心上,既然如此,留你何用?"

语罢,美杜莎女王纤手猛地一挥,萧炎惊骇地发现周身空间都凝固了,其身体被封锁在其中,动弹不得:"这就是斗宗强者的真实实力吗?举手投足间居然能够让空间凝固?"

美杜莎女王轻移莲步,缓缓地向他走去,纤手微竖,淡淡的七彩光芒在其掌心凝聚成一柄七彩长剑。

萧炎使劲地挣扎了一番,身体依旧丝毫不动。就在他绝望放弃时,一股熟悉的强悍灵魂波动终于从其手指上的黑色戒指中涌出,周围如囚牢般的凝固空间轰然破碎,他的身体重获自由。

"哈哈,初晋斗宗,便能凝固空间,不愧是美杜莎女王,不过我药尘的弟子,岂是你说杀就杀的?"苍老的笑声缓缓响起,药老虚幻的身影从漆黑戒指之中升腾而起,悬浮在萧炎身旁,淡然地注视着对面的美杜莎女王。

美杜莎女王没有丝毫诧异,冷笑道:"早就感应到这个家伙身边有强者隐匿,原来是个灵魂体。"

美杜莎女王缓缓收回了前踏的脚步，面前这个身形虚幻的老者给予她的压迫感，并不比当初的云山弱。若是她在巅峰状态，倒也不惧，但此时她还必须时时刻刻分出心神，压制吞天蟒的灵魂，实力就打了一些折扣。

药老淡淡地笑了笑，挥手让萧炎后退了一些，方才笑道："我清楚你现在的情况，所以你也不用在我面前这般杀气凛然。虽然如今我只是灵魂状态，实力大损，但是真要斗起来，你也占不了什么便宜。"

"是吗？"美杜莎女王冷笑一声。

"我并不想与你冲突，只是我的弟子，还轮不到你随意斩杀。你若是嫌待在这里不爽，大可直接离去，无人阻你。"药老笑道。他当年纵横大陆时，别说斗宗，就算是斗尊强者都要对他客气三分。

闻言，美杜莎女王一皱黛眉，如今吞天蟒有认萧炎为主的迹象，而她又没有完全取得身体的控制权，走与不走，还轮不到她来做主。再者，那融灵丹的药方还在萧炎手中，想要将这种丹药炼制出来，还得依靠他的力量，所以她如何会离开？

"我与他有过约定，若是我保他在云山手中安然无恙，他就给我炼制融灵丹。可如今已经过去将近一年，他将那约定忘得一干二净，这等不守信之人，留之何用？"美杜莎女王冷冷地瞥了萧炎一眼，道。

药老现身后，萧炎心中大定，瞧见美杜莎女王那冰冷的目光，他无奈地摊了摊手，大姐，你还真当我是傻子啊？我越早炼出融灵丹，岂不是死得越快？

"哈哈，若不是你心怀杀意，我这弟子倒也乐意给你寻找药材，现在这般局面，不能全怪他。"药老笑道，他自然清楚事情的始末。

美杜莎女王冷哼了一声，并未辩驳。的确只要萧炎炼制出融灵丹，她就会一巴掌拍死他。

"哈哈，美杜莎，我也不与你多费唇舌，你真想得到那融灵丹？"药老略微沉吟了一下，忽然道。

"你这话未免问得有些多余了。"

"既然如此，我们双方大可各取所需。吞天蟒跟在萧炎身边这事怪不得萧炎，就算它认萧炎为主，也不关你的事。"药老笑了笑，道，"若是你能摒弃心中杀意，我可以向你保证，一年之内，将成品融灵丹送到你的手上，而你得到丹药后，保我这弟子一年内无性命之忧，如何？"

"当初我已经保他在云山手中逃脱，我已经完成了约定，他就该给我炼制融灵丹，凭什么还要我再护他一年？"美杜莎女王的声音中有一丝怒气。

"那次的约定，双方都违反了，自然不作数。"药老淡淡地道。

"让我给他再做一年护卫，休想！"美杜莎女王毫不犹豫地出口拒绝。

"那你去找其他人炼制融灵丹吧。"药老翻了翻眼皮，道。

"那将融灵丹的药方给我！"美杜莎女王咬了咬牙，冷冷地道。

"哈哈，这可不行，这融灵丹药方是萧炎费尽心机得来的，如何能给你？"药老淡然一笑，摇头道。

萧炎有些愕然地望着面前的药老，现在的药老，当真有几分无赖的气质。

美杜莎女王深呼吸了一口气，脸色阴沉。她本就不喜欢多费唇舌，药老如此耍赖，令她心中再度涌动杀意。一股令萧炎骇然的磅礴气势缓缓自其体内涌出，周遭的空气似乎停止了流动。

药老身体动也不动，只是那张平淡苍老的脸上涌上些许凌厉，无形的灵魂力量逐渐蔓延，笼罩着半壁天空。虽然身为灵魂状态，并不能动用斗气，但药老是炼药师，他的灵魂力量异常强大。他还有骨灵冷火，虽然达不到巅峰时的水准，但是对付面前的美杜莎女王，没有太大的问题。

在两股强悍恐怖气势的压迫下，地面微微颤抖，半响，竟然裂了一条缝隙。随着时间的推移，两股气势越来越强横，就在美杜莎女王想要出手的一刹那，其脸色却猛地一变，紧绷的气势土崩瓦解，她捂着额头，脸色急速变幻，七彩光芒不断从体内涌出。

"该死的！"美杜莎女王咬着牙，狠狠地骂了一声，吞天蟒竟然在这种时候争夺身体的控制权，而且还反抗得如此激烈，她不得不赶忙集中力量压制，可如此又如何与药老继续争斗？

　　瞧见美杜莎女王这般模样，萧炎心中松了一口气。这个女人实力太过强大，就算药老能够胜她，也会因为耗尽灵魂力量而陷入沉睡。虽说如今萧炎已经不再像以前那般依靠药老，但是无论如何，有药老在一旁相助，自己能省去不少麻烦。

　　七彩光芒越来越盛，美杜莎女王那双妖艳眸子变得有些茫然。深呼吸一口气，努力压制着吞天蟒的反噬，美杜莎女王冷冷地望着对面的药老，不甘地道："好，就依你，一年之内，若你能给我融灵丹，我就保他，但若是你们再诓我，就算被吞天蟒反噬，本王也要让你们损失惨重！"

　　"哈哈，一年之内，融灵丹定会奉上，只不过老夫也希望你不要再对萧炎心怀杀意，否则就算陷入沉睡，老夫也要将你这好不容易进化出来的躯体烧毁！"药老轻笑了一声，笑声中有极浓的威胁之意。药老话音刚落，森白色的冰冷火焰猛地自其体内暴涌而出。

　　"异火？"瞧见那森白色火焰，美杜莎女王顿时脸色大变，眼神中流露出一丝惧意。在青莲地心火下吃过亏的她，自然清楚这种火焰的恐怖程度。

　　"只要你们信守承诺，本王自会遵守诺言。我希望下次苏醒时，能够见到融灵丹。"美杜莎女王淡淡地说了一句，体内的七彩光芒骤然爆发，身体再度蠕动，片刻后，便变回那不过一尺多长的七彩小蛇。

　　吞天蟒微微摇着尾巴，快若闪电地出现在萧炎身旁，冲着他咝咝地吐着蛇信，那妖艳的蛇瞳中透着关切。

　　"哈哈，我没事。"温柔地抚摸着吞天蟒，萧炎苦笑道，"小家伙，多亏了你，不然这次怕是少不了一场恶战。"

　　"至少与她将话说开了，日后再也不用担心她会突然下杀手。美杜莎女王虽

然冷漠无情,但是傲气十足,应该不会反悔。"药老冲萧炎笑着道。

"希望如此吧。"萧炎点了点头,手掌一翻,将那瓶真正的地心淬体乳取了出来,轻声道,"能否一举突破到斗灵,便看它了。"

第二十章
九星大斗师

  宽敞明亮的山洞内,萧炎望着面前的大木盆,木盆中盛着清澈见底的水,在木盆一旁有一张简易木架,上面摆满了几十种的药材。寻找这些药材,足足花了萧炎三天的时间。

  "把地心淬体乳给我。"检查了药材是否齐全后,药老向萧炎伸出手。

  闻言,萧炎赶忙将东西放进药老手中。药老握着那盛满地心淬体乳的玉瓶,掂量了一下,旋即扯开瓶盖,一股淡淡的翠绿烟雾飘荡而出,凝聚在瓶口,久久不散。

  药老深呼吸了一口这雾气,感到一股淡淡的暖流从灵魂之中流淌而过,笑着赞叹道:"不愧是凝聚大地之力的灵物,竟然如此精纯浓郁,难怪有洗髓炼骨这般奇效。"

  药老将玉瓶微微倾斜,小心翼翼地倒了十滴犹如翡翠玉珠般的液体在那木盆之中,瓶中的液体立马减少了四分之一。

  随着十滴地心淬体乳的滴入,那木盆之中的清水很快便以肉眼可见的速度

转化成浓郁的翠绿色，并且水面之上还飘散出一股淡淡的雾气，经久不散，看上去极为奇异。

萧炎搔了搔头，愕然地道："难道这次也需要在这里面修炼？"

"嗯。"药老随口道，"地心淬体乳的能量太过庞大，凭你现在的实力根本不可能口服，所以只能采取这种方式。即使这样，也必须使用其他药物来调和，才能够起到洗髓炼骨之效。若非如此，别说洗髓了，恐怕连你这条小命都会被直接洗掉。"

萧炎讪讪一笑，心想：自己身子骨没那么弱吧？

"把香烛草给我。"药老观察了一下水的颜色之后，淡淡地吩咐道。

闻言，萧炎快速地在木架上拿起一株形状犹如香烛的红色小草，递给了药老。

握着这株香烛草，药老手掌一晃，一团森白色的火焰便在其掌心成形，森白火焰袅袅升腾，犹如一团冰焰。药老随手将香烛草抛进火焰之中，片刻之后，香烛草便迅速枯萎，在骨灵冷火的炙烤中，化为一滴红色的液体。

使用骨灵冷火将红色液体几番炼化之后，药老屈指一弹，红色液体便落进木盆之中，木盆中的水变得暗红了一些。

"青莲果。"药老再度淡淡开口。萧炎急忙从木架上将这颗果实找了出来。

经过几分钟炼化，那青莲果化为一滴青色液体，落进木盆之中，使水又多出了一抹淡淡青色。

"蛇脱花、佛焰根……"一个个药材名称不断从药老嘴中吐出，而那木架之上的药材随之急速减少，一个小时后，几十种药材便完全变成颜色不同的液体，被投入了木盆之中。

药老松了一口气，望向木盆之中变得五彩斑斓的水，满意地点了点头，向一旁的萧炎说道："脱去衣物，进入其中修炼，直到水再度变清为止。"

萧炎满脸惊讶地望着那融合了几十种药材精粹的五彩液体，为药老那神乎其神的炼药术感到佩服。这与天赋无关，完全靠着经验的累积以及对各种药材药效的深入了解方才能够达到如此境界。

"进入之后小心一点儿，虽然地心淬体乳经过这些药材的中和，药效变得温顺了许多，但其蕴含的能量不减反增，所以你在修炼之时，会有一些痛楚，但只要熬过去就会受益匪浅。"药老拍了拍手，笑着道。

萧炎点了点头，快速将身上的衣物脱去，迫不及待地跃进木盆之中。身体浸入那五彩斑斓的水面，萧炎顿时狠狠地打了一个冷战。这水的温度低得吓人，若不使用斗气护体，皮肤会感到一阵阵刺痛。

"不要施展斗气包裹身体，那会阻碍药力进入体内。这水之所以冰冷，是因为我的骨灵冷火，它对你没有坏处。"药老的声音忽然响起。

闻言，萧炎只得无奈地点了点头。身体浸泡在这五彩液体之中，他能够清晰地感到其中所蕴含的庞大能量。还未进入修炼状态，水中充盈的能量就开始不住地往萧炎体内钻去，令他浑身都有一种麻痒的感觉，就如同有无数蚂蚁在身上爬。

萧炎狠狠地甩了甩头，拼命忍受不适。这些年他吃过的苦头太多，他早已习惯疼痛，这些酸麻感对他造不成多大影响。他盘腿坐在木盆之中，双手结出修炼手印，闭上眼睛，呼吸变得平稳而悠长。半晌，身体上的麻痒感便缓缓淡去，萧炎进入了修炼状态。

木盆旁，药老望着进入修炼状态的萧炎，微笑着点了点头，轻声道："洗髓炼骨固然有绝大好处，可要吃的苦头也不小。熬过去，便大路平坦；熬不过，不仅会功亏一篑，说不定经脉还会因庞大能量的冲击而出现损伤，到头来落个得不偿失的下场。虽说有些风险，可修炼之途，没有冒险与大无畏之心，又能走多远？"

随着萧炎进入修炼状态，那木盆中的斑斓水面上，忽然鼓起一个个细小的水泡，片刻后，萧炎就犹如身处沸水之中，只是这"沸水"却让萧炎感到无比

寒冷。

在水泡鼓起的一刹那，萧炎的身体猛地一颤。他能够感觉到，此刻水中无数股精纯能量，犹如受到了某种牵引，顺着全身张开的毛孔，强行向体内灌涌！萧炎感到皮肤胀痛，到最后，一股股精纯能量居然在萧炎皮肤之下胡乱地窜动起来，萧炎的皮肤上也鼓起了一道道印痕，犹如一条条小蛇在皮肤之下钻动，看上去颇为恐怖。

外表的狰狞恐怖萧炎自然察觉不到，他现在只能全力运转心神，随时关注着体内的动静。那些涌进体内的能量，并未听从萧炎的指挥，而是直冲体内各处骨骼，凡是被它们冲击的骨骼，都会在一瞬间变成五彩颜色。萧炎能够模糊地感到，有什么东西侵入骨骼里，与骨髓混杂在一起。

对于这些能量的举动，萧炎丝毫没有办法阻止，他只能眼睁睁地看着体内越来越多的骨骼被染成五彩的颜色。不到十分钟，萧炎体内的骨骼便被染得颇为诡异。

就在萧炎为这些能量的举动感到疑惑时，心尖狠狠地颤抖了几下，骨骼似乎在此刻燃烧起来了，一股深入骨髓的灼痛感急速地蔓延开来，扩散到全身每一个角落。

紧咬牙关，萧炎的身体不住地微微颤抖，皮肤也涌现出异样的红润，冷汗如雨点一般，顺着脸庞滑落，掉入木盆之内。他现在方才明白，药老为何说会有一些痛楚。

站在木盆之外的药老瞧着萧炎，眼皮忍不住跳了跳，轻叹了一声，低声道："小家伙，可要挺住啊！若是洗髓成功，日后你晋入斗王级别时，会省去极大的麻烦啊！"

如处火炉之中，这就是萧炎此时的感受，并且这把火还是从其骨骼之中烧起来的，疼痛令萧炎直吸冷气。木盆之中的五彩药液越来越沸腾，肉眼可见的能量在水中急速穿行，最后一头撞在萧炎皮肤之上，转瞬间便无影无踪。

随着时间的推移，五彩的骨骼诡异地变得透明了，甚至萧炎的心神能够隐隐看见骨骼之中那急速翻涌的骨髓。源源不断的精纯能量还在大肆侵入萧炎体内，不管是骨骼、经脉，还是器官，无一例外地全部被转化成五彩斑斓的颜色。萧炎心神内视，却只能呆呆地望着自己五彩缤纷的体内不知所措。他在心中哀叹一声，急忙稳住心神，他清楚，更加折磨人的剧痛恐怕要来了。

不出萧炎所料，在五彩颜色侵占了大半个身体后，一股比先前猛烈了十倍的灼痛感，陡然在体内蔓延。萧炎犹如置身熊熊烈火之中，火焰毫不留情地释放着越来越炽热的温度，似乎恨不得将他烧成灰烬。

萧炎浸泡在木盆之中的身体犹如火炭，丝丝白雾从萧炎的头顶升腾而起，带着点焦臭。他紧咬着牙齿，一丝殷红从嘴角流下，将下巴染红。

木盆外，药老动了一下喉头，双手不由自主地紧握了起来，眼中掠过一丝焦急。药老虽然知道这洗髓炼骨肯定会有不小的痛楚，但自己从未使用过地心淬体乳，并不清楚痛楚会达到何种程度。看萧炎这状况，他明白自己还是小觑了洗髓之痛，但事已至此，他也只能暗暗祈祷萧炎能够坚持下去。

痛，除了痛还是痛。可他除了苦苦熬着，没有半点儿办法。唯一让他有些欣慰的，便是他能够清楚地感到，一股股强大的能量正从体内灼热之处散发而出，体内骨骼、经脉、肌肉等，都在产生脱胎换骨的变化。显然，这洗髓炼骨确实有神效。

"坚持住！"萧炎咬着牙在心中恶狠狠地吼了一句。如此煎熬许久之后，萧炎的精神有些恍惚起来，而体内那剧烈的痛楚，也消减了许多。

煎熬中，时间流逝得极其缓慢，到后来，萧炎已经彻底陷入了半醒半睡的状态之中，他唯一能够感到的，便是骨骼、经脉、肌肉等正逐渐变得精粹与坚韧……

山洞之中，药老双手负于身后，立在木盆旁动也不动。自从萧炎进入木盆，至今已有三天时间，他未曾移动过半步，注意力一直放在萧炎身上。

啾！洞口之处，一道七彩光芒忽然射进，盘旋在木盆上空。吞天蟒望着那依然全身如火炭的萧炎，咝咝地吐了吐蛇信，蛇瞳之中有一丝担心。

"不用担心，他已经熬过了最痛苦的时期。"药老笑了笑，将视线转移到木盆中，望着那颜色变淡了许多的药液，安慰道。

似是听懂了药老的话语，吞天蟒冲着他吐了吐蛇信，然后一摆尾巴，钻出了山洞。它要在洞外为萧炎护法，不能让任何事情打扰他。

瞧见吞天蟒出去，药老又将目光投在了萧炎身上，轻声道："看来快了……"

体内，犹如被烈火灼烧的痛感不知何时淡了许多，又过了许久，灼痛感终于彻底消失。萧炎陡然清醒过来，心神急忙扫视体内，他惊愕地发现，原本布满体内的五彩颜色已经彻底消失不见，体内骨骼、经脉等处散发着淡淡的荧光，看上去犹如白玉，似乎隐藏着无穷的力量。

心神的苏醒，犹如一把钥匙，原本寂静的体内，顷刻间如一台精密的机器，开始了脱胎换骨之后的第一次运转。轰！萧炎错愕地望着突然从身体各处暴涌而出的巨大能量，一时间竟有些失神。

那一股股巨大的精纯能量主动涌进经脉之中。若换作以前，他的经脉定然会产生胀痛之感，然而现在，经脉却在极具韧性地一张一缩，将那一股股巨大能量尽数纳入，萧炎没有感到半点儿疼痛。

这些能量极其大，却精纯得令人诧异。这种精纯程度，已经不再需要任何炼化，并且不知为何，这股能量对萧炎没有半点儿抗性，就像本就来自他体内。

巨大能量沿着焚诀的经脉路线运转着，一个周天之后，巨大能量犹如山洪暴发一般，带着轰隆隆的巨响源源不断地冲进气旋之内的斗晶中。在这般巨大能量的灌涌之下，鸽子蛋大小的斗晶竟然以肉眼可见的速度开始增长。萧炎惊愕地望着那急速增长的斗晶，他能够清晰地感到其中储存的斗气也正在成倍增长。

砰！一道极细微的脆响，终于在萧炎体内响起。萧炎发现那本来容量已经到极限的斗晶，出现了一个极为庞大的容纳空间，而那已经达到鸡蛋大小的斗晶，猛然间膨胀至拳头大小，璀璨的强光从中射出，将气旋之内照得犹如白昼。

萧炎深呼吸了一口气，他清楚，这一刻他已经突破了八星，真正成为一名九星大斗师！只要再前进一步，他就能够进入斗灵级别！

斗晶陡然膨胀后，萧炎察觉到体内的充盈感消失了。运转在经脉之中的最后一股精纯能量，也灌进了斗晶之中。但是晋级之后，斗晶再度变成无底洞，这一波能量的灌入，如石沉大海。

"大斗师与斗灵之间的差距果然很大，看来想要一举突破到斗灵是不可能了。"萧炎惋惜地叹了一口气。刚欲结束修炼状态，却猛然发现一股强横吸力从斗晶之中暴涌而出，一股股极为强横的能量再度从外界涌进体内。

萧炎目瞪口呆地望着体内完全脱离控制的这一切，半晌，他咬了咬牙，恶狠狠地道："你想吸，那就给你吸个够！有本事直接突破至斗灵！"

话音落下，萧炎立刻催动焚诀，随着功法的运转，能量的灌涌，变得更加疯狂……